Les Anges sans visage

DU MÊME AUTEUR

Des garçons bien élevés
Éditions de La Martinière, 2015

TONY
PARSONS

Les Anges sans visage

Traduit de l'anglais
par Pierre Brévignon

Éditions
de La Martinière

Titre original : *The Slaughter Man*
Éditeur original : Century, Grande-Bretagne

ISBN 978-2-7324-7900-2

Pour Yuriko

Un meurtre résonne à travers les ans, à travers les vies.
Un meurtre qui détruirait une seule personne est une chose rare.

Joyce Carol Oates,
« After Black Rock »

La plupart des gitans redoutent les morts.

Raymond Buckland,
The Book of Gypsy Magic

Prologue

Soir du Nouvel An

Le garçon fut tiré de son sommeil par le hurlement de son père.

Quelque part dans l'obscurité, au fond du couloir, dans la chambre parentale, son père avait hurlé comme si son univers venait d'être anéanti.

Il y avait de la terreur, de la fureur et de la douleur dans ce cri. Pas encore complètement réveillé, le garçon sauta de son lit et, par la porte entrebâillée, scruta la pénombre pour apercevoir, de l'autre côté du palier, la porte fermée de la chambre. Le silence était total.

– Papa ?

Il resta là, à tenter de percer l'obscurité. Les seuls bruits perceptibles étaient sa respiration rauque et les vociférations des ivrognes dans les rues de la ville célébrant la mort d'une autre année.

Le vent fit sonner la cloche dans le jardin de sa mère, derrière la maison. Une cloche dont l'écho sourd semblait annoncer la fin de toute chose.

Alors, derrière la porte, sa mère poussa un cri.

Quand elle se tut, son père se mit à sangloter comme si son cœur venait de se briser.

Terrorisé, choqué, le garçon sentit sa gorge se nouer.

Son père si doux, si calme, avec son sourire bienveillant et son expression amusée, ce père qui ne levait jamais la voix, encore moins la main – son père sanglotait comme si tout ce qu'il aimait venait de lui être arraché.

Puis il entendit une voix qu'il ne connaissait pas.

Insistante.

Inhumaine.

Chargée de haine.

– Je ne le répéterai pas : regarde !

Et puis, des bruits qui ne ressemblaient à rien.

Comme du bois débité. *Tchac… tchac… tchac…*

Aux gémissements de souffrance dans la chambre répondaient les cris des fêtards ivres, comme venus d'un autre monde.

Rien de tout ça ne semblait réel.

Le garçon se laissa glisser contre la porte, sa respiration réduite à des halètements. Il s'aperçut que des larmes coulaient sur ses joues.

Quelque part dans la maison, leur chien se mit à aboyer et ce son familier, cette manifestation inattendue d'un monde qu'il connaissait, lui donna le courage de bouger.

Il se glissa hors de la chambre. Son cœur cognait contre sa poitrine, ses jambes étaient lourdes et la terreur couvrait son corps d'une pellicule de sueur visqueuse. Il s'éloigna vite des bruits atroces, traversa le palier et arriva devant la chambre de sa sœur.

Elle était assise sur son lit, en tenue de fête, l'œil sec, le visage blême. Elle triturait son téléphone et pressa une fois la touche 9.

Ils levèrent la tête en entendant la déflagration de violence dans la chambre voisine. Des bruits inconnus. Une lutte féroce, sauvage, le fracas de la chair et des os contre les murs, le sol. Des coups sourds, des grognements étouffés.

Le bruit de quelque chose qui se battait pour rester en vie.

Il vit sa sœur presser de nouveau le 9. Il ferma les yeux, écœuré, pris de vertige. Ce serait bientôt fini. Il se réveillerait et son cauchemar se dissiperait. Mais il rouvrit les paupières et c'était bien réel. Plus réel que tout ce qu'il avait jamais vécu.

D'une main tremblante, sa sœur appuya une troisième et dernière fois sur le 9.

Le chien aboyait furieusement.

Alors des pas lourds résonnèrent dans le couloir. N'essayant même pas d'être discrets.

Il venait les chercher.

– La porte ! siffla sa sœur et, dans un mouvement désespéré, le garçon bondit pour la fermer à clé.

Puis il recula, l'œil rivé sur la porte verrouillée.

On frappa. Des petits coups presque taquins, avec la phalange de l'index.

Il regarda sa sœur.

La porte parut se plaquer contre le chambranle, comme poussée par une épaule robuste. Avant que le bois ne se fende, ne se fissure et n'éclate sous les premiers coups.

– *Les urgences, bonsoir. Quel service demandez-vous ?*

– Par pitié... à l'aide ! cria sa sœur.

Le garçon se précipita à la fenêtre, l'ouvrit et un air glacial s'engouffra dans la chambre, porteur des bruits lointains des fêtes, des musiques, des rires en cascade à quelques minutes de la fin de la dernière journée de l'année.

Il se retourna alors que le bois de la porte cédait. Une silhouette sombre émergea à travers les pans déchiquetés pour atteindre la clé laissée dans la serrure.

Ce qui se tenait sur le seuil n'avait rien d'humain, c'était une masse obscure et, quand elle pénétra dans la pièce, le garçon sentit son odeur, l'odeur nauséabonde de la sueur, du sang et du sexe mêlée à la puanteur industrielle de vieilles voitures, des moteurs à la casse et des flaques de graisse.

Une voix résonna : elle provenait du téléphone de sa sœur.

– *Allô ? Quel service demandez-vous ? Allô ?*

Soudain il tomba, dégringola dans l'air froid et percuta presque aussitôt la chaussée. Le choc lui arracha un gémissement. Il leva la tête vers la fenêtre du premier étage. Sa sœur avait une jambe dehors et l'autre encore à l'intérieur.

L'ombre avait dû la saisir par le cou car elle étouffait, oui, le garçon en était sûr, il voyait les doigts épais serrer son sautoir, le tordre dans son poing comme on tord le collier d'un chien dangereux.

L'ombre essayait d'étrangler sa sœur. Mais le sautoir dut céder car elle fit un vol plané dans l'air, pendant une longue seconde, et s'écrasa violemment au sol. Il l'aida à se relever. Elle se mit à marcher avec difficulté – son genou, apparemment.

Ils avançaient dans la rue. Ils habitaient au cœur d'un ensemble résidentiel protégé sur l'un des plus hauts sommets de la ville : six grandes propriétés derrière un haut portail d'acier et de grands murs de briques surmontés d'un discret enchevêtrement de barbelés.

La vaste étendue de Londres se déployait en contrebas. On se sentait sur le toit du monde.

Il laissa au milieu de la rue sa sœur qui frottait ses genoux en sang et courut vers la maison la plus proche en hurlant. Suppliant qu'on les aide, qu'on les protège du meurtrier...

Mais tout était éteint.

Il vit alors que la plupart des autres maisons de la résidence étaient elles aussi plongées dans le noir. Une seule, tout au bout de la rue, flamboyait de lumières et de bruits. Le garçon courut jusqu'à la porte et la martela de coups de poing. Mais la musique était trop forte et tout le monde se préparait pour minuit.

Il entendait des voix joyeuses, enivrées, un brouhaha de langues – polonais, tagalog, espagnol, italien, pendjabi. Et des bribes d'anglais rudimentaire. Les propriétaires étaient partis, les domestiques faisaient la fête. Et ils ne l'entendaient pas.

Sa sœur le rejoignit. Elle boitait méchamment, portait tout son poids sur un seul pied.

Tous deux sursautèrent quand le feu d'artifice éclata dans le ciel, salué au loin par les acclamations des Londoniens encore plus joyeux, encore plus ivres. Ils se tournèrent vers leur maison. À l'intérieur, un petit enfant se mit à hurler. Le garçon jura.

– On ne peut pas le laisser ! s'écria sa sœur. Tu sens ?

Une odeur de brûlé annonçait la fumée, la poudre et les flammes.

– C'est le feu d'artifice, répondit-il.

Elle secoua la tête.

– Il brûle notre maison.

Il le vit aussitôt.

De la fumée noire s'échappait d'une fenêtre au rez-de-chaussée.

– Va demander de l'aide, dit-elle. Je pars le chercher…

Il s'essuya le visage et ravala un gros crachat de bile tandis que sa sœur retournait en claudiquant vers la maison. Déjà la fumée s'épaississait, les voix des fêtards s'amplifiaient et il se rendit compte qu'il était paralysé.

– *DIX!*

Sa sœur se retourna une seule fois. Sous la clarté lunaire, son visage était livide.

– *NEUF!*

Il la regarda remonter l'allée de son pas traînant, contourner la maison. Et il sut avec une certitude absolue qu'il ne la reverrait jamais.

– *HUIT!*

Le froid et la peur le faisaient frissonner. Il se força à réfléchir.

– *SEPT!*

La fête battait toujours son plein dans la maison, dans les lumières, les rires, le vacarme, mais cela lui paraissait très loin à présent, dissocié de tout ce qu'il comprenait, de tout ce qui revêtait le moindre sens.

– *SIX!*

Il hurla, submergé par la terreur et la frustration.

– *CINQ!*

Personne ne l'entendait. Personne ne faisait attention à lui. Il était complètement seul.

– *QUATRE!*

Juché sur la plus haute colline de Londres, il vit le ciel au-dessus de la ville s'embraser dans une explosion de couleurs et de bruits. C'était magnifique. On aurait dit que, parmi les nuages, un dieu imprudent venait de renverser une boîte à bijoux.

Il sut ce qu'il devait faire. Il franchirait le portail d'acier qui empêchait les méchants et les pauvres de pénétrer dans la résidence et il dévalerait la colline pour aller chercher de l'aide en ville. Voilà ce qu'il allait faire. Alors le cauchemar cesserait.

– *TROIS!*

Leur chien aboyait toujours, et la fumée devenait de plus en plus dense. Il ne voyait plus sa sœur. C'était sur lui, désormais, que reposaient tous les espoirs de sa famille.

– *DEUX!*

Il se mit à courir vers le portail.

– *UN!*

Le nouvel an allait commencer, salué par une nouvelle explosion dans le ciel, quand la voiture percuta le garçon.

– *BONNE ANNÉE!*

Elle roulait si vite qu'il rebondit sur le capot avant d'être propulsé vers l'avant. La roue arrière passa sur ses jambes, les réduisant à une bouillie sanglante de chair écrasée et d'os en miettes.

Quelque part, des cris de joie éclatèrent.

Étendu sur le dos, il fixait le ciel de minuit, plus lumineux qu'en plein jour. Toutes les couleurs apparaissaient en même temps, des jaunes, des rouges, des blancs et des verts qui jaillissaient parmi les étoiles avant de glisser vers la terre, et c'était tellement apaisant de les contempler ainsi, allongé – mais la douleur se rappela à lui, le genre de douleur qui vous vide l'estomac. Et l'horreur insoutenable de découvrir ses jambes détruites.

Il regarda les feux d'artifice incendier la nuit mais il ne les voyait plus : son esprit était tout entier pris par la souffrance. Une épaisse vomissure sanglante s'échappa de ses lèvres au moment où une silhouette sombre se pencha sur lui.

– S'il vous plaît, dit le garçon. Aidez-moi…

L'ombre le souleva.

Ses mains étaient fortes. Des mains bienveillantes.

Le garçon n'était pas sûr que ce soit la meilleure chose à faire. Fallait-il vraiment le déplacer ? Ce n'était peut-être pas une bonne idée. Mais il était éperdu de reconnaissance.

Jusqu'à ce qu'il sente ce mélange âcre de sueur rance et de graisse, cette odeur d'homme et de machine.

Jusqu'à ce qu'il voie les mains et les bras qui le soulevaient comme s'il ne pesait rien trempés du sang de sa famille.

Les feux d'artifice repeignaient le ciel de Londres dans une débauche de couleurs.

Alors, tandis que la silhouette le ramenait vers ce qu'il restait des siens, le garçon se laissa sombrer dans la nuit. Il ne vit pas les lumières exploser. Il ne les vit pas mourir.

JANVIER

Les maisons fantômes de Londres

1

Le jour de l'An s'annonçait grandiose, le ciel était bleu et le froid glacial. Le coup de feu parti de l'immeuble fit tout voler en éclats.

Je me jetai derrière la voiture la plus proche, heurtai le sol violemment. Des gravillons s'incrustèrent dans mes paumes. Mon visage luisait de sueur, et la météo n'y était pour rien.

Un coup de feu est toujours tiré sous l'effet de la colère. Celui-ci était chargé du désir de meurtre. Il déchiqueta le ciel sans nuages et ne laissa en moi rien d'autre qu'une pure terreur. Pendant un long moment, je restai immobile, tentai de recouvrer ma respiration. Puis je me redressai sur mes genoux, plaquai mon dos à l'ARV[1] bleu et jaune. Mon cœur fracassait mon thorax mais je repris peu à peu mon souffle.

Je regardai autour de moi.

Les gars du SCO19[2] s'étaient déjà relevés et scrutaient

1. *Armed Response Vehicle* : voiture de la police anglaise conduite par des agents armés. (*NdT*, ainsi que les suivantes)

2. *Specialist Crime and Operations Specialist Firearms Command*, groupe d'intervention d'élite de la police anglaise, équivalent au GIGN français ou au SWAT américain.

la façade de l'immeuble. Ils portaient tous leur tenue de combat PASGT[1] et serraient dans leurs gants de cuir noir un fusil d'assaut Heckler & Koch. Parmi eux, des agents en uniforme et des inspecteurs en civil comme moi. Tous à l'abri derrière les ARV et les RRV[2] vert et jaune. Les Glock étaient sortis des holsters de cuisse.

Tout près, j'entendis une femme jurer. Elle était petite, blonde, fin de la trentaine. La DCI Pat Whitestone[3]. Mon boss. Elle portait un pull orné d'un renne. Cadeau de Noël. Personne ne porte un pull avec un renne brodé par goût. Son fils, sans doute. Son idée d'une bonne blague. Elle remonta ses lunettes le long de son nez.

– Agent à terre ! Elle est touchée au ventre !

Je levai la tête par-dessus le capot de la voiture et vit l'agent étendue sur le dos au milieu de la rue, criant à l'aide. Mains crispées contre son ventre. Hurlant vers le ciel d'un bleu parfait.

– Mon Dieu… Seigneur…

Combien de temps depuis le tir ? Trente secondes ? C'était long, avec une balle dans le ventre. Une éternité.

Contrairement aux blessures par arme blanche, la plupart des blessures par balle sont fatales. Les dégâts causés par une lame de couteau sont limités à une zone, mais une balle, à cause de sa trajectoire imprévisible, détruit tout sur son passage. Si un couteau passe à côté d'une artère et de l'intestin, si la victime

1. *Personnel Armor System for Ground Troops* : panoplie de protection des unités d'intervention et des forces armées de nombreux pays, comprenant un casque de combat et un gilet pare-balles en kevlar.

2. *Rapid Response Vehicle* : véhicule d'urgence médicalisé, non destiné à transporter des personnes.

3. *Detective chief inspector* : commissaire principale.

peut être rapidement traitée par un anesthésiste et un chirurgien, alors les chances de survie sont plutôt bonnes – à condition qu'elle échappe à l'infection, bien que les assassins aient rarement la délicatesse de stériliser leur poignard avant de frapper. En revanche, une balle dans le ventre a des effets désastreux. Une microseconde lui suffit pour anéantir de multiples organes : intestin grêle, gros intestin, foie, rate et, pire que tout, l'aorte, l'artère principale de laquelle partent toutes les autres artères. Si elle est sectionnée, l'hémorragie complète est immédiate.

Un coup de couteau dans le ventre n'empêche pas de rentrer chez soi sain et sauf – à moins d'être très malchanceux. Une balle dans le ventre, c'est l'assurance de ne plus jamais revoir les siens – même si on est du genre chanceux.

Un coup de couteau dans le ventre, on appelle à l'aide.

Une balle dans le ventre, on s'en remet à Dieu.

Un autre juron à mi-voix : je vis Whitestone petite femme avec son renne sur son pull, courir vers l'agent, presque pliée en deux, l'index collé sur le pont de ses lunettes.

Je pris une profonde respiration et bondis derrière elle, tête baissée, chaque muscle de mon corps bandé, prêt pour le second coup de feu.

Accroupie devant l'agent blessée, Whitestone appliqua un point de pression sur la plaie, les mains plaquées sur l'estomac pour contenir le flot de sang, pendant que je tentais de me remémorer les cinq facteurs cruciaux pour prendre en charge un blessé par balle – le CVRIP : Circulation sanguine, Voies respiratoires, Respiration, Infirmité – éventuels dégâts à la colonne vertébrale ou à la nuque – et Plaies – repérer un ou plusieurs orifices de sortie. Mais ce stade était déjà dépassé : le flot de sang avait trempé la veste désormais bleu foncé de l'agent. Et la tache devenait noire.

– Reste avec nous, ma belle, dit Whitestone d'une voix douce et tendre, comme une mère parlant à sa fille.

Elle pressa encore plus fort. Ses mains disparaissaient sous le sang.

C'était une jeune recrue. Une de ces gamines idéalistes entrées à la Metropolitan Police pour rendre le monde meilleur. Son visage était blafard. Sous le choc. Choc d'avoir perdu tant de sang. Choc du traumatisme de la blessure. Je remarquai une petite bague de fiançailles à l'annulaire de sa main gauche.

Elle mourut avec un hoquet suivi d'une bulle de sang. Je vis des larmes luire dans les yeux de Whitestone. La colère plissait ses lèvres.

Nous levâmes la tête en direction du balcon.

L'homme se tenait là.

L'homme qui, le jour du Nouvel An, avait brusquement décidé de liquider toute sa famille. C'était ce qu'il avait déclaré en appelant le 999. C'était son plan. C'était ce que le voisin l'avait entendu crier à travers la cloison, avant que lui-même ne s'enfuie avec sa propre famille.

L'homme sur le balcon tenait un fusil noir. Une sorte de fusil de chasse. Il l'avait équipé d'un viseur laser dont le rayon vert à la fois diffus et intense évoquait le sabre de Luke Skywalker. On aurait dit un jouet. Mais ce n'en était pas un. Je vis le rayon vert balayer le sol – la pelouse devant l'immeuble, le bitume de la chaussée – et se fixer sur nous.

Nous restions immobiles. Tout s'arrêta. Le point lumineux se posa sur moi, puis sur Whitestone. Comme s'il avait du mal à faire son choix.

– C'est fini pour elle, Pat.

– Je sais.

Whitestone se retourna vers les véhicules aux inscriptions phosphorescentes : les damiers bleu et jaune des ARV, les damiers vert et jaune des RRV. Entre les voitures, j'aperçus l'éclat métallique sourd des Glock et des Heckler & Koch, la courbe médiévale des casques de combat, les visages tendus par l'adrénaline.

Whitestone leur lança un ordre. Le pointeur laser du fusil de chasse s'attarda sur le renne de son pull, et s'y arrêta.

– Neutralisez-le !

Une voix retentit :

– Cible acquise !

Mais aucun coup de feu.

Alors, je pensai à la procédure qui suit invariablement l'usage d'une arme par un policier : l'agent est suspendu, ses coups de feu sont disséqués, analysés, contestés. La prison ou le chômage en ligne de mire. Pas étonnant qu'ils réfléchissent à deux fois avant de presser la détente.

Mais ce n'était pas pour ça que personne ne tirait.

Je regardai à nouveau le balcon : l'homme n'était plus seul. Une femme avait fait son apparition à côté de lui. Elle portait un foulard – impossible de dire, à cette distance, si c'était par conviction religieuse ou par coquetterie.

Il l'insultait. Les types de ce genre insultent toujours les femmes. Puis il parut la repousser et se baissa pour ramasser quelque chose. Quelque chose qu'il souleva en le secouant.

Un enfant. Un nourrisson – deux ans, peut-être moins.

De là où nous nous trouvions, agenouillés devant la policière morte, je distinguai ses traits poupins. Le gosse se débattait comme un animal torturé. L'homme le brandit par-dessus le balcon.

Au quatrième étage.

Au-dessus du bitume.

L'homme se mit à crier quelque chose. La femme près de lui pleurait. Sans même la regarder, il la frappa en plein visage avec la crosse de son fusil. Elle s'écroula.

Tout à coup, l'enfant tomba.

La femme hurla.

– Feu ! cria quelqu'un.

Une détonation retentit. Derrière mon crâne, tout près. Aussitôt, une gerbe de sang jaillit du cou de l'homme au balcon. Il ne tomba pas. Il tituba et traversa une baie vitrée derrière lui. Alors qu'il sortait de mon champ visuel, je songeai combien l'homme est fragile. Tellement facile à détruire. Toujours au bord du précipice.

Je me mis à courir. Mes chaussures dérapèrent sur l'herbe couverte de givre, je me surpris à implorer Dieu en tendant les bras pour attraper l'enfant.

Mais j'étais trop loin, trop tard – le petit corps tombait toujours.

2

La halle aux viandes de Smithfield était plongée dans le silence. Je m'avançai sous la grande arche, réprimant un frisson. Le Nouvel An touchait prématurément à sa fin. Je passai devant la rangée de cabines téléphoniques rouges et la plaque marquant l'emplacement où William Wallace avait été exécuté. Il n'était pas encore 16 heures et, déjà, le soleil disparaissait derrière le dôme de Saint-Paul.

À l'extrémité de la place, une enfilade de boutiques. Elles étaient toutes fermées pour la journée mais de l'un des appartements qui les surplombaient s'échappait une musique : violon, fifre et tambour sur un rythme trépidant. Une chanson à propos d'une certaine Sally MacLennane. Musique irlandaise. Joyeuse. Sûrement les Pogues, pensai-je. Sur la devanture du magasin éteint, une enseigne aux lettres usées par le temps annonçait :

MURPHY & FILS
CHAUFFAGE – PLOMBERIE
ENTREPRISES – PARTICULIERS
CONFIANCE & FIABILITÉ

Je fis le tour et montai l'escalier menant aux étages résidentiels. Quelques locataires s'étaient déjà débarrassés de leur sapin mais, chez les Murphy, la fête battait encore son plein. Ils ne m'entendirent pas tout de suite sonner à la porte – la faute à Shane MacGowan braillant son amour pour Sally MacLennane[1] autant qu'aux cris des adultes et des enfants.

Ma fille Scout vint m'ouvrir. Cinq ans. Essoufflée. Les joues roses. Ravie de sa journée. Elle était accompagnée d'une petite rousse, Shavon, plus jeune d'un an peut-être, de son frère Damon et d'un Cavalier King Charles Spaniel au pelage fauve. C'était Stan, notre chien, qui haletait d'excitation. Un chiot bâtard aux pattes arquées que je ne connaissais pas lui reniflait timidement le derrière.

– On ne part pas tout de suite, hein ? me demanda Scout en guise de salut.

– Qui c'est, celui-là ? demandai-je en guise de réponse, avisant le chiot.

– Il s'appelle Biscuit, m'informa Shavon.

– Vous, vous allez prendre un petit sandwich ! prophétisa Mme Murphy en apparaissant derrière sa fille.

Scout fila avec son amie, suivies par le petit frère et les chiens. Mme Murphy me fit signe d'entrer. Dans le séjour, j'eus droit à un accueil chaleureux de son mari, Mikey Senior – un homme mince et élégant qui, malgré ses cheveux argentés et sa moustache bien taillée, n'évoquait pas vraiment un senior – et de leur fils, Mikey Junior – un trentenaire brun à la carrure de géant qui n'avait rien d'un junior. Sa femme Siobhan

1. Type de bière brune.

s'occupait d'un nourrisson dans ses langes bleus, Bébé Mikey.

L'arbre de Noël clignotait et scintillait. Kirsty MacColl et Shane MacGowan chantaient leur *Fairytale of New York*[1]. Je me retrouvai bientôt avec une assiette de sandwiches et une bière entre les mains. Je fixai la canette comme si je n'en avais jamais vu auparavant.

– Il est trop tard pour un café, m'expliqua Mme Murphy. Vous avez besoin de sommeil !

Je hochai la tête et remerciai les Murphy de s'être occupés de Scout. Ils protestèrent en chœur : elle ne les avait pas du tout gênés, ils étaient ravis de l'avoir et les enfants l'adoraient.

C'était les personnes les plus gentilles que j'aie jamais rencontrées. Et une famille que l'on pouvait sans doute considérer comme modeste. Défiant tous les stéréotypes rattachés aux catholiques irlandais, Mikey Junior était fils unique. Ce qui ne m'empêchait pas de voir les trois générations de Mikey comme une puissante tribu en comparaison du trio formé par Scout, Stan et moi.

Les Murphy s'étaient mis à leur compte comme plombiers et je vis que, même un jour comme celui-ci, le repos n'était pas au programme. Mikey Senior consultait son iPad pour essayer de caser dans son emploi du temps une habitante de Barnet avec une canalisation crevée tandis que Mikey Junior discutait avec un type de Camden dont la chaudière venait de rendre l'âme. Quand mon téléphone se mit à vibrer, je sus que, moi aussi, j'avais encore du pain sur la planche.

1. Chanson de Noël dans le style folklorique irlandais interprétée en duo par Shane MacGowan et Kirsty MacColl sur l'album des Pogues *I Should Fall From Grace With God* (1987).

Je consultai le message : mauvaise nouvelle. Un muscle près de mon œil gauche se mit à tressauter. De la paume, je le cachai aux Murphy.

Les deux Mikey me considéraient avec compassion.

– Ah, même en vacances, ça n'arrête pas, hein ? commenta Mme Murphy.

L'imposante demeure se trouvait dans une résidence privée à Highgate. « Résidence du Parc », annonçait l'écriteau devant le portail. On était au point le plus élevé de Londres, à l'extrême nord des quartiers riches. À cette altitude, l'air était frais, pur et doux, quasiment alpestre. Devant le portail électronique, mon insigne à la main, j'en inspirai une profonde bouffée.

Un agent en uniforme prit ma signature sur sa tablette numérique. Le portail commença à s'ouvrir. La DC[1] Edie Wren s'avança vers moi. À en juger par ses talons hauts et sa coiffure rousse élaborée, elle se préparait pour un rendez-vous galant quand elle avait reçu l'appel.

Je parcourus du regard les maisons.

– Ce sont toutes des pseudo-résidences secondaires ?

Maintenant que Londres comptait plus de milliardaires qu'aucune autre ville au monde, de plus en plus de propriétés de grand standing étaient achetées et laissées inoccupées, le temps que leur valeur augmente de plusieurs millions.

Les riches avaient toujours d'autres lieux où vivre.

– Certaines, oui, mais pas la nôtre. C'est une famille, Max.

Elle eut une hésitation, comme si elle-même avait du mal à y croire.

1. *Detective constable* : inspectrice en chef.

– Les parents. Deux ados. Du travail soigné. On dirait des exécutions.

Le portail se referma derrière nous.

La résidence était composée de six propriétés. Le ruban jaune entourait l'une d'elles. Passé le ruban, des SOCO[1] enfilaient leur combinaison blanche pendant que des agents en uniforme tentaient de se réchauffer en tapant des pieds. L'obscurité de l'hiver fondait sur nous, transpercée par les lumières bleues.

Derrière les hauts murs de la résidence privée se devinait une forêt sauvage disparaissant dans le lointain. Mais parmi les arbres et l'écheveau hirsute de broussailles surgissaient de grandes croix, des anges de pierre et les ruines d'anciens caveaux. La nature avait repris ses droits sur un vieux cimetière.

Le cimetière de Highgate.

Des agents frappaient aux portes des maisons dont les fenêtres s'ornaient de guirlandes clignotantes. Au milieu de la chaussée encombrée par nos voitures, un vigile était interrogé par un jeune inspecteur noir : le DI[2] Curtis Gane. Il me salua d'un signe de tête tout en posant une main sur l'épaule du vigile. L'homme restait bouche bée, encore traumatisé. Il ne portait pas de chaussures.

– C'est lui qui a donné l'alerte, m'expliqua Wren. Il faisait sa tournée quand il a vu la porte ouverte. Il est entré…

– … et a traversé la maison de pièce en pièce.

– Ça, on n'y peut rien. Mais nos techniciens ont

1. *Scene Of Crime Officer* : agent de la police scientifique anglaise spécialisé dans l'étude des scènes de crime.

2. *Detective inspector* : simple inspecteur.

pris sa pointure : du 45. Ça sera facile d'éliminer ses empreintes.

Elle indiqua le portail électronique.

– Il dit que personne ne peut entrer sans qu'il le sache.

– Alors ils sont passés par-derrière. Le secteur Ouest du cimetière de Highgate se trouve à l'autre extrémité du mur d'enceinte.

– Ce n'est pas là que Karl Marx est enterré ?

– Marx est dans la partie Est, de l'autre côté de Swain's Lane. Celle qui est ouverte au public. Le secteur Ouest, lui, est fermé au public sauf de temps à autre, pour des enterrements ou des visites guidées.

Wren jeta un coup d'œil dubitatif à ce cimetière dans une forêt. Le soir venu, on ne voyait rien d'autre que les anges de pierre inclinant la tête dans la pénombre.

– Il y a encore des enterrements là-bas ?

J'acquiesçai.

– C'est par là que je serais entré, dis-je en enfilant une paire de gants protecteurs.

Nous sortîmes nos insignes en arrivant devant le ruban et je signai de nouveau. Nous étions arrivés très tôt sur les lieux et les SOCO n'avaient pas encore investi la maison. Ils étaient parés, vêtus de blanc et gantés de bleu, mais ils devaient encore attendre que l'officier chargé de l'enquête voie la scène de crime et que le photographe l'immortalise – intacte, pure, aussi atroce qu'au moment de sa découverte.

Car une fois tout le monde entré, elle ne retrouverait plus jamais cette apparence.

Des voix grésillèrent dans les radios numériques tandis qu'au loin, d'autres RRV fonçant dans notre direction faisaient vrombir leur moteur et leur sirène. La nuit devint bleue. Tous devraient attendre la première inspection, cruciale, de la DCI Pat Whitestone.

Au moment d'atteindre la porte devant laquelle étaient postés deux agents, Wren s'arrêta.

– Regardez.

Cachée dans des buissons, une perche en bois. Elle était longue d'environ trois mètres, en bambou, terminée par une pièce métallique en forme de S : un croc de boucher. Son aspect de canne à pêche rudimentaire était à l'origine du surnom que nous donnions à cette technique très répandue chez les cambrioleurs.

– La canne à pêche qui lui a permis d'ouvrir, observa Wren.

Elle se retourna et appela un des SOCO.

– Vous m'emballez ça, s'il vous plaît ?

La perche avait sans doute été glissée par la fente de la boîte aux lettres et le croc de boucher avait fini par attraper des clés laissées dans l'entrée.

– Tout le monde se croit en sécurité... dis-je en hochant la tête.

À l'intérieur, l'odeur d'essence était suffocante.

Des spots éclairaient un long couloir blanc menant à un grand atrium haut de deux étages, vaste espace avec un mur de verre au fond. Quelqu'un avait tenté d'y mettre le feu. Deux pompiers inspectaient une zone noircie couvrant une haute cloison ainsi que la moitié du sol de la cuisine et de l'espace repas, meublé d'une table et de douze chaises. De l'autre côté du mur de verre, rien d'autre que la nuit.

La DCI Whitestone se tenait devant un corps à moitié nu : le cadavre d'un jeune garçon. Au centre de son front, l'orifice d'entrée d'une balle. Ses jambes écartées formaient un angle curieux. Ses paupières étaient ouvertes.

Whitestone retira ses lunettes et se frotta les yeux. La journée avait été dure, et la fatigue se lisait sur ses traits.

– Max, vous en pensez quoi ? 9 millimètres ?

Sa voix était calme, professionnelle. Elle était prête pour son travail.

Le garçon paraissait avoir été abattu à bout portant.

– On dirait, oui...

Je m'attendais à trouver sur le parquet en bois lustré le petit cylindre doré qui le confirmerait.

– ... mais je ne vois pas de douilles.

– Il n'y en a pas.

Whitestone se tut pendant que nous réfléchissions à cette absence.

– Qu'est-ce qui est arrivé à ses jambes ? demanda Gane en nous rejoignant. Elles sont passées sous un marteau-piqueur ?

– Plutôt une voiture, répondit Edie Wren en inspectant le garçon de plus près. Il devait être dehors : on dirait du gravier sur ses bras et ses mains.

Un grand panier pour chien était placé dans un coin de la pièce. Cousue à l'arrière, une étiquette indiquait : « MON NOM EST BUDDY ».

– Qu'est-ce qui est arrivé au chien ? demandai-je.

– Le chien ? s'étonna Gane. Vous vous inquiétez pour le chien ? Au milieu d'un carnage à la Charles Manson, c'est le *chien* qui vous préoccupe ?

Je ne pouvais pas lui expliquer. Le chien faisait aussi partie de la famille.

– Et le poisson rouge, on a des nouvelles ? Et le hamster, il s'en est tiré ? Wolfe, vite, allez prendre son pouls ! Et n'oublions pas la perruche !

– Ça va, l'interrompit Whitestone. Allons voir la suite à l'étage.

Soudain, le mur de verre géant s'illumina.

Les SOCO avaient braqué leurs projecteurs à arc vers la façade arrière. Derrière la maison se trouvait un jardin de pierre : des galets sinuaient autour de rochers et d'une sorte de lac de gravier. Un jardin japonais. Au centre, une cloche dont les intempéries, au fil du temps, avaient tacheté le vert, sonnait à chaque souffle de vent.

Je demeurai immobile, un moment, saisi par cette beauté inattendue. J'aperçus un golden retriever étendu sur les galets. Il paraissait endormi. Mais je savais qu'il n'en était rien.

Quand je me retournai, Whitestone, Gane et Wren étaient déjà montés à l'étage.

Je les suivis dans l'escalier au mur tapissé de photos. D'élégants portraits noir et blanc encadrés de fines baguettes noires. La famille qui avait vécu dans cette superbe maison.

La famille parfaite.

J'aurais pu raconter leur histoire en regardant leurs photos. La mère et le père avaient dû se marier jeunes et leur vie était restée placée sous le signe de l'amour, du bonheur et de la santé.

L'homme, grand et athlétique, affichait une expression légèrement amusée. Dans les quarante-cinq ans, mais fringant. La femme, plus jeune d'une dizaine d'années, me paraissait vaguement familière. Elle ressemblait à Grace Kelly, avec cette beauté surnaturelle, presque monstrueuse.

Ils avaient certainement dû affronter des problèmes, mais j'étais incapable de les imaginer. Ils étaient riches, prospères, et ils s'étaient trouvés. À mesure que je montais l'escalier, je voyais grandir leurs deux enfants.

Un garçon et une fille. Mignons, sportifs. Une gamine – douze ans peut-être – sur un terrain de hockey, protège-dents orange et visage concentré. Son frère, entouré de ses équipiers, brandissant joyeusement une coupe à l'issue d'un match de foot. Difficile de rapprocher cet enfant souriant du cadavre au rez-de-chaussée.

Un peu plus haut, le garçon et la fille étaient devenus des adolescents, presque un jeune homme et une jeune femme. Un an, guère plus, devait séparer l'aîné de la cadette. Une photo montrait la famille réunie devant le sapin de Noël. Sur une autre, tous dînaient à la terrasse d'un restaurant sur une plage. Le golden retriever des dernières photos, celui qui gisait à présent dans le jardin japonais, paraissait savourer sa chance de vivre au sein de cette famille idéale. L'ultime portrait montrait Grace Kelly tenant dans ses bras un enfant.

Un garçon. Dans les quatre ans. Son arrivée avait dû être inespérée. Leur existence était déjà comblée. Le mur des photos était rempli. Ils pensaient sans doute qu'ils n'auraient pas d'autre enfant. Mais le garçon était arrivé pour mettre la touche finale à leur bonheur. Oui, quatre ans sans doute.

Un an plus jeune que Scout, pensai-je.

Le photographe de scène de crime s'apprêtait à redescendre.

Je le retins par le bras.

– Vous êtes absolument sûr qu'il ne reste pas de survivant ?

– Le médecin divisionnaire n'est pas arrivé donc aucune mort n'est encore officiellement déclarée mais là-haut, on n'a que des cadavres. Désolé.

Quelque chose monta en moi et je le ravalai.

Toute une famille.

Gane avait raison. Un carnage à la Charles Manson.

Il y avait un autre corps sur le palier. La fille, dans sa tenue de réveillon, couchée sur le côté. Je ne distinguai pas d'orifice d'entrée mais tout autour de sa gorge se dessinait comme un collier de sang. J'entendis des voix provenant de la suite parentale, à l'extrémité du couloir. J'avançai, me blindant mentalement contre ce que j'allais y trouver.

La femme ressemblant à Grace Kelly était dans son lit, le visage dissimulé par un voile de cheveux blonds. Sa tête reposait sur un oreiller taché mais, là encore, je ne remarquai aucun orifice d'entrée. Comme sa fille, elle semblait avoir été tuée d'une seule balle à l'arrière du crâne.

– C'est pour le père qu'ils sont venus, commenta Whitestone.

Le corps nu de l'homme était adossé à une coiffeuse. Il avait reçu une balle dans chaque œil, à bout portant, et il nous regardait de ses orbites vides. J'inspirai profondément et me forçai à observer les orifices ravagés. Une bouillie de cervelle et de sang avait éclaboussé le meuble blanc.

– Ça m'en a tout l'air, répondit Gane. Et après le père, ils ont décidé de liquider toute la famille. La femme. La fille. Le garçon. Trois exécutions. Mais le père, lui… c'était une affaire personnelle.

Nous nous tenions tous les quatre dans la chambre, comme lors d'une veillée funèbre.

– Et le petit garçon ?

Le silence qui suivit ma question s'amplifia jusqu'à se faire menaçant.

– Quel petit garçon ? demanda Whitestone.

* * *

Pendant un quart d'heure, chacun de nous examina le moindre recoin de la maison, à la recherche d'un petit corps brisé. Puis l'Équipe de Fouille Spécialisée[1] arriva sur les lieux – et les mit méthodiquement en pièces.

Ils arrachèrent les moquettes, démontèrent les parquets, perforèrent les cloisons. Ils fouillèrent le grenier, les bacs de recyclage, les canalisations. Ils inspectèrent le four, le micro-ondes, la machine à laver. Après toutes ces recherches infructueuses, ils sortirent dans le jardin japonais et soulevèrent une à une les pierres grises polies. Enfin, ils franchirent le mur et pénétrèrent dans le cimetière de Highgate.

Peu avant 8 heures, les hommes et les femmes de l'EFS sillonnaient toujours à quatre pattes les collines verdoyantes du cimetière.

Quelques heures auparavant, la DCI Whitestone avait lancé une alerte pour disparition d'enfant. Mais, aux premiers rayons du soleil, nos collègues enfonçaient encore les mains à travers de vieilles pousses de lierre, braquaient le faisceau de leur lampe torche sur des cryptes poussiéreuses, fouillaient la nature sauvage sous le regard d'anges au visage impassible.

1. Division du Commandement antiterroriste chargée de collecter les indices après une attaque terroriste ou de sécuriser une zone avant une visite d'un chef d'État ou un événement officiel. L'EFS travaille également avec la Brigade criminelle.

3

Le garçon porté disparu nous souriait timidement depuis le mur de la Salle de Situation de Crise 2 (SSC-2).

Les enfants disparus sourient toujours sur leurs photos. C'est bien ce qui déchire le cœur : leur joie enfantine, en vacances à la plage ou lors d'une fête d'anniversaire, et personne pour imaginer ce qui les attend au bout du chemin.

– Vous savez tous comment ça fonctionne, annonça la DCI Whitestone. Ou on le trouve vite…

Elle ne termina pas sa phrase. Nous la connaissions par cœur.

Ou on ne le trouve jamais.

Ce fait cruel nous avait été martelé depuis notre période de formation. Toutes les statistiques le confirmaient : si on ne remet pas la main sur un enfant disparu dans les vingt-quatre heures ou, au grand maximum, une semaine, alors on risque de découvrir un jour son corps dans une valise abandonnée, au fond d'un fleuve, jeté dans une benne à ordures ou recouvert d'une mince couche de terre – à supposer qu'on le retrouve.

Au-delà d'une semaine de disparition, les *happy end* sont rares.

Après être restés toute la nuit dans la maison sur la colline, nous étions allés directement au 27 Savile Row[1].

Et le petit garçon souriant avait un nom, désormais.

Bradley Wood.

Quatre ans. Un sourire de travers.

Dans la nuit, le médecin divisionnaire avait déclaré officiellement morts sa mère, son père, son frère et sa sœur. Je considérai le visage heureux de Bradley Wood tout en me demandant à quel genre de vie on allait tenter de le ramener, maintenant que toute sa famille avait disparu.

J'avalai cul sec un autre triple expresso et repoussai cette pensée.

D'abord, trouver le gosse.

De son petit poing, il brandissait son jouet préféré : une figurine en plastique vêtue d'une chemise blanche, d'un gilet noir et chaussée de grandes bottes. En l'examinant de plus près, je reconnus Han Solo, l'insolent capitaine du Faucon Millenium.

– On en est où, avec les victimes ? demanda Whitestone en retirant ses lunettes et en les nettoyant sommairement avec une serviette en papier froissée.

Elle paraissait épuisée. Nous étions tous épuisés. Rentrés à West End Central aux premières lueurs de l'aube, nous avions passé toute la matinée à faire des recherches sur les victimes. L'après-midi débutait à peine et le pâle soleil d'hiver commençait à descendre sur les toits de Mayfair.

– Je vous présente la famille Wood, dis-je en pressant une touche de mon clavier.

1. Adresse de West End Central, le siège de la Metropolitan Police de Londres.

Sur l'immense télé HD murale de la SSC-2 s'afficha une des photos de famille aperçues dans l'escalier. Ils nous souriaient. Le beau couple. Leurs deux ados. Riches, sportifs, radieux. Serrés les uns contre les autres autour du bébé, éclatant de rire sur fond de station de ski.

– Le père, Brad, est agent sportif. Sa femme, Mary, mère au foyer. Le garçon, Marlon, a quinze ans et la fille, Piper, quatorze. Élèves dans le privé à Hampstead. Et puis, Bradley.

Whitestone secoua la tête.

– Pourquoi j'ai l'impression de les connaître ?

– À cause de la mère, dis-je. Avant de devenir Mary Wood, elle s'appelait Mary Gatling et a brièvement connu la célébrité.

Les yeux de Whitestone clignèrent de surprise derrière ses lunettes.

– La Mary Gatling des J.O. d'Hiver 1994 ?

J'acquiesçai.

– Ceux de Lillehammer, en Norvège. On l'avait surnommée la Vierge de Glace.

– Mary Wood était la Vierge de Glace ? demanda Whitestone. La fille qui avait déclaré à la presse qu'elle n'aurait pas de relations sexuelles avant le mariage ?

– Elle-même. Elle était membre de la délégation anglaise. Une descendeuse. À défaut de médailles, elle a récolté pas mal de gros titres. Elle expliquait qu'elle voulait se préserver pour son futur mari... Ça lui a bien valu cinq minutes de gloire.

– C'est justement pendant les Jeux qu'elle a rencontré son mari, non ?

– Oui. Brad Wood. Américain. Originaire d'une famille ouvrière de Chicago. Lui participait à l'épreuve de biathlon – ski de fond et tir. Il a raté de peu le podium. Tous les deux se sont rencontrés au Village olympique.

– Mary Gatling… La Vierge de Glace… répéta Whitestone, qui n'en revenait pas. Ça alors. Elle n'a rien perdu de son physique, pas vrai ?

– Gatling ? intervint la DC Edie Wren. Comme dans les Résidences de Gatling ? Les promoteurs immobiliers ?

– Tout à fait. Mary était l'aînée des filles de Victor Gatling. Une fortune familiale qui ne date pas d'hier : le père a commencé comme larbin chez des marchands de sommeil dans les années 1960, puis il s'est acheté un petit appartement à Tottenham, l'a retapé et l'a revendu. Tout est parti de là. Ces vingt dernières années, sa société s'est spécialisée dans le haut de gamme. Victor Gatling doit avoir dans les soixante-dix ans, au moins. L'es Résidences de Gatling sont à l'origine de nombreuses constructions de grand standing au centre de Londres : Kensington, Chelsea, Mayfair, Hampstead, Knightsbridge. On dit que Victor Gatling a fait deux fois fortune : en construisant d'abord des logements pour les immigrants pauvres du siècle dernier, puis des logements pour les immigrants riches de ce siècle. On le surnomme « le Bâtisseur de Londres ». Depuis son départ en semi-retraite, c'est son fils Nils qui dirige la boîte.

– Et ces vingt dernières années, l'époux de Mary était encore agent sportif ? demanda Whitestone.

– Non. Après son mariage, il a travaillé quelques années pour son beau-père. Apparemment, ça n'a pas vraiment marché.

Dans la rue, des voix criaient, s'interpellaient. Nous allâmes voir à la fenêtre. Quatre étages en dessous de la SSC-2, le vacarme de la circulation formait un grondement continu. Savile Row est une artère étroite, plus proche d'un canyon que d'une rue, où se croisent les tailleurs sur mesure et les fans des Beatles cherchant le lieu de leur dernier concert[1]. Depuis Conduit Street, au nord, jusqu'à Burlington Gardens, au sud, elle était prise d'assaut par les médias du monde entier : attroupement de paparazzi, grands camions surmontés d'antennes paraboliques, hordes de journalistes faisant le pied de grue sous la lanterne bleue du 27 Savile Row.

– Notre ALM[2] a rappelé, chef, annonça Wren.

– Et ?

– Elle veut savoir quand vous allez faire une annonce à la presse. Demain matin, la photo du petit Bradley fera la une de tous les journaux. Dès ce week-end, l'info tournera en boucle sur toutes les chaînes. Sur les réseaux sociaux, on en parle déjà. Et rien ne bouge ici…

– Répondez-lui que je m'adresserai aux médias dès que les corps auront été identifiés par la famille, lâcha Whitestone d'une voix agacée.

Wren hésita.

– Le bureau de la surintendante principale a aussi appelé…

– Qu'est-ce qu'ils veulent ?

– La même chose : savoir quand vous allez parler aux journalistes.

Whitestone eut un rictus mauvais.

– Eh bien, répondez exactement la même chose : je ne fais aucune déclaration publique tant que la famille n'a pas formellement identifié les corps.

1. Le 30 janvier 1969, les Beatles ont improvisé leur ultime concert sur le toit de l'immeuble où siégeait Apple Corps, la société fondée par le groupe, située au 3, Savile Row.

2. Agent de liaison avec les médias.

– L'identification a lieu en ce moment, répondit Wren. Un membre de la famille de Mary Wood vient d'arriver à l'Unité médico-légale Iain West[1].

– Qui ça ?

– Sa sœur. Elle est accompagnée de notre ALF[2].

Les polices du monde entier sont accros aux sigles.

– Quelles nouvelles du côté des fouilles, Curtis ?

– Le problème majeur pour nos équipes, c'est que la scène de crime se situe dans la zone la plus verte de Londres, répondit Curtis Gane. Beaucoup de broussailles, de fossés, de bois… Le cimetière de Highgate. Waterlow Park. Highgate Woods. Hampstead Heath. Plus quelques parcours de golf. C'est comme si on cherchait un corps dans une forêt…

– Et il y a beaucoup d'eau, ajouta Whitestone : les étangs de Highgate et d'Hampstead. Trois plans d'eau en vingt minutes de route, grosso modo.

– Oui, chef, répondit Gane. Brent Reservoir à l'ouest, Manor House et Tottenham Hale à l'est. Nous avons envoyé sur place une équipe de plongeurs. C'est un travail de titan mais nos hommes ont sorti le grand jeu – ils ont même demandé l'assistance de la brigade cynophile.

Nous nous tournâmes en silence vers la photo de la famille Wood.

– Ça ne rime à rien, pas vrai ? constata Whitestone. Les tueurs à la chaîne ne s'attaquent pas aux résidences privées gardées par un vigile. Et les tueurs à gages ne kidnappent pas les enfants.

1. Du nom du célèbre médecin légiste anglais (1944-2001).
2. Agent de liaison avec les familles.

Elle marqua une pause, releva ses lunettes sur son nez, plongée dans ses réflexions.

– Qui peut tuer quatre personnes et kidnapper un enfant ? Pourquoi on décide de kidnapper un enfant ?

– Extorsion, suggéra Gane. Ça peut coller. Une rançon en échange du gosse. Ces gens ont vraiment *beaucoup* d'argent.

– Trafic humain, ajouta Wren. Abus sexuels, adoption illégale, vente d'organes…

J'y allai de mon hypothèse :

– Acte gratuit.

– Faites venir le Dr Joe, ordonna Whitestone. Il va pouvoir nous faire le profil psychologique du genre de taré qui massacre une famille et enlève un enfant.

Wren prit son téléphone et composa le numéro abrégé du Dr Joe Stephen, l'expert en psychologie judiciaire du King's College de Londres.

– Pas d'arme ? reprit Whitestone.

– Pas encore, répondit Gane.

– Des empreintes ? Même partielles ?

– D'après nos experts, la maison a été nettoyée par un pro, répondis-je. Ce qui explique l'absence de douilles. S'il prend la peine de récupérer ses douilles, il prend aussi la peine de faire le ménage complet.

– Comment ça, *s'il prend* ? objecta Wren. Maîtriser une famille tout entière, c'est un sacré boulot pour un seul homme. Qu'est-ce qui vous fait croire…

Un grondement monta de la rue.

J'allai à la fenêtre.

– Quelqu'un parle à la presse.

Whitestone fronça les sourcils et remonta d'un geste brutal ses lunettes.

– *Quoi ?*

Penchés par la fenêtre, nous ne voyions rien d'autre que la cohue des journalistes agglutinés. Quelqu'un alluma la télé et zappa sur une chaîne d'info continue.

Un homme et une femme se tenaient sur le perron du 27 Savile Row, sous la vieille lanterne bleue. La femme était une version un peu plus jeune de Mary Wood, avec la même beauté froide. Une héroïne d'Hitchcock. L'homme était plus âgé, les cheveux blonds clairsemés. Derrière eux, notre ALM et notre ALF, deux jeunes femmes en tailleur, affichaient une expression peinée.

– Bien… mesdames et messieurs, votre attention s'il vous plaît, commença l'ALM… On arrête de pousser, merci ! Je vous présente monsieur Nils Gatling et madame Charlotte Gatling, le frère et la sœur de la victime, Mary Gatling-Wood.

La meute se jeta en avant. Les agents en uniforme froncèrent les sourcils sous leur casque et s'efforcèrent de contenir les caméras, les micros et la foule en bas des marches de West End Central.

– Bordel ! grogna Whitestone. Ne me dites pas qu'ils vont faire une déclaration ?

– Ça peut nous permettre d'avoir l'aide du public, hasarda Wren.

– On n'a *surtout pas* besoin de ça, grinça Gane.

– Vous avez raison, Edie, mais ce genre d'aide peut devenir très encombrante, tempéra Whitestone. Et se révéler contre-productive.

– Autant éviter les gens pleins de bonne volonté qui vont se précipiter à Highgate Woods, les coups de fil chaque fois que quelqu'un apercevra un petit gamin blond, les cinglés, les dérangés et les paranos en tous genres. Bref, pas la peine de s'encombrer d'une bande de rigolos persuadés qu'ils nous rendent service. Ça parasite notre boulot.

Whitestone soupira.

– Trop tard, maintenant...

L'homme – Nils Gatling – venait de prendre la parole. Sa voix chancelait sous le poids du choc et du chagrin.

– Ma sœur et moi venons tout juste d'identifier les corps de Mary, notre sœur bien-aimée, et de sa merveilleuse famille, annonça-t-il à une forêt de caméras et de micros tendus vers lui. Nous avons encore du mal à accepter la réalité de cette tragédie... Et nous en avons le cœur brisé. Naturellement, mes proches et moi-même coopérerons pleinement pour que les coupables répondent de leurs actes devant la justice. Maintenant, nous pensons très fort au fils cadet de ma sœur...

Il leva la tête.

– ... Bradley.

– Je vous en supplie...

La voix de sa sœur avait la douceur d'une prière. Toutes les caméras se braquèrent sur elle.

– ... je vous en supplie, ne faites pas de mal à mon neveu.

Elle ne pleurait pas, mais l'évidence de sa souffrance me coupa le souffle.

– Bradley est un petit garçon adorable et innocent. Ne lui faites pas de mal. Par pitié. Rendez-le-nous. Ramenez-le à la seule famille qui lui reste. *Rendez-nous Bradley.*

Les caméras restaient sur elle.

Les caméras l'adoraient.

– Ils ont leur gros titre pour demain, déclara Gane. *Rendez Bradley.*

– Elle ressemble à une esquisse préparatoire que Dieu aurait faite de… comment s'appelle cette vieille actrice, déjà ? demanda Wren. Ah, oui : Michelle Pfeiffer.

Les caméras n'arrivaient pas à se détacher de ce mélange hypnotisant de beauté et de douleur.

Nils ajouta quelques mots puis l'ALM conclut par un charabia doucereux où il était question de respect de la vie privée.

Les caméras s'attardaient toujours sur Charlotte Gatling.

Il leur en fallait toujours plus. Les photographes, admiratifs, s'acharnaient à immortaliser son visage en cet instant, sous la lanterne bleue du 27 Savile Row, en ce jour froid de janvier.

Et je m'aperçus que, comme toutes ces caméras, j'étais incapable de me détourner d'elle.

Whitestone haussa les sourcils.

– Il va nous falloir une salle plus grande.

Je me réveillai en sursaut au milieu de la nuit. 4:10, m'avertit le réveil à côté de mon lit. Trop tôt pour me lever. Trop tard pour me rendormir. Qu'est-ce qui avait pu me réveiller ?

Je me précipitai dans la chambre de Scout. Mais elle dormait paisiblement, son uniforme d'écolière posé avec soin sur un vieux valet en bois – une attention de Mme Murphy.

J'observai le visage ensommeillé de Scout et m'émerveillai d'avoir en partie contribué à créer le plus bel enfant du monde. Je sais que tous les parents éprouvent la même sensation. La différence, c'est que ma fille est *vraiment* le plus bel enfant du monde.

Je marchai sur la pointe des pieds jusqu'à la cuisine.

En chemin, je perçus les ronflements de Stan, mon chien à museau court, semblables à la respiration sifflante d'un vieillard. Je me préparai un café puis consultai mon téléphone. Edie Wren m'avait envoyé un SMS une quinzaine de minutes auparavant :

Je sais pourquoi ils sont morts.

Tout en composant son numéro, je m'approchai de la fenêtre de notre loft et regardai les lumières aveuglantes de la halle aux viandes de Smithfield.

Quatre heures du matin et le marché battait son plein. Je me sentis tout de suite mieux – moins bizarre de me retrouver debout au milieu de la nuit. Wren décrocha dès la première sonnerie et je devinai qu'elle n'avait pas dormi du tout.

– Les Wood ont une très forte présence sur le Web. Tapez leur nom dans Google et vous verrez...

J'allumai le MacBook dans la cuisine.

– En une demi-seconde, on obtient sept millions de résultats.

– À cause de Lillehammer, de la Vierge de Glace. Ça remonte à une éternité mais, aujourd'hui, la gloire ne se limite plus à un quart d'heure : notre célébrité éphémère laisse des traces pour toujours.

– Ce n'est pas seulement ça, répondit Wren. Bien sûr, il y a eu les J.O. d'hiver et la Vierge de Glace, mais ils étaient encore très actifs jusqu'à ces derniers jours. C'est une famille qui poste des vidéos en ligne. Genre « famille heureuse », vous voyez ? On fait la fête à Val-d'Isère... on souffle les bougies d'anniversaire du petit dernier... on s'offre une virée en bateau à la Barbade... et on est toujours magnifiques...

Google renvoyait tellement de résultats que je ne savais pas par où commencer.

– Mais c'était quoi, au juste ? demandai-je. Ils partageaient leurs moments de bonheur ou ils frimaient ?

– Il y a une différence ?

Sur YouTube, je visionnais le film des vacances de Pâques que les Wood avaient passées à Geilo, en Norvège. On aurait dit une publicité pour quelque chose dont on prendrait soudain conscience d'avoir terriblement besoin. Sous leurs visages souriants, je parcourus la section « Commentaires ». La méchanceté, la malveillance et l'agressivité qui s'y révélaient me firent sursauter. Le bonheur de cette famille rendait fous de rage la grande masse des anonymes.

– Lire ces commentaires, c'est comme nager dans des égouts… J'ai envie de les effacer, Edie.

– On ne peut pas, Max. On ne peut jamais les effacer.

– Alors, quelle est votre théorie ?

– Ce n'est pas une théorie. J'ai failli le dire tout à l'heure dans la SSC-2 mais je n'ai pas osé. Parce que ça a l'air débile…

– Allez-y, Edie.

– Regardez ces commentaires, Max. Regardez ces insultes. Regardez comme le monde déteste les gens beaux, riches, ceux qui ont la chance d'avoir à la fois l'argent et l'amour. Comme le monde hait les gens heureux. Vous ne comprenez pas ? Les Wood ont été assassinés parce qu'ils étaient heureux.

4

Nous nous levâmes de bonne heure pour aller voir les chevaux de la Reine. Il faisait encore nuit et froid quand je pris place avec Stan et Scout à l'angle de Charterhouse Street et de Farringdon Road. Comme d'habitude, notre discussion tournait principalement autour de notre chien.

– Stan n'a pas la tête d'un chien joyeux, hein ? remarqua Scout.

Je savais ce qu'elle voulait dire. Stan était une belle bête mais il n'avait pas les babines relevées de ces chiens qui paraissent toujours hilares, comme réjouis de leur existence. Des chiens de publicités pour croquettes, avec la langue pendante et les yeux malicieux. Stan était incapable du moindre sourire canaille. Il avait la moue lugubre typique du Cavalier King Charles. Mais sa queue agitée avec la régularité d'un essuie-glace nous disait qu'il était heureux de cette excursion matinale avec notre petite famille. Son pelage rubis avait des reflets soyeux et ses yeux ne se détachaient pas de Scout, cette créature qui occupait le centre absolu de son univers.

– Il rit intérieurement, répondis-je. Ah, les voilà !

Une vingtaine de chevaux noirs se profilaient

lentement au bout de la rue. De leur corps chaud, des nuages de vapeur montaient dans l'air glacé. Le Régiment de cavalerie de la Maison Royale en promenade matinale – une sortie destinée aux chevaux qui ne participeraient pas à la relève de la garde un peu plus tard dans la journée. En un sens, ce spectacle me paraissait encore plus magnifique. Pas d'or ni de plumes, pas de sabres ni de dorures, juste des soldats à cheval en veste kaki, et cette vision dans les rues de la ville conférait à la journée une touche magique.

Stan tira sur sa laisse, impatient de les rejoindre. Quand Scout le retint, il la regarda en écarquillant les yeux, deux billes noires dans sa petite tête. *Allez, quoi,* semblait-il dire.

Une fois les chevaux passés dans un bruit de sabots qui résonnaient à présent en direction de Victoria Embankment, vers les étables de la garde de la Reine, nous allâmes prendre notre breakfast chez Smiths of Smithfield.

Stan salua quelques visages familiers. Notre chien était d'un caractère très sociable. Quand, voilà plusieurs centaines de milliers d'années, les premiers chiens sauvages se sont approchés craintivement des feux de camp allumés par l'homme et que s'est noué le grand pacte entre ces deux espèces, l'abri et la nourriture de l'homme contre l'affection et la protection du chien, je suis certain que les ancêtres de Stan étaient au premier rang, yeux grands ouverts, remuant la queue et léchant les mains tendues.

Par les grandes baies vitrées, nous assistions au ballet des commis bouchers de Smithfield, sur le point de boucler leur long service de nuit.

– Est-ce que Bradley a été retrouvé ? demanda Scout.

– Quoi ?

– Est-ce que Bradley a été retrouvé ? Est-ce qu'ils l'ont rendu ?

– Qu'est-ce que tu sais de Bradley, ma puce ?

– J'ai vu les infos... la dame qui parlait...

– Ma puce, tu sais bien que tu n'as pas le droit de regarder les infos à la télé.

C'était une des règles fixées par sa mère, et je mettais un point d'honneur à toujours faire respecter les vieilles règles.

– Il y a certaines images qui ne sont pas adaptées à des enfants de ton âge.

– Je sais. Je regardais les dessins animés mais il y a eu un flash... Mme Murphy a vite changé de chaîne mais j'ai eu le temps de voir Bradley. Je voulais juste savoir si on l'a retrouvé...

– Pas encore. Mais on va y arriver. On va le retrouver et on va le ramener chez lui.

– Comment tu peux en être sûr ?

– Parce que c'est mon métier.

Mon téléphone vibra. Whitestone.

– Venez vite à Iain West. On a un problème avec les corps.

– Ce ne sont pas des blessures par balles, annonça Elsa Olsen, le médecin légiste. Les orifices d'entrée que vous avez vus sur les victimes et que vous avez crus, à juste titre, causés par des balles sont, en réalité, des fractures circulaires. Fractures du crâne en ce qui concerne trois victimes et fractures des deux orbites pour la quatrième. La qualification du décès est bien le meurtre, mais pas par arme à feu. Par traumatisme dû à un objet contondant.

Wren avait accueilli notre petite famille à l'entrée de la Westminster Public Mortuary, sur Horseferry Road, et avait aussitôt accompagné Stan et Scout au 27 Savile Row. Scout aimait bien Wren. Et, bien sûr, Stan aimait tout le monde.

J'avais rejoint la DCI Whitestone et le DI Gane dans l'Unité médico-légale Iain West où, comme eux, j'avais enfilé une blouse et une charlotte bleues qui m'allaient à ravir. Nous frissonnions bien qu'il ne fasse pas si froid dans cette salle où la température était toujours légèrement supérieure à 0° C.

Les membres de la famille Wood étaient sagement alignés sur leurs tables en acier inoxydable. Elsa Olsen parlait tout en déambulant entre eux. Chaque corps portait la marque de l'examen qu'elle lui avait fait subir : une incision en forme de Y partant des épaules, à partir de laquelle Elsa avait inséré son costotome[1] pour examiner les organes internes – comme la plupart des légistes, elle préférait d'ailleurs se servir d'un simple sécateur de jardinier. Chaque tête était surmontée d'un petit bonnet pour masquer les calottes crâniennes ouvertes à l'aide d'une scie vibrante Stryker.

Whitestone indiqua d'un signe de tête les blessures du garçon et de l'homme : non pas à l'arrière du crâne, comme pour la mère et la fille, mais au milieu du front pour le fils et dans les orbites pour le père – deux trous noirs béants.

– Pourtant, on dirait bien des abrasions circulaires, remarqua Whitestone.

Autour des blessures au front et aux orbites apparaissaient en effet des traces de brûlure semblables à

1. Ciseaux d'autopsie destinés à couper les côtes.

celles laissées par le canon d'une arme tirant à bout portant.

– En effet, Pat, reconnut Elsa. Mais ces abrasions circulaires ont été causées par un *outil,* pas par une arme à feu. Un outil utilisé avec suffisamment de force pour perforer le crâne et enfoncer dans le cerveau des fragments osseux. Ces gens n'ont pas été simplement tués : ils ont été *abattus*. Comme des bêtes.

Je comprenais à présent pourquoi nous n'avions retrouvé aucune douille.

Elsa Olsen était une grande Norvégienne aux cheveux sombres et aux yeux bleus, une de ces Scandinaves qui parlent une langue étrangère bien mieux que les autochtones.

– Vous avez pu voir le rapport toxicologique ? demanda-t-elle.

Whitestone secoua la tête.

– Le labo ne l'a pas encore envoyé.

– Il vous apprendra que des traces de flunitrazépam – ou Rohypnol, la drogue du viol – ont été décelées dans l'organisme des quatre victimes au moment de leur mort. J'en ai trouvé dans leur système gastro-intestinal. Comme vous le savez, le Rohypnol est inodore. Vous n'auriez pas pu le sentir sur la scène du crime.

– Alors c'est comme ça que le tueur a pu les maîtriser, conclut Whitestone : il les a bourrées de Rohypnol.

– Cause du décès : meurtre, reprit Elsa. Sujet masculin, blanc, quarante-cinq ans : Brad Wood. Sujet féminin, blanc, trente-cinq ans : Mary Wood. Sujet masculin, blanc, quinze ans : Marlon Wood. Sujet féminin, blanc, quatorze ans : Piper Wood. Quatre corps retrouvés au stade de la rigidité cadavérique. La *rigor mortis,* comme vous le savez, survient deux heures après la mort : peu à peu, le corps devient totalement raide. En me fondant sur la règle des Trois Douze – douze heures pour se rigidifier, douze heures à rester raide et douze heures pour que le corps s'habitue au fait qu'il est mort et commence à se détendre –, je peux conclure avec certitude que la famille Wood a été assassinée dix-huit heures avant la découverte des corps, le soir du 1er janvier.

– Donc, pendant le réveillon, dit Whitestone.

– Pourquoi n'étaient-ils pas sortis faire la fête ? demanda Gane.

Whitestone ajusta ses lunettes.

– Peut-être qu'ils faisaient simplement la fête entre eux.

Et voilà qu'ils se retrouvaient allongés, nus, sur quatre tables en acier.

– Le corps du garçon, Marlon Wood, porte la trace de nombreuses abrasions et ecchymoses.

– Ce ne sont pas des marques de lividité ? demanda Whitestone.

Comme de nombreux cadavres déposés à Iain West après être restés longtemps en position horizontale, les corps de la famille Wood paraissaient tous couverts de bleus. Quand le cœur ne remplit plus sa fonction de pompe, le sang ne circule plus, stagne et entraîne le phénomène de lividité cadavérique : des taches ressemblant à s'y méprendre à des ecchymoses. Les quatre Wood présentaient ces marques. En examinant le garçon de plus près, on constatait qu'elles étaient nettement plus nombreuses sur son corps.

– Marlon a eu les fémurs brisés, reprit Elsa. L'os de la cuisse est le plus solide de tout le squelette humain. Il faut un choc particulièrement violent pour le casser.

C'est pourquoi 99 % des fractures du fémur ont la même cause...

– ... une voiture, dis-je. Quelqu'un lui a roulé dessus. Puis l'a transporté ou traîné jusqu'à la maison.

– Mais ce n'est pas la voiture qui l'a tué, ajouta Elsa. Je vais vous montrer son cerveau. J'ai laissé la calotte crânienne ouverte.

Elsa retira doucement le bonnet puis le haut du crâne de Marlon, avant d'en rabattre les parties antérieure et postérieure. Son visage disparut bientôt sous le masque sanguinolent formé par l'intérieur de sa tête.

J'inspirai profondément puis expirai. Un petit nuage vaporeux se forma dans l'air froid. Nous nous approchâmes de la table.

– Je pourrais retirer le cerveau en coupant les connexions aux nerfs crâniens et à la moelle épinière, mais je crois que c'est suffisamment clair *in situ.*

Elle souleva une fine couche de ce qui ressemblait à de la peau de poulet sur laquelle on aurait imprimé une carte routière sanglante, révélant une profonde fissure dans le cerveau. Le sang était noir.

– Marlon est mort d'une hémorragie épidurale. Il a été frappé sur la partie antérieure de la tête, comme le montrent les dégâts subis au crâne et au cerveau. Mary et Piper, elles, sont mortes d'une hémorragie sous-durale, à la suite d'un coup violent derrière la tête. Dans les trois cas, le décès a donc été causé par un traumatisme crânien entraînant une hémorragie intracrânienne. Le cas du père est différent : crise cardiaque. Sans doute après la destruction de son premier œil.

– Des blessures défensives ? demanda Whitestone.

– Piper s'est débattue. Les autres sont morts sans réagir.

– Elle a des ongles cassés ?

Ç'aurait été une bonne nouvelle : elle pouvait avoir griffé le tueur, qui aurait laissé des fragments de peau sous ses ongles.

– Non. Juste un pouce cassé.

Elsa regarda le cadavre de Piper Wood.

– Mais elle s'est battue de toutes ses forces. Elle a fait preuve d'un courage incroyable.

– Des signes de viol ? demanda Whitestone.

– Il y avait du sperme dans le vagin de Piper, avec des spermatozoïdes non mobiles, c'est-à-dire sans flagelle, preuve qu'elle avait eu une relation sexuelle consentante quelques jours plus tôt. Mais, oui, j'ai aussi trouvé des traces d'agression sexuelle. Il y a eu viol avant le meurtre.

– Donc, Piper a été violée ?

Elsa secoua la tête.

– C'est sa mère qui a été violée. Mary. On a trouvé des spermatozoïdes mobiles dans sa bouche, son vagin et son rectum. Les spermatozoïdes survivent plus longtemps dans un corps mort que dans un corps vivant. Quand le cœur cesse de battre, le corps cesse de produire les substances qui les détruisent. Ils peuvent survivre deux semaines après le décès. En l'occurrence, ils sont toujours présents dans le corps de Mary.

– Si ça se trouve, c'est en assistant à la scène que le père est mort d'une crise cardiaque.

– Possible, concéda Elsa.

– La famille est au courant ? demandai-je.

– J'ai parlé du viol de Mary à sa sœur Charlotte quand elle est venue reconnaître les corps. Elle m'a demandé de ne pas rendre l'information publique. J'ai accepté.

– Ça, ça va être compliqué, dit Whitestone. Elle doit

comprendre que ce détail sera révélé devant un tribunal. Ce sera même un des chefs d'inculpation. Une preuve ADN est toujours utilisée devant une cour.

– Bien sûr. Charlotte Gatling en est tout à fait consciente. Elle demande juste que ce détail ne soit pas divulgué tout de suite. Son père n'est pas en bonne santé. Son frère idolâtrait sa sœur. Elle considère que sa famille a déjà suffisamment souffert pour qu'on lui épargne cette révélation supplémentaire…

– Compris, Elsa. Pas de problème. Parlons de l'arme, maintenant. Avec quoi ont-ils été tués ? À quoi on a affaire ? Un genre de marteau ? Un stylet métallique ? J'ai l'impression d'avoir déjà vu ça quelque part…

– Moi aussi, confirma Elsa. Mais pas dans ce pays, et pas dans ce métier…

Elle entreprit de coudre la calotte de Marlon Wood à son crâne à l'aide d'une aiguille spéciale et d'un fil épais. Le résultat s'apparentait aux coutures d'une balle de baseball, et le travail était plutôt propre – lorsque le cœur ne bat plus, le mort ne saigne plus.

Seuls les vivants saignent.

– J'ai passé mon enfance dans une ferme en Norvège, expliqua le médecin légiste. Une année, nous avons eu un printemps très humide suivi d'un été caniculaire. Du coup, il n'y avait pas assez de fourrage pour le bétail, et les fermiers ont été obligés d'abattre une partie de leurs animaux. Avant de les tuer, mon père les assommait en leur percutant la cervelle à l'aide d'un piston métallique. Quand j'ai vu ces blessures…

Elle montra la famille Wood.

– C'était exactement à ça que ressemblait le bétail avant d'être abattu.

5

– Quel meurtrier se sert d'un pistolet d'abattage ? demanda Edie Wren à mi-voix. Les tueurs à la chaîne – *tous*, sans exception – sont toujours armés jusqu'aux dents.

Nous étions de retour à West End Central, et avions pris nos quartiers dans la SSC-1, plus spacieuse que la précédente salle. Regroupés tous les quatre dans un coin, nous parlions à voix basse car Scout était assise juste à côté, occupée à dessiner en attendant que Mme Murphy vienne la chercher. Stan dormait à ses pieds.

– Ça n'est pas un tueur à la chaîne, assura Whitestone d'une voix tout aussi calme. Il n'a pas agi dans plusieurs lieux. Il se serait promené dans cette jolie petite rue et aurait descendu les voisins un par un jusqu'à ce qu'on le coince et qu'il trouve le courage de se faire sauter la cervelle. Et il aurait choisi une cible plus facile – ce genre de meurtriers adorent les cibles faciles : centres commerciaux, cinémas…

Elle lança un coup d'œil en direction de Scout et baissa encore la voix.

– Ils affectionnent les écoles. Si on avait affaire à un tueur à la chaîne, il n'aurait pas choisi une résidence privée avec un mur d'enceinte et un vigile. Et vous avez raison, Edie : le pistolet d'abattage n'était pas un choix délibéré. Il n'avait pas besoin d'une telle puissance de feu. C'est un tueur à gages.

– Ça ne colle pas, dis-je. Malgré le sort qu'il a réservé au père.

J'avais quitté l'Unité médico-légale Iain West avec l'intime conviction que Brad Wood était sa cible – ou leur cible – principale.

– Le pistolet d'abattage élimine l'hypothèse du pro, ou même de l'aspirant amateur. Un professionnel aurait aussi tué Bradley, ou l'aurait laissé seul, mais ne l'aurait certainement pas emmené.

– Tueur à gages, membre d'un gang, cinglé... personne ne tue avec ce genre d'arme, reprit Gane. Pourquoi se faire chier avec ça ?

– Ça arrive, répondit Whitestone. Une fois tous les dix ans, un bourrin quelconque dans une ferme pète un câble et attrape le premier truc susceptible de faire des dégâts. Comme un pistolet d'abattage. Mais enlever un enfant, ça, non...

Elle semblait à la recherche d'un souvenir inaccessible.

– Je penche pour un meurtre impulsif plutôt que prémédité. Il y a eu des précédents. Mais pas en plein Londres. Ça, c'est du jamais-vu. Où est le Dr Joe ?

Nous attendions toujours que notre expert en psychologie judiciaire favori vienne nous expliquer quelle espèce particulière de psychopathe était l'auteur du carnage dont nous avions été témoins à Highgate.

– Le Dr Joe est en vacances en Amérique mais il écourte son séjour rien que pour nous, répondit Wren.

– Edie ? lança une petite voix.

Toutes les têtes se tournèrent vers Scout.

– Oui ma chérie ?

– Regarde un peu mon dessin !

Wren traversa la salle et se pencha sur ma fille.

– Wow ! Voyons... on dirait toi, ton papa et ton chien... Stan, c'est bien ça ? Et ça, ce sont les chevaux de la Reine ?

– Oui ! Ils sont tout noirs, tu as vu ?

Whitestone se tourna vers nous.

– Je mets Edie sur la disparition du gosse, Bradley. On a des signalements partout.

– Combien ?

– Aux dernières nouvelles, plus de deux cents. Il va nous falloir du renfort pour éliminer les farceurs et garder les vraies pistes.

Elle me fit un signe de tête.

– Votre ami de la salle 101 pourrait peut-être nous aider à avancer sur la question des précédents.

Le lieutenant John Caine s'occupait de la Salle 101 du New Scotland Yard – le Black Museum, un centre d'archives unique en son genre recensant les crimes les plus célèbres des cent dernières années. Officiellement, on ne l'appelait plus « Black Museum » mais « Musée du Crime » pour ne pas heurter la sensibilité d'une minorité ethnique. Du reste, ça n'était même pas un vrai musée. L'époque où Arthur Conan Doyle en détenait la clé était depuis longtemps révolue. À présent, le Black Museum était un lieu de formation destiné à faire comprendre aux nouvelles recrues que chaque jour de travail pouvait être leur dernier sur Terre. Le Black Museum était avant tout un monument édifié à la mémoire du Mal.

– Curtis, passez le mode opératoire dans HOLMES2[1],

1. *Home Office Large Major Enquiry System 2* : le nouveau système informatique principal de la police.

ordonna Whitestone à Gane. Cherchez des condamnés pour meurtre par pistolet d'abattage. Vivants ou morts, tous. Je crois qu'il y en a deux en taule en ce moment. Des fermiers malheureux en amour ou en délicatesse avec leur banquier...

Elle parut pensive, absorbée dans ses souvenirs.

– Ça me revient ! C'était il y a une trentaine d'années...

– Quelqu'un a massacré une famille avec ce genre d'arme ? demandai-je.

– Un père et ses trois fils, tous adultes. Il y avait aussi une fille et sa mère, mais il les a épargnées.

Elle secoua la tête. Tout ça commençait à dater.

– Il doit être mort à l'heure qu'il est.

Whitestone jeta un bref coup d'œil à Scout et Edie, en train de bavarder sans nous prêter la moindre attention. Mais elle chuchotait toujours en ajoutant :

– L'Exécuteur.

J'avais donné rendez-vous à Mme Murphy sous la lanterne bleue devant l'entrée principale mais, sitôt sorti de l'ascenseur avec Scout, je compris que ça n'allait pas être possible.

La masse de journalistes paraissait avoir décuplé. Les camionnettes de télévision formaient à présent une longue file tout le long de Savile Row. Des agents s'évertuaient à contenir les badauds sur le trottoir pour permettre la circulation des véhicules sur la chaussée étroite mais, sans cesse, des présentatrices au bronzage orange venaient se planter au milieu de la rue pour débiter leur petit topo sur fond de perron de West End Central. Des dizaines de langues différentes se mêlaient en un brouhaha théâtral.

– Ça en fait du monde ! s'exclama Scout.

– Oui, hein, ma puce ?

Le froid était cinglant. Je fermai jusqu'en haut la boutonnière du blouson de ma fille, lui enfonçai son bonnet sur les oreilles et la pris dans mes bras. Du regard, je parcourus la foule à la recherche d'une vieille dame arborant le genre de chapeau, de manteau et de sac à main susceptibles de plaire à la Reine.

– Là-bas ! cria Scout.

Mme Murphy se tenait à distance raisonnable de la cohue, près d'un taxi noir dont le moteur tournait. En nous apercevant, elle sourit et nous adressa un geste de la main.

J'appelai un jeune policier.

– Vous voyez cette dame avec le manteau et le chapeau verts ? Vous pouvez lui ouvrir la voie jusqu'ici ?

L'agent hocha la tête et fit signe à Mme Murphy et au chauffeur de taxi d'avancer vers lui.

Soudain, la foule s'agita. Deux motos de la police débouchant de Conduit Street venaient de s'engager sur Savile Row, suivies de deux autres. La pulsation bleue de leurs feux clignotants perçait la brume matinale. Les photographes se précipitèrent vers elles. Puis ce fut au tour de la voiture, une BMW série 7 noire aux vitres teintées, de se frayer un chemin parmi les paparazzi, flanquée de deux nouveaux motards qui criaient aux journalistes de s'écarter. Les deux premières motos pilèrent juste derrière le taxi de Mme Murphy. Son visage inquiet se dessinait derrière la vitre. Serrant toujours Scout dans mes bras, je descendis les marches.

Ma chef, la surintendante principale Elizabeth Swire, sortit de la BMW. Elle jeta un regard glacial aux médias puis vit Scout.

– Bonjour, mademoiselle, dit-elle en souriant. Tu viens aider ton père ?

– Non, répondit Scout. Je n'ai que cinq ans.

– Excellent ! commenta la DCS[1] Swire avant de se retourner vers la voiture.

Nils Gatling en sortit, boutonnant sa veste de costume et ignorant les questions lancées par le troupeau de journalistes. Il était rasé de frais mais ses yeux trahissaient une nuit sans sommeil.

– Je leur parlerai plus tard, expliqua-t-il à Swire.

Quand sa sœur apparut derrière lui, la meute chargea en hurlant son nom. Charlotte Gatling avait le visage le plus proche de la perfection qu'il m'ait jamais été donné de contempler. La souffrance et le choc qui avaient creusé chacun de ses traits produisaient un effet envoûtant.

– Allez, Scout, viens, ma chérie, lança Mme Murphy à l'arrière du taxi.

Je me baissai pour déposer ma fille sur la banquette, à l'abri. Quand je me relevai, je vis Charlotte Gatling me fixer, à travers la foule, avec une intensité troublante.

Comme si elle n'avait jamais vu un père porter sa fille dans ses bras.

1. DCS : *Detective Chief Superintendent*, surintendante principale.

6

– Le pistolet d'abattage, commença le lieutenant John Caine du Black Museum. Également appelé pistolet à projectile captif ou pistolet étourdisseur. Certains fermiers le surnomment «le coup de foudre», comme si aucune femme n'y résistait... On s'en sert dans les abattoirs pour estourbir le bétail avant de le tuer. Marche très bien aussi sur les chevaux, les moutons, les chèvres et, naturellement, les êtres humains.

Il avala une gorgée de thé. Son mug portait l'inscription «MEILLEUR PAPA DU MONDE».

– Vous avez vu ce film, *No Country for Old Men* ?

– Avec Tommy Lee Jones ? Oui. C'est un bon acteur...

– Et Javier Bardem était encore meilleur. C'était lui, le méchant. *Anton Chigurh.* Il tuait ses victimes avec un pistolet d'abattage, vous vous rappelez ? Si vous voulez mon avis, il aurait aussi dû tuer son coiffeur...

– Je m'en souviens. Il ouvrait les portes avec, en éjectant les serrures. Mais on ne le voit qu'une fois s'en servir pour tuer un homme. Le reste du temps, il a un fusil à canon scié. Son pistolet d'abattage est relié à une grosse bonbonne de gaz carbonique qui ressemble à une bonbonne d'oxygène.

– De nos jours, ils sont bien différents. Celui de ce bon

vieux Chigurh, c'est la Ford T des pistolets d'abattage. Je me demande ce qui est passé par la tête des frères Coen… Le modèle moderne ressemble davantage à une perceuse sans fil.

– Vous en avez un ici, John ?

Il rit.

– On trouve tout au Black Museum, Max, vous le savez bien ! Je vous prépare un thé ?

– Non merci, le boulot n'attend pas…

Il prit sa clé et ouvrit la porte du Black Museum. Je le suivis dans un salon victorien aux vitrines remplies de joujoux mortels.

On aurait dit un vide-greniers pour psychopathes. Partout, des armes. La plupart avaient déjà tué ou blessé des policiers ou des civils. Mais je ne voyais pas ce que j'étais venu chercher.

– Il est tout au fond. C'est le seul que j'ai.

Caine me conduisit dans un recoin du Black Museum que je n'avais encore jamais remarqué.

Le pistolet d'abattage était posé sur un petit guéridon. Le lieutenant avait raison : on aurait dit une perceuse. Ou une sorte de clouteuse sophistiquée. Ses éraflures et ses traces de rouille témoignaient d'un usage intensif. Encadré au-dessus du pistolet, un article de journal au papier jaunissant.

– C'est lui, dis-je. L'Exécuteur.

MEURTRES RITUELS
DANS UNE FERME DE L'ESSEX

MASSACRE AU CŒUR DE LA NUIT :
L'EXÉCUTEUR TUE UN PÈRE ET SES FILS

Un homme a été condamné hier à la prison à perpétuité pour les meurtres d'un père et de ses trois fils avec

> un pistolet étourdisseur utilisé pour le bétail dans les abattoirs.
>
> Surnommé par les journalistes « l'Exécuteur », Peter Nawkins, 17 ans, était fiancé à la fille de Ian Burns, fermier dans l'Essex, mais leurs fiançailles venaient d'être rompues. Il avait fait irruption en pleine nuit dans la ferme de Burns et tué le père ainsi que ses fils Ian Jr, 23 ans, Martin, 20 ans et Donald, 17 ans. Après quoi il avait mis le feu à leur domicile. Présentes au moment du drame, Mme Doris Burns, 47 ans, et sa fille Carolyn, 16 ans, avaient réussi à échapper au tueur.

L'article se poursuivait mais je restai fixé sur les deux photos qui l'illustraient. Sur la première, un homme menotté aux airs de grand gamin était tenu par un policier. Son visage à la fois adulte et juvénile était lisse, sans trait distinctif, totalement inexpressif. Comme s'il ne pensait à rien. Il était d'une beauté saisissante, presque anachronique. La chevelure brune et bouclée tirée en arrière révélait un profil romain, comme une tête sur une pièce de monnaie, et même un nez aplati par l'homme ou par la nature ne parvenait pas à gâter cette vision.

L'autre photo montrait une famille riant devant un sapin de Noël. Le père était costaud, la peau tannée, tout comme ses trois fils. Son épouse et sa fille étaient minces et blondes.

– On se demande d'où ils sortent des surnoms pareils ! commenta soudain Caine, contenant mal sa colère. *L'Exécuteur !* Comme si ces hommes médiocres étaient des créatures mythiques ! Si je m'en souviens bien, l'autre rigolo, là, était complètement analphabète. Un abruti, incapable de lire ou d'écrire.

J'étudiais toujours la coupure de presse, réfléchissant à voix haute :

– Nawkins a écopé de la perpétuité, avec un tarif de vingt ans minimum avant de pouvoir envisager une libération conditionnelle. Rien de plus ? Un coup de règle sur les doigts pour quatre meurtres ?

– À cause des circonstances atténuantes. Nawkins avait un QI inférieur à sa pointure. Considéré comme probablement irresponsable. Il n'avait jamais reçu de véritable éducation, c'était un gitan... Et il venait juste d'avoir dix-sept ans. Un an de plus et la peine aurait été beaucoup plus lourde. Sans compter qu'il n'avait pas apporté l'arme avec lui : les meurtres n'étaient pas prémédités. C'est du moins ce que le juge avait fini par croire en étudiant son dossier. Bref, un simple d'esprit incapable de faire du mal à une mouche. Jusqu'à ce qu'il tue quatre hommes.

– Nawkins était un gitan ?

– Oui. Sa famille descendait d'une longue lignée de gens du voyage.

– Condamné à une peine incompressible de vingt ans de prison en 1980... Il est sorti ? Il est toujours en vie ?

– Aucune idée. Il faudra chercher dans HOLMES. Vous vous intéressez à lui à cause des meurtres de Highgate ?

Je haussai les épaules.

– C'est le même mode opératoire.

– Sauf que Nawkins n'a pas kidnappé d'enfant.

– En effet.

– Et ses meurtres avaient une motivation *personnelle*. Le père Burns n'aimait pas que sa fille fréquente un gitan : il l'avait obligée à rompre. Nawkins était un putain de tueur, mais un putain de tueur avec des revendications bien réelles.

– Pour l'instant, on cherche juste des pistes. Je sais que des meurtres avec un pistolet d'abattage ont déjà eu lieu, mais pas suffisamment pour qu'on se permette d'écarter quelqu'un comme Nawkins. C'est celui-ci qu'il a utilisé ?

John acquiesça. Il prit l'arme.

– Pistolet à projectile captif fonctionnant à l'air comprimé. Une seule cartouche d'air comprimé offre une puissance de feu impressionnante : environ mille coups. Principalement utilisé dans les abattoirs.

Il me le tendit. La prise en main provoquait une impression étrange, quelque part entre l'arme et l'outil.

– Comment ça marche ?

– Rien de bien compliqué. Un piston à extrémité pointue est propulsé par l'air comprimé dans le crâne de l'animal. Il détruit le cerveau mais le cœur continue de battre. C'est la méthode ancienne, la plus cruelle, avec pénétration du projectile. De nos jours, on préfère des pistolets à projectile non pénétrant avec une pointe en champignon. Il provoque une commotion violente mais n'endommage pas le cerveau. C'est moins efficace mais ça évite aussi que de la matière cérébrale se mélange au flux sanguin, ce qui réduit les risques de contamination en cas de maladie de la vache folle. Quel type de pistolet d'abattage a été utilisé à Highgate ?

– Aucune idée. Mais il a fait un carnage. C'est facile de s'en servir ?

– Plus facile avec un homme qu'avec une vache. Il faut obligatoirement un point de contact avec la victime ; sinon, le tir ne se déclenche pas. Donc, que ce soit pour étourdir un cochon ou dézinguer le vieux papa de sa copine, on est obligé de presser le canon contre la chair et l'os. Un angle de 45 degrés permet de pénétrer le cerveau avec un choc assez puissant pour provoquer une perte de conscience instantanée. Mais bon, j'imagine qu'on n'a pas besoin d'être aussi minutieux pour tuer des êtres humains…

– Mais pourquoi se servir d'un pistolet d'abattage ? Pourquoi pas juste un couteau ou une arme à feu ?

Il haussa les épaules.

– En général, un tueur amateur utilise ce qui lui tombe sous la main.

J'examinai le visage de Peter Nawkins. Dix-sept ans en 1980. S'il était encore en vie, c'était un homme mûr. Sur la photo, un grand et beau gamin – avant la prison. Je me demandai ce que vingt ans passés sous les verrous avaient pu faire à sa gueule d'ange. Je reculai, soupesant toujours l'arme. J'avais du mal à me convaincre qu'elle avait pu être utilisée pour massacrer toute une famille. À part ceux liés à l'Exécuteur, les objets exposés dans ce coin encore inexploré du Black Museum paraissaient remonter à sa fondation en 1875.

Sur des clichés de police de l'époque victorienne brunis par le temps, les visages de truands morts depuis une éternité s'affichaient de face et de profil – comme de nos jours, sauf que leur profil était obtenu en plaçant un miroir à côté du sujet. Tous posaient avec les mains plaquées sur le torse et arboraient les expressions communes à tous les délinquants à travers les âges : résignation, provocation, amusement pour certains, férocité pour d'autres. La plupart portaient des menottes et les traces de coups reçus pendant leur arrestation. Il y avait aussi des femmes, beaucoup, et elles avaient presque toutes l'air aussi dures et froides que les hommes.

À part une.

Jeune, banale. Le seul visage sur ce mur de portraits victoriens qui paraissait avoir pleuré. Je lus le nom sur l'étiquette.

– « Maisy Dawes ». Qu'est-ce qu'elle a fait, cette Maisy Dawes ?

– Ce n'était pas une délinquante. Elle était aveugle.

– Aveugle ?

– Une fausse piste pour tromper la police. Utilisée comme leurre à son insu. Le piège idéal. Une pauvre fille destinée à orienter l'enquête dans la mauvaise direction. Maisy Dawes était innocente. Vous voyez la date sur la photo ?

– 1875. L'année d'ouverture du Black Museum.

– À l'époque, Maisy travaillait comme domestique à Belgravia[1]. Elle récurait les toilettes de je ne sais quels Lords et Ladies d'Eaton Square. Et puis, une nuit, leur maison a été cambriolée. Les malfaiteurs formaient un gang célèbre de l'époque victorienne, les Danseurs de Londres. Ils pratiquaient leur art à l'heure du dîner, quand toute la maisonnée était attablée. Ils se glissaient dans les pièces des étages supérieurs – leur salle de bal, disaient-ils – et raflaient tous les bijoux qu'ils y trouvaient. Mais avant de quitter le bal, ils laissaient un petit souvenir sous le matelas d'une malheureuse comme Maisy Dawes.

– Comme ça, quand les policiers fouillaient les lieux, ils trouvaient le bijou sous le lit de la domestique et cessaient aussitôt de rechercher les vrais voleurs.

– Exactement. Et Maisy Dawes l'a payé très cher : dix ans à cause d'une babiole appartenant à Madame.

1. Quartier du district de Westminster, le plus cher de Londres.

Quand elle est sortie de prison, elle a survécu en faisant le trottoir avant de mourir de la petite vérole dans un bouge de l'East End.

– Comment se fait-il que vous en sachiez autant sur elle ?

– Parce que les véritables auteurs du cambriolage ont été arrêtés peu de temps après, ce qui a rendu la malheureuse célèbre. Et parce que Maisy Dawes me fascine, jeune homme. Dans ce temple de la cruauté humaine, l'histoire de son calvaire occupe une place de choix.

Soudain, le pistolet d'abattage pesait très lourd dans ma paume. Je parcourus la salle du regard.

– Vous pensez qu'on risque de suivre une fausse piste ? Que quelqu'un est en train de piéger l'Exécuteur ?

– Aucune idée, fiston.

John Caine soupira.

– Mais si je laisse la photo de Maisy Dawes ici, c'est pour que les garçons et les filles de Hendon[1] apprennent à ne jamais se fier à leurs premières impressions.

Il me prit le pistolet d'abattage des mains et le reposa à son emplacement exact sur le guéridon.

– Pour répondre à votre question : Maisy Dawes n'avait rien fait. C'est là sa tragédie. Et elle en est morte.

1. École de formation de la Metropolitan Police.

7

– Rien d'extraordinaire, vraiment, conclut la belle jeune femme en survêtement de l'équipe d'Angleterre.

Le visage de Mary Gatling, vingt ans en 1994, s'empourpra sous l'effet de la gêne, de l'effort physique et de l'air des montagnes. Puis elle sourit timidement aux caméras et aux journalistes de la conférence de presse qui s'apprêtaient à consacrer un flash spécial à sa virginité.

Un bref plan montra l'auditoire emmitouflé contre les rigueurs de l'hiver norvégien, et quelques sourires suffisants où se lisait – quoi ? L'incrédulité ? Le cynisme ? La jalousie ? Un peu de tout cela, songeai-je tandis que la jeune fille si longtemps anonyme se tortillait devant une forêt de micros, le visage à demi masqué par une nappe de cheveux blonds.

Je cliquai sur Pause, me levai et m'étirai.

Il était plus de minuit, je venais de passer deux heures à regarder des vidéos sur YouTube. Et je n'avais toujours rien appris.

Dans la rue, j'entendais la rumeur calme qui, tout au long de la nuit, montait de la halle aux viandes de Smithfield. Stan remua dans son panier et me fixa d'un regard fatigué, se demandant si je n'avais pas l'intention de lui donner à manger. Puis il replongea dans le sommeil et les ronflements pendant que j'allais voir Scout dans sa chambre. Elle dormait paisiblement mais avait repoussé les draps. Je remontai la couverture sur elle puis sortis en silence. Je savais que j'avais intérêt à me mettre au lit, moi aussi, mais j'avais l'impression de passer à côté de quelque chose.

Je retournai dans le salon et scrutai le visage de Mary sur l'écran de mon ordinateur. Elle avait tout de la fille née avec une cuillère d'argent dans la bouche. Un de ces riches enfants anglais qui ont grandi sur des pistes de ski.

Je repris le visionnage.

Mary était assise devant une affiche où « LILLEHAMMER '94 » s'étalait sur un fond bleu orné de lignes blanches ondulantes – je mis un moment à comprendre qu'elles symbolisaient une aurore boréale. À côté d'elle sur l'estrade, un homme d'âge mûr portait lui aussi un survêtement de l'équipe d'Angleterre. Son entraîneur. Il couvrit de la main le micro et chuchota quelque chose à sa protégée. Elle acquiesça, se composa une expression et prit la parole.

– Alors voilà... Quand j'ai accordé cette interview à *Ski Monthly*, je pensais que nous allions parler de mes chances extraordinairement faibles de remporter une médaille. À la toute fin de notre entretien, le journaliste m'a demandé si j'avais un petit ami. Je lui ai répondu en toute honnêteté : non, et je ne *veux* pas avoir de petit ami tant que je n'ai pas rencontré... quelqu'un de spécial.

– L'amour de votre vie, Mary ? cria une femme dans la salle avec une pointe de rire moqueur.

Mary lui lança un regard froid et ses dents blanches apparurent à travers un mince sourire, révélant son esprit combatif.

– L'amour de ma vie ? Eh bien, pourquoi pas ? Je ne mérite pas moins. Et maintenant… pff… tout ce cirque !

La conférence de presse s'arrêta, et l'image suivante montrait une journaliste de CNN récitant : « Mais Mary Gatling, la Vierge de Glace, a peut-être trouvé l'amour dans les neiges de Lillehammer. »

On voyait alors Mary chuter lourdement sur une piste, puis CNN enchaînait sur une séquence au Village olympique où la skieuse était assise dans un fauteuil roulant poussé par un jeune homme – même si Brad Wood faisait bien ses dix ans de plus qu'elle. La journaliste de CNN contenait mal son excitation.

« Après une grave chute dans l'épreuve de descente, la jeune Anglaise a trouvé le réconfort au côté d'un biathlète américain, Brad Wood, qui a fini au pied du podium dans sa discipline mais aura sans doute eu plus de chance en amour. »

La vidéo se terminait par la cérémonie de clôture des Jeux, avec la parade des athlètes et la remise de l'étendard olympique au maire de Nagano par le maire de Lillehammer. Mary ne se déplaçait plus en fauteuil roulant mais en s'aidant d'une canne et en prenant appui sur l'épaisse paluche de Brad.

« La Vierge de Glace de Lillehammer a fini par trouver son Prince Charmant. »

La dernière image était un gros plan de Brad serrant Mary dans ses bras pendant qu'ils admiraient le feu d'artifice de la cérémonie. Blottis l'un contre l'autre comme deux gamins devant un feu de bois.

La vidéo avait été visionnée plus d'un million de

fois. Et il y en avait d'autres, beaucoup d'autres : *Mary Gatling JO 1994. Mary Gatling 1994. Mary Gatling Vierge de Glace. Mary Gatling Brad Wood 1994. Vierge de Glace 17e JO d'Hiver.*

Je regardai l'image figée devant moi. Le geste protecteur de Brad Wood posant ses larges mains sur le ventre de Mary. Ils avaient cette expression dont je me souvenais : la surprise, le ravissement d'un homme et d'une femme qui n'en reviennent toujours pas d'avoir eu la chance de se rencontrer.

Peut-être était-ce une impression produite par le blouson de la jeune femme. Mais j'aurais pu jurer que la Vierge de Glace avait déjà l'air enceinte.

Une brume précoce flottait ce matin-là sur la résidence du Parc. Tout au fond de la résidence privée, deux agents en uniforme flanquaient la maison des Wood encore entourée de son ruban de scène de crime. D'autres collègues frappaient aux portes des cinq autres demeures. Je vis l'une d'elles s'ouvrir sur une bonne philippine que nous avions déjà interrogée.

Edie Wren lâcha un juron.

– Le porte-à-porte foire complètement... On tombe seulement sur des bonnes ou sur des cuisiniers qui avaient tous reçu leur congé pour la Saint-Sylvestre !

– Le moment idéal pour tuer quelqu'un, observai-je.

– Six maisons et cinq des propriétaires sont partis fêter le Nouvel An à l'étranger ? Ça ne rime à rien !

– Ils sont riches. Extrêmement riches. Les gens extrêmement riches ont toujours d'autres points de chute. Seuls les pauvres restent chez eux.

Mais les vacances paraissaient bel et bien terminées. Le portail de la résidence du Parc était ouvert et laissait entrer un flot continu de véhicules. La camionnette du préposé à l'entretien des piscines. Des fourgonnettes blanches. Des domestiques et des femmes de ménage qui, n'étant pas logés sur place, arrivaient depuis l'arrêt de bus de l'autre côté de Waterlow Park.

– Le vigile maintient sa version : le portail était fermé la nuit du Nouvel An.

– Pourquoi mentirait-il ? me demanda Wren.

– Pour la raison habituelle : il a peur. Si ça se trouve, il s'est endormi. Ou il a fait le mur pour fêter le Nouvel An avec sa famille. Ou il a pris part aux meurtres – ne serait-ce qu'en ouvrant le portail. Mais si le portail était vraiment fermé, alors les gars ont dû escalader le mur.

– Il y a beaucoup de passage, ce matin. Femmes de chambre, personnel d'entretien, jardiniers, menuisiers…

– Les riches ont toujours eu besoin qu'on s'occupe d'eux.

– Nous sommes en train de dresser la liste de toutes les personnes qui ont pénétré dans l'enceinte du Parc ces six derniers mois. Pas facile, avec celles qui sont venues travailler au noir…

– Ça évite la paperasse ! lançai-je, et nous nous mîmes en marche vers le mur haut de quatre mètres qui entourait la résidence du Parc.

Au-delà, le bois qui avait presque englouti le cimetière de Highgate s'étendait dans le brouillard. Les équipes de fouille étaient parties et les anges de pierre nous observaient, cachés entre les arbres.

– S'il est passé… ou s'ils sont passés par le mur, il n'a pas ou ils n'ont pas pris ce chemin pour repartir. Pas en portant un enfant de quatre ans.

– Surtout en vie, ajouta Wren.

– Mais s'il était mort, pourquoi le prendre ?

Une imposante Lexus franchit le portail du Parc. À l'avant, un couple d'une cinquantaine d'années au visage buriné. Avachie sur la banquette arrière, des écouteurs d'iPod fichés dans les oreilles, une adolescente dont le visage disparaissait derrière de longs cheveux négligés. La vitre de la portière conducteur se baissa.

– Miles Compton, annonça l'homme à la peau cuivrée. Nous sommes les voisins des Wood. On a entendu la nouvelle aux infos en partant de Sainte-Lucie...

Ses yeux se détachèrent de moi pour se porter vers le ruban de scène de crime.

– ... alors c'est bien vrai ?

– J'en ai peur, monsieur, intervint Wren.

À côté de lui, la femme porta les mains à sa bouche.

L'homme afficha un air sombre.

– J'ai toujours su qu'il pousserait le bouchon trop loin...

– Qui ? demandai-je.

– Le garçon. Marlon Wood. Un petit con arrogant.

Il secoua la tête, sincèrement désolé.

– Quelle horreur, tout de même, ce qui leur est arrivé. Quelle horreur...

La Lexus partit se garer devant la maison la plus proche de celle des Wood.

– J'y vais ! annonça Wren en suivant la voiture.

Je me rendis jusqu'au mur et entrepris de le longer sur tout le périmètre de la résidence. À l'arrière d'une maison voisine de celle des Compton, des ouvriers démontaient un échafaudage.

– Arrêtez ! criai-je.

Ils me regardèrent un court moment avant de reprendre leur démontage.

– *Zatrzymać, policja*[1] !

Mon polonais était assez bon pour qu'ils s'interrompent aussitôt.

– Je voudrais essayer quelque chose, messieurs... *Jing kweer*

Pendant qu'ils discutaient entre eux, je grimpai à une échelle posée contre l'échafaudage puis à une autre, jusqu'à me hisser au-dessus du niveau du mur. J'avançai jusqu'à l'extrémité de la planche. La branche d'un arbre du cimetière frôlait la maison et le haut de l'échafaudage. Certaines branches avaient été coupées, mais c'était déjà ancien. Je levai les yeux vers celle qui me surplombait, sautai vers elle et m'y agrippai. Je me laissais pendre ainsi un moment, pour éprouver sa solidité. Une fois certain qu'elle pourrait supporter mon poids, je balançai les jambes et m'y accrochai. Les ouvriers polonais s'étaient allumé des cigarettes et profitaient du spectacle.

En sueur, je progressai péniblement le long de la branche et passai par-dessus le mur. Je la suivis jusqu'à ce que mes chaussures heurtent le tronc. Je me remis droit, me plaquai contre l'arbre et entrepris de redescendre. Je ne voyais plus les ouvriers polonais mais je les entendis applaudir. La descente était plus simple mais il fallait se laisser tomber sur au moins trois mètres : impossible avec un enfant dans les bras.

Du moins, un enfant en vie.

Je sautai.

Une fois dans le cimetière, je repris mon souffle et scrutai le bois dense et sauvage de Highgate. Un ange de pierre se dressait à côté de moi. Les traits de son

1. Arrêtez, police !

visage avaient été complètement effacés par le temps et les intempéries. Au loin se devinaient des croix immenses et d'étranges monuments : animaux géants, lion, chien, roulés en boule, yeux clos, endormis pour l'éternité. J'avais la sensation d'avoir abandonné le monde réel pour pénétrer dans un rêve. Silence absolu. Impression de ne pas être au beau milieu de la ville. Sur une autre planète, plutôt.

Et tout à coup, Mary Wood avançait vers moi à travers la brume, yeux rivés sur moi à chaque pas, deux êtres solitaires dans ce lieu silencieux. Je retins ma respiration, l'esprit empli de la première et de la dernière vision que j'avais eues d'elle – morte dans le lit conjugal puis étendue sur une table en acier d'Iain West.

Alors, je compris qu'il ne s'agissait pas de Mary Wood. C'était sa sœur, Charlotte Gatling. Elle me fixait du même regard intense et scrutateur que j'avais remarqué quand je me trouvais à Savile Row avec Scout.

– Je vous en prie, ne l'abandonnez pas... dit-elle. N'abandonnez pas mon neveu Bradley.

Je secouai la tête.

– Jamais.

– Vous pensez qu'il est mort, je le sais, ajouta-t-elle, levant la main avant que j'aie le temps de protester. C'est ce que disent les statistiques : si on ne retrouve pas un enfant tout de suite, on ne le retrouve jamais. Mais il n'est pas mort, inspecteur. Je me moque des statistiques. Je le sens. Ce petit garçon est encore en vie.

Elle tenait quelque chose dans la main.

Un petit jouet. Un cow-boy. Une de ces figurines en plastique. Bottes, gilet, chemise blanche. Non, pas un cow-boy : Han Solo, de *Star Wars*. Mais oui – le cow-boy de l'espace. Le jouet préféré de son neveu.

Soudain, d'autres personnes surgirent de derrière les arbres et l'impression de vivre un rêve éveillé s'accentua. Il y avait Nils Gatling, le frère de Charlotte, et une équipe de télévision. Ils étaient suivis par l'ALM et l'ALF, visiblement énervées. Leurs talons aiguilles n'étaient pas faits pour le cimetière de Highgate en janvier.

– Que se passe-t-il ? demandai-je.

– C'est une reconstitution pour *Crimewatch*[1]. Ils me demandent de jouer le rôle de ma sœur rentrant chez elle, en espérant que ça réveillera quelques souvenirs...

– L'idée vient de nous ? De la Met ?

– Non, de mon frère. C'est une bonne idée, n'est-ce pas ? L'essentiel, c'est de faire de la publicité autour de cette enquête. C'est ce que dit Nils.

– La publicité peut être contre-productive, répondis-je aussi calmement que possible. Elle risque de donner des idées à tout un tas de cinglés. Et de nous envoyer sur tellement de fausses pistes que les pistes essentielles pourraient nous échapper. Il faut vraiment être prudent...

Un éclair irrité passa dans ses yeux. Je retrouvai le regard méprisant jeté par sa sœur à la journaliste de Lillehammer.

– Ça vaut toujours mieux qu'être ignorée, comme les familles de la plupart des enfants portés disparus.

– Oui, admis-je d'une voix calme, c'est toujours mieux...

Quelque chose en elle se fissura.

– Alors où est-il ?

Sa voix était tendue par l'angoisse, comme si sa gorge tentait de cracher les questions les plus terribles.

1. Émission mensuelle de la BBC qui reconstitue des crimes majeurs irrésolus dans le but d'obtenir des informations du public.

– Qu'est-ce qu'il vit en ce moment ? Qu'est-ce qu'ils font à mon Bradley ?

Ce genre de pensée ne menait à rien, je le savais. Sinon à tourner en rond. Mais je ne pouvais pas le lui dire.

– Je vais retrouver Bradley. Je vous le promets.

Elle me dévisagea. J'avais l'impression qu'elle lisait dans mon âme.

– Vraiment ? Vous me le promettez ?

– Oui.

Son frère arriva à notre hauteur.

– Ils t'attendent, Charlotte.

– Je vous présente mon frère, Nils Gatling.

Je lui tendis la main.

– DC Wolfe, de West End Central. Je suis navré pour…

Mais Nils Gatling n'avait que faire de la compassion d'un inconnu. Nous n'avions pas terminé notre poignée de main qu'il s'était déjà détourné, le visage fermé, les yeux froids, me lançant :

– Faites votre boulot.

– Selon HOLMES, ces trente dernières années, six hommes ont été condamnés pour meurtre avec ce que la justice appelle un pistolet à projectile captif. Bref, un club très sélect. Trois sont morts, deux sont encore en prison. Reste l'Exécuteur.

Wren pressa une touche sur le clavier de son ordinateur.

Un bel homme d'une trentaine d'années apparut sur le grand écran plasma mural de la SSC-1. Il portait des vêtements miteux, élimés, et sa coupe de cheveux était vraisemblablement une création personnelle. Ses grandes mains tenaient des sacs de supermarché. Mais le jeune homme emprisonné à Belmarsh en 1980 était encore reconnaissable. Il restait en lui plus que l'ombre de cet adolescent. Car Peter Nawkins semblait toujours ne penser strictement à rien.

– C'est ça, Peter Nawkins ? L'Exécuteur ? demandai-je.

– Jolie ordure, commenta Wren. Ce cliché a été pris à sa sortie de prison. C'est le portrait le plus récent que j'aie pu obtenir. Fourni par Reuters. Il n'est sans doute pas aussi séduisant qu'il y a dix ans...

– On est tous logés à la même enseigne, ironisa Whitestone.

La porte de la SSC-1 s'ouvrit et un homme assez grand, d'une soixantaine d'années, fit son entrée, tirant une valise sur roulettes. Nos acclamations lui arrachèrent un sourire timide. Il passa la main dans ses cheveux d'un blanc neigeux.

– Docteur Joe ! s'écria joyeusement Whitestone en remontant ses lunettes. Tout juste sorti du Heathrow Express ! Merci d'être venu.

Le Dr Joe Stephen, expert en psychologie judiciaire du King's College de Londres, s'affala devant un poste de travail, encore assommé par le *jet lag*. Gane lui ficha dans la main un mug de café noir, qu'il prit avec un hochement de tête reconnaissant.

– Quatre morts et un enfant porté disparu, déclara-t-il avec un accent californien adouci par trente années de vie à Londres. Commençons tout de suite !

Il sortit de sa valise un dossier dont il disposa le contenu devant lui. Photos de scènes de crime. Photos d'autopsie. Le catalogue habituel, livide et sordide.

– Qu'est-ce que vous pensez de tout ça, docteur Joe ? demanda Whitestone. Les kidnappeurs d'enfants ne tuent pas à la chaîne. Et les tueurs de masse dégomment tout ce qui bouge mais ne kidnappent pas les enfants.

On s'arrache les cheveux à essayer de trouver un sens à cette histoire...

Le Dr Joe avait l'air accablé. Et pas seulement à cause du vol de nuit depuis JFK.

– Je vois ça comme une tentative délibérée de destruction du bonheur, dit-il.

Wren me décocha un coup d'œil : c'était sa théorie depuis le début. Les Wood avaient été assassinés parce qu'ils incarnaient le bonheur familial.

– Et le garçon disparu, docteur Joe ? Vous pensez qu'il y a une chance pour qu'il soit encore vivant ?

À ma question, le docteur se frotta la joue.

– Cela fait maintenant quatre jours : je dirais qu'il y a encore une chance, oui. Mais le temps presse. Vous avez des pistes ?

La DCI Whitestone se tourna vers l'agent en uniforme assis derrière un ordinateur. Avec ses cheveux carotte et son air dégingandé, on aurait dit un gamin déguisé en flic. Impossible de deviner qu'il avait été décoré de la QPM[1], une médaille décernée aux policiers pour acte de bravoure.

– Quelles nouvelles, Billy ? demanda-t-elle.

Le PC[2] Billy Greene leva les mains et je vis les traces sombres de brûlures sur ses paumes, qui le condamneraient sans doute jusqu'à la fin de sa carrière à un travail administratif.

– Bradley Wood a été aperçu dans un grand magasin d'Oxford Street en compagnie d'un homme et d'une femme. L'enfant pleurait. L'homme paraissait en colère. Il a également été signalé dans une boutique

1. *Queen's Police Medal* : médaille de la Police de la Reine.
2. Police Constable, agent de police.

de station-service sur la M1, où un homme lui achetait un sandwich. Selon un autre témoignage, Bradley jouait sur une balançoire dans un jardin public aux abords de Leeds, surveillé par une femme. Il semblait aller bien. On l'a également reconnu dans un café du parc d'attractions de Legoland.

– Tous ces signalements ont été reçus depuis hier soir ? demanda le DI Curtis Gane.

– Non, depuis… une heure. Et ça va empirer après la diffusion de *Crimewatch* ce soir.

– Notre ALM devrait dire à Nils Gatling de se calmer. La DCS Swire ne peut pas intervenir ?

– Apparemment pas, répondit Whitestone. M. Gatling traite l'ALM comme une domestique inexpérimentée et particulièrement stupide.

Elle secoua la tête.

– Il y a des gens qui ne savent pas se servir des médias. Ce sont ceux qui savent qui nous compliquent le travail…

Un trousseau de clés était posé sur la table de travail de Whitestone. Elle le prit et me le tendit.

– La cellule de criminalistique financière a trouvé ça : un appartement dont Brad Wood était propriétaire. Il faudrait y passer. C'est dans votre secteur, Max : au Barbican[1].

– La famille Wood possédait un appartement dans le Barbican ?

– Pas la famille, non. Juste le père.

– La cellule financière l'a découvert grâce à des

1. Quartier résidentiel du centre de Londres édifié dans les années 1960-1970 et caractérisé par son architecture austère en béton monochrome.

débits directs sur les comptes de Brad Wood, précisa Wren.

– Un placement locatif ?

Wren fit un signe de tête négatif.

– D'après ce qu'on sait, il en avait un usage strictement privé. Les factures d'électricité sont quasiment nulles. On dirait que personne n'y vit.

Je réfléchis un moment.

– Nos techniciens ont déjà passé l'appartement au peigne fin, vous pouvez toucher tout ce que vous voulez, reprit Wren. À vous de voir si vous sentez une vibration dans la Force, jeune padawan…

Je glissai les clés dans ma poche.

Whitestone se tourna vers le Dr Joe.

– Et le viol de la mère, qu'est-ce que ça nous apprend ? Ça vous semble significatif ? Est-ce qu'on devrait chercher dans le fichier des agresseurs sexuels ?

Les lèvres du docteur se plissèrent sans que je parvienne à déchiffrer son rictus.

– Je ne m'appesantirais pas sur le viol de Mary Wood, si j'étais vous. Dans l'esprit d'un psychopathe, le sexe et la violence sont presque toujours interchangeables. Le choix de l'arme est beaucoup plus révélateur, selon moi. Se servir d'un pistolet d'abattage pour massacrer une famille traduit la volonté de nier l'humanité des victimes. De les rabaisser.

– L'interrogatoire des voisins a été fructueux ? demanda Whitestone à Wren.

– M. Compton m'a expliqué que sa femme et leur fille étaient trop choquées pour nous parler tout de suite. Mais il n'a pas versé de larmes sur le jeune Marlon Wood. Il l'a qualifié de « petit con arrogant » sans préciser davantage. Il m'a fermé la porte au nez assez brutalement.

– Retournez le voir, demandez-lui des précisions. Expliquez-lui que l'interrogatoire peut se dérouler chez lui ou à West End Central. Mais, avant tout, on doit parler à Peter Nawkins.

Tous les regards se tournèrent vers l'homme sur l'écran plasma.

Silence.

– Je sais, reprit Whitestone, Nawkins semble une perte de temps, pas vrai ? Mais il est le seul de sa catégorie, l'unique tueur au pistolet d'abattage encore en vie et sorti de prison. La procédure RIE ne nous laisse pas le choix : nous sommes obligés de l'interroger.

La procédure Rechercher-Interroger-Éliminer consistait à se mettre en relation avec tout individu raisonnablement susceptible d'avoir commis le crime sur lequel nous enquêtions. Ça n'équivalait pas tout à fait à être suspect, mais il fallait qu'on raye l'Exécuteur de notre liste.

– Où on le trouve ? demanda Gane. Il a laissé une adresse quand il est sorti de Belmarsh ?

– Oak Hill Farm. À la frontière de l'East End et de l'Essex.

– Oak Hill Farm ? C'est le campement de gitans.

– De la communauté des gens du voyage, rectifia Whitestone. Et c'est bien plus qu'un campement : c'est la plus grande concentration de gens du voyage en Europe. On y trouve quelques logements permanents. Ils ne sont pas tous légaux.

– Vous ne le voyez pas vraiment mouillé dans cette histoire ? demanda Gane. Ce pauvre type avec ses sacs de courses ?

Whitestone haussa les épaules.

– Il est sorti depuis presque dix ans. Je parie qu'il

reçoit de la visite, de temps en temps. Ce sont ces visiteurs qui peuvent nous intéresser.

– Des journalistes ?

– Non, des fans. Des tarés obsessionnels. Je n'ai jamais vu un tueur à victimes multiples qui n'ait pas de fan-club…

Le Dr Joe se leva et examina la photo de famille des Wood sur le mur de la SSC-1.

– Elle était très belle, n'est-ce pas ? Mary, je veux dire.

Il surprit notre regard interrogateur et parut embarrassé.

– Pas d'une beauté conventionnelle – même s'il y a aussi de ça, naturellement. Mais sa beauté avait quelque chose de rayonnant. Le genre de beauté que l'on rencontre rarement, dans l'âme comme dans le corps. Elle avait les deux.

– Je crois que beaucoup parmi nous ont l'impression d'avoir connu Mary, observa Whitestone.

Le Dr Joe sourit et, derrière ses lunettes, je devinai ses yeux humides.

– Bien sûr. Même si elle était un peu plus compliquée que son image publique pouvait le suggérer.

Il hésita un instant.

– Elle a suivi une thérapie avec moi pendant plusieurs années.

Chacun dans la SSC-1 se laissa le temps de digérer la nouvelle.

Whitestone avança vers le docteur.

– Récemment ?

– Non… Notre travail s'est terminé il y a dix ans. Quand ses enfants étaient en bas âge. Les deux premiers, je veux dire. Marlon et Piper.

Il fixait toujours la photo de famille.

– Quelque chose vous préoccupe, docteur ? s'enquit Whitestone. Le secret professionnel entre un psy et son patient risque de poser problème ?

– Absolument aucun problème, Pat. Parce que je ne compte pas vous parler des sujets abordés par Mary Wood pendant sa thérapie – ils n'ont aucun lien avec cette affaire. Et aussi parce que le fait de l'avoir connue renforce encore plus ma détermination à vous aider à coincer le coupable.

Il parvenait mal à contrôler la colère dans sa voix. Je n'avais jamais entendu cet homme aussi affable s'emporter ainsi.

– Nous allons trouver l'enfoiré qui a fait ça, conclut-il.

Le lendemain matin, à la première heure, je pris la route en compagnie de Curtis Gane pour aller interroger l'Exécuteur.

8

Oak Hill Farms se situe à la frontière incertaine entre la sortie de Londres et le début de l'Essex, une étendue de champs et d'entrepôts, d'anciennes fermes et de maisons récentes, de béton et de gazon, où la palette de couleurs se limite au gris et au vert.

Passé Gallows Corner, je sortis de l'A127. Notre destination apparaissait déjà au loin.

– C'est quoi, au juste, cet endroit ? demanda Gane.

– Pendant des années, c'était un dépôt de ferraille illégal. À l'origine, il y avait une vraie ferme – elle y est encore, je crois. Dans les années 1980, le fermier a vendu deux parcelles de terrain à des gens du voyage. Ils y ont construit des maisons, que la commune leur a ordonné de détruire. Alors, ils ont porté l'affaire devant un tribunal et obtenu gain de cause. Du coup, d'autres gens du voyage sont venus s'installer, et ça ne s'est jamais arrêté. Aujourd'hui, une centaine de familles occupent ces dix hectares.

– On dirait une petite ville construite sur une décharge publique.

– C'est exactement ça. Et, pour environ cinq cents personnes, c'est un lieu de vie.

Deux murs clôturaient Oak Hill Farm et, au-delà du second mur, des caravanes blanches s'alignaient tête-bêche. Un échafaudage géant marquait l'unique entrée. Des banderoles peintes à la main y étaient accrochées, proclamant :

NOUS NE PARTIRONS PAS et NON AU NETTOYAGE ETHNIQUE

sur un décor de caravanes aux couleurs vives dessinées par des enfants.

Je rentrai en roulant au pas. Tous les regards se braquèrent sur nous.

Des lave-linge, des frigidaires et des téléviseurs hors service jonchaient les terrains entre de petits chalets propres aux rideaux en crochet. Un cheval blanc efflanqué paissait sur un carré de pelouse. Un chien déféquait près d'une Audi flambant neuve. Oak Hill Farm offrait un curieux mélange de banlieue coquette et de misère assumée.

– J'aime bien ce qu'ils ont fait ici, commenta Gane.

Comme il n'y avait pas de noms de rues, je m'arrêtai devant une des deux femmes qui se tenaient par la main – peut-être une mère et sa fille. Gane baissa sa vitre.

– Nous cherchons M. Nawkins, dit-il.

Elles restèrent un moment interloquées devant l'homme noir qui s'adressait à elles, puis lui indiquèrent d'un vague geste de la main un endroit du campement où une fille promenait seule une meute de chiens. Elle avait de longs cheveux noirs et, malgré la température à peine supérieure au point de gelée, portait un short rose. Elle pouvait avoir une quinzaine d'années mais cachait mal son impatience de devenir adulte. En haut d'une de ses pommettes, les traces jaunes et violettes d'un œil au beurre noir en voie de résorption. Elle était entourée de staffs et de bâtards. Un magnifique akita marchait à côté d'elle. Il s'arrêta pour se lécher les testicules.

– J'aimerais pouvoir en faire autant, dit Gane.

– Tu devrais peut-être commencer par lui offrir des croquettes, répondis-je.

L'akita était le chef de la meute et, quand je sortis de la BMW X5, il posa sur moi ses yeux bleu pâle. Je restai immobile, lui laissant le temps de humer l'air.

– Beaucoup de gens tendent la main pour que le chien la renifle.

La remarque de la jeune fille me fit rire.

– Pas la peine, n'est-ce pas ? Il me sent très bien d'ici.

– C'est vrai. Pas la peine de tendre la main. Il sait déjà ce que vous avez mangé ce matin…

– Il est superbe. Comment il s'appelle ?

– Smoky.

Elle passa les doigts dans ses cheveux et je vis un tatouage de chien au creux de son poignet. Un berger allemand présentant une vague ressemblance avec Smoky. Peut-être le tatoueur ne savait-il pas dessiner un akita.

– Vous connaissez M. Nawkins ? demandai-je.

– C'est mon père. Moi, c'est Echo Nawkins. Je vais vous montrer où on vit.

Son regard se fit méfiant – elle avait du mal à nous identifier. Gane avait opté pour un de ses costumes de Savile Row.

– Vous êtes avocats ou vous êtes de la mairie ?

– On est policiers, répondit Gane.

Elle hocha la tête et se rembrunit.

– Et vous, vous êtes des nomades, ajoutai-je pour renouer une connivence.

Échec.

– Notre Seigneur était un nomade, répondit-elle comme si j'avais voulu l'injurier.

Je remontai dans la voiture et nous suivîmes Echo Nawkins entourée de sa meute de chiens.

– Vous croyez que les gens les aimeraient un peu plus s'ils vidaient régulièrement leurs poubelles au lieu de balancer simplement leurs déchets par la fenêtre ? demanda Gane.

– C'est là.

Elle nous avait conduits devant une caravane et un chalet deux fois plus gros que tout ce qu'on pouvait voir dans le campement. Débordant d'une benne à ordures, les déchets s'amoncelaient dans la fumée âcre et noire du plastique en train de brûler. Installé à une petite table sur la parcelle de gazon devant le chalet, un homme lisait le *Guardian* en buvant du thé. Il prit une bouteille en verre et versa du lait dans son bol de céréales. Gane et moi regardâmes le tas de déchets en flammes, puis nous lançâmes un coup d'œil. À l'évidence, les vertus du recyclage n'avaient pas encore conquis les résidents d'Oak Hill Farm. Nous sortîmes de voiture.

– Je suis Sean Nawkins, lança l'homme. Qui êtes-vous ?

Nous lui montrâmes nos insignes.

– DI Gane et DC Wolfe, déclara Curtis. C'est l'autre Nawkins que nous venons voir. Peter Nawkins.

– Mon frère.

Sean Nawkins agita la tête et nous regarda avec l'envie très nette de nous égorger.

– Vous ne lui foutrez jamais la paix, c'est ça ? Vous ne le laisserez jamais vivre sa vie... Il a payé sa dette. Une dette très lourde. Les meilleures années de sa vie. Qu'est-ce que vous lui voulez ? C'est à cause des meurtres de Londres, je parie ?

– On veut juste lui poser quelques questions de routine, répondit Gane sans perdre contenance. Où peut-on le trouver ?

Mais Sean Nawkins n'avait pas fini de s'énerver.

– Vous ne pouvez pas le laisser crever tranquille ?

Nous laissâmes la question en suspens, puis :

– Votre frère a un problème ?

– Cancer du pancréas.

– Au stade terminal ?

– On compte en mois, maintenant, plus en années...

– Il fait de la chimio ?

Gane me jeta un regard oblique. Nous n'étions pas venus pour parler problèmes de santé.

– Peter ne veut pas. Il a vu dans quel état la chimio a foutu nos deux parents. Il veut juste profiter du temps qu'il lui reste...

Il s'adoucit.

– S'il vous plaît... Vous ne pouvez pas le laisser tranquille ? Lui lâcher la grappe ?

– Ouais, lâchez-lui la grappe.

La voix venait d'un point en hauteur, derrière nous. En nous retournant, nous découvrîmes un homme juché sur un grand cheval blanc. Il avait la peau sombre, portait une barbe et le cheval ressemblait à celui que nous avions vu paître sur la pelouse – mais ça pouvait tout aussi bien être un autre cheval.

– Parle de ta femme à ces salauds, Sean.

– Ils s'en fichent bien.

– Qu'est-ce qui est arrivé à votre femme, monsieur Nawkins ? demandai-je.

– Vous voulez vraiment savoir comment elle est morte ?

– Papa, intervint la jeune fille.

– La ferme, Echo, lâcha-t-il sans même la regarder. Des gars de la ville ont foutu le feu à notre caravane. Il y a dix ans. Gunnersbury Park. Vous vous rappelez ce lynchage ?

– Un campement illégal de gitans à Gunnersbury Park, résuma Gane. Des habitants du quartier ont décidé de régler le problème à leur façon…

– Exact, confirma Sean Nawkins. Pourquoi vous ne les avez jamais arrêtés, *eux* ? Pourquoi c'est toujours *nous* que la justice condamne ?

Je me retournai en entendant une lourde masse animale approcher. L'homme et le cheval avançaient vers moi, de biais. Je ne comprenais pas comment le cavalier s'y prenait : il n'avait ni selle ni rênes. On aurait dit qu'il commandait son cheval par la pensée.

Je revins à Sean Nawkins.

– Écoutez, monsieur, inutile de chercher à compliquer les choses. Nous voulons juste poser quelques questions à votre frère.

– Ou lui tendre un piège.

Le cavalier barbu était descendu de sa monture et dévisageait Gane.

– Eh ben ! Vous marchez debout, maintenant ? Il y a beaucoup de gars de couleur dans votre métier ?

Gane ne releva pas. C'était notre quotidien : ne pas relever. Une quantité invraisemblable de remarques en tout genre. Et pour des types comme Gane, c'était encore pire. Mon regard passa du cavalier à Sean Nawkins.

– Comme je vous l'ai dit, pas la peine de compliquer les choses. Maintenant, elles peuvent très bien se compliquer – ça ne dépend que de vous. Mais ce n'est pas obligatoire. Nous, on veut juste rayer le nom de votre frère de notre enquête.

– Ils veulent le coincer, oui ! renchérit le barbu. Lui foutre les meurtres de Londres sur le dos ! Les meurtres de cette famille, là ! Pour les richards, ça, ils réussissent toujours à trouver un coupable !

– Dan, tu veux bien aller chercher mon frère ? demanda Sean Nawkins d'une voix calme.

Le cavalier eut un reniflement méprisant et s'éloigna.

– Vous ne m'avez pas l'air très nomade pour des gitans, remarqua Gane.

Il indiqua du regard la dizaine de chalets neufs.

– On dirait que vous avez posé vos valises.

Sean Nawkins replia son *Guardian* et s'adressa à Gane comme s'il s'agissait d'un enfant.

– Notre peuple n'est pas en déplacement toute l'année. Pas dans ce pays. Dans notre famille, l'année commence par la plantation des pommes de terre et s'achève par la récolte du houblon. L'hiver, on ne part pas sur les routes. Vous savez ce qu'ils voulaient faire de lui ?

– De votre frère ?

Il rit avec un plaisir manifeste.

– Oui. De Peter, mon frère. Vous savez ce qu'ils voulaient en faire ? Le fermier qu'il a tué et ses fils ? *Un chapon !* Et ils ont bien essayé...

– Vous voulez dire... qu'ils ont essayé de le castrer ?

– C'est exactement ce que je veux dire, inspecteur. Parce qu'il avait posé les pattes sur leur fille. Parce qu'il l'avait dressée contre sa propre famille. Pas question que le vieux fermier tolère un *gadjo* dans son entourage. Vous savez ce que c'est, un *gadjo*, n'est-ce pas ? Un sang impur. Les gens pensent que c'est un gitan sédentaire, mais ça veut juste dire que sa mère n'était pas nomade. Ils le détestaient alors que ce n'est même pas un vrai nomade ! Ils lui sont tombés dessus pendant que la fille était chez sa mère. Ils l'ont entraîné dans une ruelle, et lui ont arraché son pantalon. *Ils allaient lui couper les couilles, parfaitement !* Mais il s'est débattu, il les a mis en fuite. C'était un grand gars, un costaud. Et il est revenu. Et il a fait en sorte qu'ils ne puissent jamais recommencer. Maintenant, dites-moi, messieurs les inspecteurs : quel putain de rapport avec ces meurtres à Londres ?

Nous restâmes silencieux.

– Votre frère a de la visite, parfois ? finit par demander Gane.

– Vous voulez dire des inconnus obsédés par ce qu'il a fait ? Des admirateurs, des fanatiques, des monomaniaques, ce genre de types ?

Gane confirma.

Sean Nawkins secoua la tête.

– Plus maintenant. C'est de l'histoire ancienne, tout ça... Vous le considérez toujours comme l'Exécuteur, hein ? Pour moi, c'est un gamin avec des difficultés qui a commis une erreur après avoir été provoqué de façon atroce, horrible. Pour vous, un récidiviste. Pour moi : mon frère.

Il regarda par-dessus nos épaules et baissa la voix.

– Il a commis un crime, il a payé sa dette, alors il a le droit de mourir en paix.

Tout à coup, il était devant nous.

Peter Nawkins.

L'Exécuteur.

Je tentai de discerner la violence en lui. Je tentai de voir l'ombre obscure du passé. Mais il ne ressemblait pas à un homme qui avait détruit la vie de quatre personnes. Il était imposant, beaucoup plus que le cavalier barbu qui l'accompagnait, et son visage était un pâle décalque de son ancien visage de jeune premier.

Il faisait beaucoup plus vieux que son âge. À cause de la prison, pensai-je. Et à cause du cancer. En le voyant essuyer ses mains terreuses sur son pantalon de jogging, je compris qu'il était effectivement en train de mourir.

– Tu viens du potager ? demanda son frère d'une voix tendre.

– Il y a beaucoup de choses à planter en janvier, dit-il en nous dévisageant. Des aubergines. Des poireaux. Des choux-fleurs, bien sûr.

– Peter Nawkins ? demanda Gane.

De nouveau, nous nous présentâmes en montrant nos insignes.

Il regarda aussitôt son frère.

– Je n'ai rien fait, Sean.

– C'est bon, Peter. Ils veulent juste te poser deux ou trois questions. Après, ils regagneront leur trou à Londres et tu pourras retourner à ton jardin.

Nous avions attiré un petit groupe de curieux. Ils s'étaient rassemblés entre nous et notre voiture. Je me demandai si ça pouvait représenter un danger.

– Où étiez-vous le soir du Nouvel An, monsieur Nawkins ?

Nouveau regard vers son frère.

– Allez, dis-leur !

Il y avait une pointe d'irritation dans la voix de Sean Nawkins.

– Je ne sais pas.

Nous laissâmes sa réponse faire son chemin.

– Vous ne savez pas où vous vous trouviez le soir du Nouvel An ?

– Il était dans le campement, intervint son frère. J'ai des témoins.

– Ouais, je suis sûr que vous en avez au moins cinq cents, ironisa Gane.

Le cavalier barbu était accompagné d'un nouvel ami à face de rat.

– Ne joue pas au plus malin, le négro ! lança Face-de-Rat dans le dos de Gane.

Je lui souris. Il continuait à fixer l'arrière du crâne chauve de Gane en marmonnant des injures de plus en plus violentes pour lui-même et pour le cavalier. Comme font les gens frustrés qui ne sont ni bourrés ni défoncés : ils montent dans les tours tout seuls, jusqu'à l'explosion. D'autres habitants arrivaient, bouche bée ou menaçants. Une femme portant un nourrisson cracha par terre, derrière les chaussures italiennes boueuses de Gane.

– C'est moi qui paie votre salaire ! éructa-t-elle.

– Vous étiez ici le soir du Nouvel An ? dis-je.

Peter Nawkins acquiesça.

– Je crois bien. C'était quand ? La semaine dernière, c'est ça ?

– Vous aviez déjà rencontré un ou plusieurs membres de la famille Wood, monsieur Nawkins ? demanda Gane.

– Il n'a jamais rencontré personne de la famille Wood, assura Sean Nawkins.

– S'il vous plaît, monsieur, je préfère parler à votre frère.

– Et il préfère parler à l'orgue de Barbarie qu'au singe savant ! ricana Face-de-Rat.

Sa remarque fut saluée de quelques rires, et je compris que personne ici ne nous craignait.

– Non, répondit Peter Nawkins. Non à toutes vos questions. Je n'étais pas là et je ne les connais pas et je n'ai rien fait de mal…

Sa respiration se faisait de plus en plus rauque. Il

était vieux et malade, mais il était encore assez baraqué pour être dangereux s'il explosait.

– ... et je *n'irai pas en prison* !

J'échangeai un coup d'œil avec Gane.

Le message était passé. Le moment était venu de partir.

La foule était devenue considérable, notamment entre la voiture et nous. Si quelque chose devait se passer, ce serait dans les soixante prochaines secondes. Nous remerciâmes Peter et Sean Nawkins pour le temps qu'ils nous avaient accordé. Nous nous retournâmes. Et ce qui devait arriver arriva.

– Espèce de sale nég...

Face-de-Rat n'eut pas le temps de terminer sa phrase : Gane le souleva par le col de sa veste de survêtement en nylon et le propulsa de toutes ses forces contre la caravane de Sean Nawkins.

Sans doute ne visait-il pas la fenêtre, mais la tête de Face-de-Rat passa directement au travers, dans une explosion de verre. Je m'emparai de la bouteille de lait et, d'un mouvement, la fracassai par terre pour brandir le goulot tranchant vers les hommes qui nous encerclaient.

– Voilà comment les choses se compliquent ! lançai-je.

Ils s'arrêtèrent. Face-de-Rat était à genoux, ses traits vermineux couverts de sang.

Nous restâmes immobiles, attendant qu'ils fassent le premier geste. Comme personne ne s'y risquait, nous nous repliâmes lentement vers la BMW. Le cavalier barbu sembla hésiter plus que les autres. Je lâchai la bouteille de lait cassée dans une poubelle pleine à craquer.

– À la prochaine ! lui dis-je.

Nous prîmes notre temps pour entrer dans la voiture.

Pas pour déguerpir.

– On fonce ! me lança Gane.

Je fonçai.

Pendant plusieurs minutes, les verts pâturages de l'Essex filèrent à toute vitesse.

– Garez-vous.

Je me garai.

Gane tremblait encore, galvanisé par l'adrénaline.

– Ça s'est plutôt bien passé, dis-je.

– Je ne visais pas la fenêtre, Max.

– J'ai bien compris.

– Parfois, ils le cherchent…

– Je sais. Les gens accusent la police d'être raciste, mais on déteste seulement ceux qui nous font le plus chier. Ça ne fait pas de nous des racistes : juste des êtres humains.

Nous restâmes assis en silence un moment. Laissant passer le flot rugissant des voitures vers Londres. Laissant retomber la tension.

– Qu'est-ce que vous en pensez ? me demanda Gane. De Peter Nawkins ? De l'Exécuteur ?

– S'il a encore tué, il est évident que c'était pour des raisons personnelles.

– La première fois, en tout cas, c'était personnel… Bon sang, ils ont essayé de lui couper les couilles !

Je fermai les yeux et m'efforçai de reprendre une respiration régulière. La matinée avait été chargée.

– Personnel… oui, on peut le dire.

– Castré parce qu'il était tombé amoureux de la mauvaise fille… Pas étonnant qu'il ait pris le pistolet d'abattage. C'est un pauvre bougre, pas un tueur de sang-froid. Ça n'a jamais été un tueur de sang-froid.

– Et ce n'est pas aujourd'hui qu'il va commencer, dis-je en redémarrant la BMW X5. Il est trop occupé à mourir.

9

L'appartement était superbe.

Un penthouse au septième étage d'un immeuble du Barbican. Lumineux, aéré, moderne. Beaucoup de murs blancs et peu de mobilier. Une table pour deux, un canapé en cuir crème, une chaîne hi-fi, un vélo elliptique. Le strict nécessaire, mais révélant un goût parfait. Sur un bureau devait se trouver un ordinateur que les techniciens de scène de crime avaient emporté. J'ouvris les portes. Une seule chambre. C'était une garçonnière, mais une garçonnière très luxueuse. Selon Wren, l'achat n'avait pas nécessité de prêt immobilier. Brad Wood n'avait pas dû récupérer beaucoup de monnaie de son million de livres.

Deux tableaux offraient les seules taches de couleur dans le salon. Je m'approchai : les deux étaient signés d'un certain Patrick Caulfield. Ils représentaient des intérieurs modernes et dépouillés, semblables à ce salon.

Je sortis sur le balcon exposé plein sud. Sept étages plus bas, une cour intérieure s'articulait autour d'un petit lac et de jardinets. Par-dessus les toits, le dôme de Saint-Paul paraissait si près qu'on aurait pu le toucher.

Au-delà, la Tate Modern et le London Eye. En cette fin d'après-midi, le soleil se couchait dans un ciel sans nuages, d'un bleu glacé strié de ruisselets écarlates.

Je ne les voyais pas d'ici mais la halle de Smithfield et notre loft étaient à un jet de pierre, juste de l'autre côté d'Aldersgate. Nous étions pratiquement voisins.

La sonnette de la porte retentit. J'ouvris. C'était une jeune femme d'environ vingt-cinq ans, jolie, menue, juste un peu trop blonde pour qu'on lui fasse entièrement confiance. Un sourire naquit lentement sur ses lèvres, comme si nous partagions un secret innocent.

– Bonjour, dit-elle.

– Bonjour.

– Je peux entrer ?

Elle parlait bien anglais, mais pas au point de perdre tout charme. Je m'écartai, elle entra, prenant son temps, sans trop savoir de quel côté aller. Elle aussi, c'était sa première fois ici. Elle portait des escarpins noirs brillants, à très hauts talons, avec une semelle rouge. Des Christian Louboutin. Ma femme en était folle. Enfin, mon ex-femme.

– C'est plutôt cool, par ici.

– Avant, c'était Cripplegate. Un des plus anciens quartiers de Londres.

Elle me regarda, surprise.

– Cripplegate ? Marrant comme nom.

– Ça remonte à l'époque romaine. La ville était entourée d'une muraille, et il y avait une porte pas loin d'ici. Et puis, pendant la Seconde Guerre mondiale, les Allemands l'ont détruite.

– Oh. Désolée.

– Je suis sûr que vous n'y êtes pour rien.

– Moi, non, mais mon grand-père, peut-être. Et même

mes deux grands-pères. Ça fait longtemps que vous habitez dans le quartier ?

Je pris le temps de la réflexion. C'était un quartier où j'avais connu une vie de célibataire, d'homme marié puis de divorcé. J'y avais vécu sans enfant puis avec enfant. Avec chien puis sans chien.

– Depuis plusieurs années, répondis-je – mais elle s'était déjà éclipsée.

Elle se mettait à l'aise. J'entendis couler l'eau de la baignoire. Je ressortis sur le balcon. Vus de suffisamment haut, les crépuscules de Londres sont les plus beaux du monde, songeai-je.

– Monsieur ?

Je me retournai. Elle portait toujours ses Louboutin – et rien de plus. Elle avait un corps de danseuse : petits seins, pas très grande malgré ses talons hauts, des cuisses aux quadriceps solides et un abdomen galvanisé par dix mille abdominaux.

Pendant que je me demandais quel genre de danseuse elle avait pu être, elle leva les mains, paumes tournées vers moi, comme si j'allais devoir faire un choix.

– Vous voulez que je garde mes chaussures, monsieur Wood ?

* * *

Ma nouvelle amie – Claudia – se retint d'éclater en sanglots sur tout le trajet depuis le Barbican jusqu'à Chinatown. Je garai la X5 dans le grand parking à étages derrière la caserne de pompiers, près de Gerrard Street. Quand je la vis de l'autre côté du capot, elle me parut brusquement très jeune.

– Eh, Claudia !

Elle me fixa en se frottant le nez du revers de la main.

– Vous n'avez rien fait de mal. Vous n'avez aucune raison d'avoir peur de moi.

– Je sais. Ce n'est pas de vous que j'ai peur.

Nous franchîmes le grand portique à l'entrée de Gerrard Street. Le Nouvel An chinois était imminent et des milliers de lanternes rouges emplissaient la nuit étoilée. L'odeur du canard rôti flottait dans l'air – la faim me donnait le tournis.

– Alors comme ça vous étiez danseuse ?

– Comment le savez-vous ?

– Simple supposition. Quel genre ?

Elle eut un petit rire.

– J'ai pratiqué tous les genres possibles et imaginables... Voilà, c'est ici.

Nous étions au milieu de la rue, entre un restaurant, devant lequel de jeunes Cantonais faisaient la queue en attendant une table, et une pharmacie chinoise où deux femmes mûres vêtues d'une blouse de laboratoire disputaient une partie de mah-jong. Près de la porte, un digicode et un interphone. Claudia allait presser l'interphone quand je retins sa main.

– Vous connaissez le code ?

Elle envisagea la possibilité de mentir puis se ravisa.

– Oui.

– Composez-le.

Elle pressa quatre touches et la porte s'ouvrit. Nous montâmes dans une étroite cage d'escalier. Sur le palier, un jeune Noir adossé au mur pianotait sur son téléphone. Il me jeta un regard incrédule et bondit.

– Claudia, qu'est-ce qu'il fout ici ?

Il posa une main sur mon torse.

– Non, non, non… Vous cherchez les problèmes ou quoi ?

Je lui souris aimablement.

– Je *suis* le problème.

Il eut la présence d'esprit de me laisser passer.

J'ouvris l'unique porte sur le palier et pénétrai dans une petite pièce blanche où une femme d'une trentaine d'années était assise à un bureau, derrière l'écran d'iMac le plus gigantesque que j'aie jamais vu. Elle n'était pas chinoise mais avait sans doute des origines asiatiques. Elle me dévisagea derrière des lunettes à monture noire. Le parfum d'une bougie semblait chercher à effacer l'odeur de canard rôti montant de la rue.

– DC Max Wolfe, annonçai-je en montrant mon insigne. Claudia, que voici, a rendu une petite visite à feu M. Brad Wood. Et c'est sur moi qu'elle est tombée.

– Claudia, j'avais *annulé* ce rendez-vous !

La femme parlait avec un accent américain greffé sur autre chose. Elle respira profondément.

– J'ai laissé un message sur ta boîte vocale pour te prévenir. Tu ne l'as pas eu ?

– Non.

– Ni mon SMS ? Ni mon e-mail ? Ni mon MP sur Twitter ?

Claudia renifla.

– J'ai perdu mon téléphone.

La femme secoua la tête puis me regarda avec un étrange mélange de crainte et de défi. Je me rendis compte soudain qu'elle attendait ce moment – ou quelque chose qui y ressemblait – depuis des années.

– Où est le patron ?

– Devant vous.

– Et vous vous appelez ?

– Ginger Gonzalez. Et ceci est ma société. La Sampaguita Ltd.

– Sampaguita ?

– La fleur nationale des Philippines.

– Vous êtes philippine ?

– Plus maintenant. Mon père était un militaire américain stationné aux Philippines. Ma mère était danseuse.

– Comme Claudia.

– Oui. Ce genre-là. Exactement ce genre-là. L'US Air Force avait une base à Ángeles. Et puis les Américains sont retournés chez eux. À seize ans, j'ai décidé de partir à la recherche de mon père.

– Vous l'avez trouvé ?

– Non. Mais au bout de quelques années j'ai obtenu un passeport américain. C'était encore mieux.

Je parcourus du regard la pièce blanche et nue.

– Et de quel commerce s'occupe la Sampaguita, Ginger ?

– La Sampaguita est une agence de mise en relation sociale, récita-t-elle sans sourciller.

– Une agence de mise en relation sociale ?

Je souris.

– C'est comme ça que ça s'appelle, aujourd'hui ?

J'indiquai le Black sur le palier.

– Et lui, c'est le Al Capone de la vente en gros ?

– C'est mon responsable de la sécurité.

Je secouai la tête.

– Vous aimez les euphémismes, à ce que je vois. Pourquoi votre agence de mise en relation sociale a besoin d'un gros bras – pardon, d'un responsable de la sécurité ?

– À cause des gens du quartier. Des gangs de

Chinatown. Parfois, ils réclament des loyers alors que je n'ai rien à leur payer…

Elle avait raison : mieux valait impressionner les membres des Triades si on cherchait à établir un commerce dans le coin. Encore préféraient-ils le plus souvent régler leurs comptes entre eux à coups de machette.

– Eh bien, donnez-lui son congé, à votre responsable de la sécurité. Et à Claudia aussi. Il faut qu'on parle, tous les deux.

Ginger adressa un bref signe de tête aux deux jeunes gens. Leurs pas résonnèrent dans l'étroite cage d'escalier. Je m'assis sur la chaise devant le bureau.

– Et maintenant dites-moi, Ginger : comment ça marche ?

Elle inspira profondément.

– Je présente des hommes riches, de haut niveau, à de belles jeunes femmes à l'éducation parfaite.

– Et tous ces hommes de haut niveau, comment ils vous trouvent ? Qu'est-ce qu'il faut taper sur Google ?

– C'est uniquement par le bouche à oreille. Des recommandations personnelles. Sampaguita n'est pas sur Internet. Nous sommes d'une discrétion absolue. De nos jours, personne n'a envie de laisser des traces sur le web…

– Jusqu'à ce qu'une de vos filles perde son iPhone.

Elle se mordit la lèvre.

– Notre pays a une législation très intéressante sur la prostitution, dis-je.

– N'est-ce pas ? Beaucoup plus dure quand il y a racolage. D'après mon expérience.

– Exact. L'échange de services sexuels contre de l'argent est légal. Mais dirigez un bordel, faites travailler des filles, forcez-les à racoler et la justice vous défoncera. D'après mon expérience.

Elle attendit.

– Je ne vais pas vous dénoncer.

– Merci.

– Mais je le ferai si vous ne m'aidez pas. Je suis à la recherche d'un tueur, Ginger. Et d'un enfant disparu. Et si vous ralentissez mon enquête, alors je fais fermer votre petite affaire à ma première pause thé et je vous envoie derrière les barreaux sans hésiter.

– Je comprends.

Elle marqua une pause.

– C'est affreux, ce qui est arrivé à cette famille. Et à ce petit garçon.

– Parlez-moi de Brad Wood.

– M. Wood était un client régulier.

– Combien de fois a-t-il fait appel à vos services ?

– Une fois par semaine. Pendant deux ans. Une fille différente à chaque fois.

– Ça en fait un sacré nombre.

– Ça commence, oui.

– Vous avez plus de cent filles dans votre catalogue ?

– Non, pas autant. Elles vont et viennent. Certaines se marient. Ou retournent chez elles. Ou reprennent des études. Essaient de nouvelles carrières. Mais il y a toujours de nouveaux visages. Il y a toujours de nouvelles filles qui débarquent à Londres.

– Combien de temps durait un rendez-vous ?

– Jamais plus de quelques heures. Elles ne passaient jamais la nuit avec M. Wood. Il devait rentrer chez lui.

– Et il vous laissait choisir la fille qu'il recevrait dans son appartement du Barbican ?

– Il faisait confiance à mon jugement. Et M. Wood avait des goûts assez conventionnels : jeune, blonde, non fumeuse bien sûr. Il avait fait partie de l'élite sportive, vous savez ? Pas de tatouage ni de piercing non plus.

Elle leva un sourcil.

– Je préfère engager des filles sans tatouages ni piercings mais, croyez-moi, par les temps qui courent, elles sont difficiles à trouver. La plupart des hommes sont attirés par une version plus jeune de leur épouse. M. Wood ne faisait pas exception à la règle : il aimait les répliques plus jeunes de Mme Wood.

– Et pourquoi jamais deux fois la même fille ?

– Selon ma théorie, c'est parce qu'il craignait un attachement inapproprié. Il ne voulait pas se mettre à trop apprécier une fille. Il ne voulait pas s'impliquer. Et, bien sûr, il y a l'attrait de la nouveauté. Ce que M. Wood aimait… si je peux utiliser un terme technique… c'était *l'inconnu.* Je préfère parler d'inconnu plutôt que de *viande fraîche,* c'est moins dégradant pour l'homme comme pour la femme.

Je méditai un instant ces considérations.

– Comment avez-vous fait sa connaissance ?

– Je l'ai rencontré dans le bar du Connaught Hotel.

– Donc, quand vous parlez de « bouche à oreille » et de « recommandation personnelle », en fait vous accostez des hommes riches dans des bars chics ?

– C'est un raccourci très vulgaire, inspecteur. Mais… oui. C'est souvent de cette façon que le premier contact s'établit avec un client *premium.*

– Et c'est toujours au Connaught que vous jetez vos filets ?

Elle sourit.

– Pas toujours. Même si le Coburg Bar s'est révélé

une zone de pêche très fructueuse. Il m'arrive aussi d'aller à l'American Bar du Savoy. Au Rivoli du Ritz. Au Fumoir du Claridges. Au Promenade Bar du Dorchester. Mais celui-là, j'y vais de moins en moins : je préfère éviter nos pieux amis arabes. Chacun ses préjugés, n'est-ce pas ? Préjugés n'est pas le bon mot... Chacun ses préférences, voilà.

– Donc, pas forcément le Connaught mais toujours un cinq-étoiles.

– Oui.

– Comment s'est passée votre rencontre avec Brad Wood ?

– Il m'a demandé s'il pouvait m'offrir un verre. Ensuite, nous avons dîné à deux reprises. J'ai vu combien il se sentait seul, alors je lui ai suggéré un moyen de remédier à la situation.

– Avec Sampaguita.

– Oui.

– Vous avez couché avec lui ?

Elle eut un signe de tête négatif.

– Je l'ai vu trois fois. Rien de plus. Ça remonte à deux ans. Tout le reste s'est déroulé par SMS, sur des BlackBerry utilisés uniquement pour nos communications. Rien d'autre. Nous étions conscients de l'importance de rester discrets. Lors de notre dernier dîner, je lui ai fait comprendre que je n'étais pas la solution pour lui. Une liaison avec une femme qu'il aurait pu aimer vraiment ne résoudrait aucun de ses problèmes. Les liaisons extraconjugales sont incroyablement destructrices, inspecteur. Elles détruisent des couples. Elles détruisent des familles. Elles déclenchent des torrents de larmes qu'elles ne méritent jamais. L'agence Sampaguita propose une alternative saine, sans danger, et M. Wood l'a acceptée. C'était un homme plein de sagesse et de pragmatisme, un homme généreux et digne.

Les larmes qui brillèrent dans ses yeux paraissaient sincères.

– Et je ne peux pas vous dire à quel point je suis attristée par sa mort. M. Wood était un homme bon. Et malgré l'argent, l'éducation, les belles maisons, ce ne sont pas tous des hommes bons, inspecteur.

Je me demandai si je pouvais vraiment croire tout cela.

– Il y a autre chose que je veux vous dire à propos de Brad Wood, ajouta Ginger Gonzalez.

– Oui ?

– Il était amoureux de sa femme.

10

À chacune de nos respirations, de petits nuages se formaient dans la froideur de l'air matinal. Scout promenait Stan à travers la cohue de Smithfield. Les rues étaient jonchées des détritus d'une nouvelle nuit d'activité et la cathédrale de Saint-Paul se découpait sur un ciel gris chargé du pressentiment de la neige. Scout était parée pour faire face aux rigueurs de l'hiver : une cagoule en laine pour protéger son visage parfait, l'écharpe de son école et un blouson zippé jusqu'au menton.

Elle se débrouillait à la perfection avec notre chien.

Elle accueillait d'un sourire poli les compliments que le petit Cavalier fauve recevait des *clubbers* vaseux sortant de la Fabric et des commis bouchers quittant la halle après leur longue nuit, mais elle restait attentive à la circulation et, au moindre bruit menaçant, raccourcissait la laisse d'un tour de poignet supplémentaire. Stan trottinait joyeusement à côté d'elle, le plumet vaporeux de sa queue au garde-à-vous, son museau minuscule savourant chaque odeur.

Nous traversâmes Charterhouse Street, longeâmes le marché pour atteindre le jardin en rotonde de West

Smithfield, où Stan aimait inspecter les traces laissées par les autres chiens avant de faire ses besoins. Il reniflait les éclaboussures sombres sur les bancs en pierre derrière la statue noire de femme érigée au centre du square.

Pendant que Stan relevait ses pipi-mails, je consultai ma propre messagerie. Et mon cœur fit un bond – comme chaque fois que mon ex-femme reprenait contact avec moi, c'est-à-dire rarement.

Je veux la voir.

Quand je relevai la tête, Scout articulait lentement les mots gravés dans les bancs en pierre de West Smithfield. Stan, accroupi pour passer enfin à l'action, me fixait de ses yeux ronds et implorants avant de détourner pudiquement la tête. Je glissai le téléphone dans ma poche et sortis un petit sachet en plastique.

Scout me regarda, le visage illuminé de plaisir.

– C'est une histoire ! Les mots dans la pierre ! Tu as vu ?

– Je parie que tu peux en lire un passage...

Elle hocha la tête.

– Mais je préfère que tu me le lises, papa.

Je ramassai la production personnelle de Stan, fermai le sachet d'un nœud et le jetai à la poubelle – un geste fluide que les propriétaires de chien maîtrisent à la perfection. Puis je me penchai vers l'inscription gravée sur les chaises :

– *« C'était jour de marché ; on avait de la boue jusqu'aux chevilles ; une épaisse vapeur se dégageait perpétuellement... »*

– Perpétuellement ? m'interrompit Scout.

– Toujours.

Le texte se déroulait sur plusieurs bancs et je marchai lentement tout autour pour le lire.

– *«… une épaisse vapeur se dégageait perpétuellement du corps des bestiaux, et se confondait avec le brouillard dans lequel disparaissaient les cheminées.»*

Je me redressai.

– Charles Dickens, *Oliver Twist.*

Je montrai le jardin à Scout.

– Tu vois, Dickens parlait de Smithfield.

Je lui épargnai le passage où Bill Sikes traînait Oliver à travers Smithfield pour l'obliger à commettre un cambriolage.

– Dickens a beaucoup écrit sur notre quartier. Il y a très longtemps. Quand on emmenait encore du bétail directement dans le marché.

– Des histoires qui commencent par «Il était une fois»?

– Si tu veux, oui. Il était une fois…

Je me baissai à la hauteur de ma fille.

– Scout. Ta maman a envie de te voir.

Elle cligna des yeux. Nous n'étions pas comme ces parents divorcés qui réussissent toujours à s'arranger à l'improviste. Notre famille avait brutalement implosé et l'onde de choc nous faisait encore chanceler, même si chacun avait repris le cours de son existence: Scout et moi dans notre loft au-dessus de Smithfield, Anne dans sa nouvelle maison de Richmond, avec son mari, le jeune fils de son mari et un bébé en route. Ses contacts avec Scout avaient été sporadiques. Mon ex-femme semblait toujours chercher un créneau, comme elle disait. Or, un petit créneau venait de s'offrir à elle avant la date initialement prévue.

– Mais je recommence l'école aujourd'hui! s'inquiéta Scout.

– Tu resteras le week-end. Vendredi soir, samedi soir.

Ce genre de chose. Je te dépose en voiture et je reviens te chercher.

– Et mes affaires ? Je n'ai pas mes affaires, là-bas !

Je posai une main affectueuse sur son épaule.

– Tu n'as qu'à emporter ce que tu veux, Scout. C'est juste pour une ou deux nuits. Ta maman t'aime beaucoup, tu sais ?

– Et Stan ? insista-t-elle.

Elle était au bord des larmes. Se tordait les mains.

– C'est le week-end qu'on peut le promener sans sa laisse ! Tu le sais bien, papa !

Les week-ends où je ne travaillais pas, nous avions pour habitude d'emmener Stan courir à Hampstead Heath. Notre petit Cavalier n'était pas le genre de chien discipliné auquel on peut facilement retirer sa laisse : il restait dans le groupe jusqu'à ce qu'il croise quelque chose de plus intéressant, un lapin, un oiseau ou, mieux encore, une chienne d'un gabarit similaire. Quand cela se produisait, il était capable de risquer sa vie et son confort pour renifler une fugace odeur de paradis. Mais il avait besoin de ce moment de folie. Et il nous fallait apprendre à le rendre à sa liberté. Tout comme je devais apprendre à laisser Scout s'éloigner de moi.

– Je peux promener Stan tout seul. Et si tu penses que ce n'est pas prudent de lui retirer sa laisse en ton absence, eh bien je peux l'emmener dans les bois derrière Jack Straw's Castle et on attendra ton retour pour aller dans le Heath, tous ensemble. Ça te va, mon ange ?

Elle soupira avec toute la résignation accablée qu'elle se sentait capable d'exprimer.

– OK, papa.

Elle tourna aussitôt les talons, suivie par Stan. Mais, avant qu'elle baisse la tête, derrière ses couches de protections hivernales, je lus ce qui traversait ses yeux de petite fille.

Un éclair de bonheur.

– Alors ça concerne le père, conclut la DCI Whitestone. Ça a toujours concerné le père.

Nous regardions les photos de Brad Wood punaisées sur le mur blanc de la SSC-1. Brad Wood sur le sol de sa chambre, les yeux explosés. Brad Wood sur la table en acier de l'Unité médico-légale Iain West, les orbites proprement nettoyées de la charpie sanglante de ses yeux, contemplant la mort elle-même. Il paraissait très différent du reste de sa famille.

– Mary, Marlon et Piper. Tous les trois violemment assassinés. Mais Brad Wood a eu droit à un autre traitement. Il a été abattu comme un animal.

– Une prostituée différente chaque semaine pendant deux ans, résuma Gane. Même avec une pause pendant Noël et la plupart des vacances, on arrive quand même à un total d'une centaine de putes…

– Et toutes avec un petit ami, ajouta Wren. Et une bonne raison de faire chanter un homme aussi riche. Malgré ce que la mère maquerelle a raconté à Wolfe, je doute que toutes aient eu un diplôme de la fac et un cœur d'or…

– Sans le moindre tatouage ! Je parie que certaines en avaient plus d'un.

Whitestone ignora la remarque de Gane.

– Et Marlon et Piper ?

– Piper avait un petit ami de longue date. Ashley Cooper. Il vit avec maman et papa dans une grande baraque sur Winnington Road. Parents tous les deux médecins. Il est dévasté, le pauvre gosse. Ils étaient très passionnés, lui et Piper. D'où le sperme retrouvé dans son vagin par Elsa.

– De longue date, ça correspond à quoi, de nos jours ? demanda Whitestone.

– Six mois. Il était dans le même collège que le frère de Piper.

Wren consulta ses notes.

– Même âge qu'elle. Ils se sont disputés pendant le réveillon, à cause d'une ex d'Ashley qui lui avait souhaité bonne année par SMS. Piper a quitté la fête plus tôt pour rentrer chez elle. Vous voulez que je discute avec lui ?

– Pas tout de suite. Et Marlon ? Vous m'avez dit que le voisin… Miles Compton, je crois ? le détestait.

– Le jeune Marlon courait les filles. Comme son père. Pas de petite amie régulière, mais il aimait les femmes. Apparemment, il tournait avec un peu trop d'insistance autour de la fille de Compton. Qui se comporte comme un père qui se fait du souci pour sa fille. De là à l'imaginer se transformer en meurtrier… Je retourne lui parler ?

– Non… Mais gardons juste un œil sur le voisin et le petit copain.

Nous avalâmes notre café en réfléchissant à l'affaire. Comme les autres membres de l'équipe d'investigation, j'étais arrivé de bonne heure. Le PC Billy Greene était déjà au travail, assis dans un coin de la SSC-1, silencieux. Sur son écran défilaient des photos de « délinquants sexuels connus » et la liste des signalements publics. Éliminant une à une les fausses pistes, il continuait de chercher celle qui nous conduirait jusqu'à l'enfant enlevé.

– Quand je pense à tous les mensonges que ce salaud de Brad Wood a dû raconter, soupira Whitestone. Tous les risques qu'il devait prendre… juste pour arriver au bout de sa semaine de travail !

Il y avait dans son expression un mélange de fascination et de colère véritable. Je savais qu'elle élevait seule son fils de quinze ans et, pour la première fois, je me demandai ce qui était arrivé à son mari.

– Eh, Billy ! lança Wren. Ça te dirait de Rechercher-Interroger-Éliminer une centaine de call girls ? Ça pourrait pimenter ta vie sociale…

Billy Greene fut le seul à ne pas rire. Il donnait l'impression de ne pas avoir dormi de la semaine. Les visages se succédaient sur son ordinateur, banals et inexpressifs, en une ronde interminable. Toujours par deux : face et profil. Avec le même regard vide, le même noir et blanc, le même cartouche où s'inscrivaient les noms et les matricules.

La grande confrérie des pédophiles, dits aussi « délinquants sexuels connus ».

– Un autre gamin a disparu, annonça Billy.

Les rires cessèrent d'un coup.

– Ce matin. Un autre garçon. Quatre ans lui aussi. Comme Bradley. Il a été kidnappé cette nuit, chez lui.

Billy reprit ses papiers.

– Ça s'est passé à côté, à Brixton. Sur Electric Avenue.

– Et merde…

Whitestone me regarda et j'acquiesçai. Un autre kidnapping d'un gosse de quatre ans au milieu de la nuit : la similitude avec notre affaire m'obligeait à traverser le fleuve pour aller me rendre compte sur place.

– Des morts ? demanda Whitestone.

– Aucun mort.

Billy tressauta : au fond, il ne savait pas si l'enfant était encore en vie.

Sur le grand téléviseur mural, le portail d'entrée de la résidence du Parc apparut. Toutes les têtes se levèrent.

Une petite fille d'environ trois ans tenant la main de sa mère venait déposer son petit bouquet parmi les autres hommages floraux. L'empilement devant le portail formait comme un raz-de-marée de fleurs et donnait l'impression que Bradley Wood était déjà considéré comme mort.

– Éteignez-moi ce truc, ordonna Whitestone.

Puis, se tournant vers moi :

– On peut l'arrêter ? La maquerelle ?

Je haussai les épaules.

– Provoque la prostitution et l'encourage pour son propre intérêt. Contrôle les prostituées pour son propre intérêt...

J'hésitai.

– Elle encourt six mois de taule à tout casser et, nous, on se retrouve avec une montagne de paperasse inutile sur les bras... Vous ne préférez pas qu'on la laisse dans la partie ? Elle pourrait nous être beaucoup plus utile comme indic que punie par la Loi sur les abus sexuels.

Whitestone réfléchit. Peut-être même pensa-t-elle à l'homme avec lequel elle s'était jadis mariée.

– Non. On chope cette salope.

Mais l'agence Sampaguita s'était évanouie.

La salle au-dessus du restaurant de Gerrard Street était vide. Le seul signe que Ginger Gonzalez et son agence de mise en relation sociale avaient occupé les lieux était les câbles de connexion ADSL fichés dans les murs et des rectangles de poussière à l'endroit où se trouvait le bureau. Un verre contenant les restes d'une bougie parfumée était posé dans un coin. Whitestone le ramassa et le reniflait quand un vieillard chinois entra en traînant derrière lui un aspirateur.

– La dame qui était là… commençai-je. *Ng-goy bawng bawng mawng ?*

Mon cantonais était plutôt rouillé – il n'avait jamais été particulièrement aiguisé.

– Vous pouvez nous aider, monsieur ?

– Partie, partie, répondit le vieil homme. Tout le monde, parti.

À ce moment, deux jeunes Chinois entrèrent dans la pièce en transportant une table de massage. Le vieillard leur aboya dessus en cantonais et ils se plaquèrent contre le mur. Il venait d'actionner son aspirateur quand Gane apparut dans l'embrasure de la porte.

– Vous voulez que je les fasse partir, madame ? cria-t-il par-dessus le vacarme.

Whitestone eut une mimique d'impatience. Elle me rejoignit devant la fenêtre. Les lanternes rouges du Nouvel An chinois oscillaient dans la fin de matinée morose.

– Max, des suggestions ?

Je pensai au Coburg Bar du Connaught. À l'American Bar du Savoy. Au Rivoli Bar du Ritz. Au Fumoir du Claridges. Au Promenade Bar du Dorchester.

– Elle peut se trouver n'importe où.

Electric Avenue, Brixton. Je marchais avec Wren entre des étals de marché débordant de fruits et légumes des Caraïbes : baies de goyave, attes, caramboles, patates douces, bananes plantain, papayes, mangues, noix de muscade. Et tout un tas d'autres que nous n'avions jamais vus : bananes rouges, cerises géantes et poivrons aux formes curieuses.

Nous nous engageâmes dans Coldharbour Lane et, guidés par les lumières bleues de nos voitures, arrivâmes devant Southwyck House, un immeuble gris et morne plus connu sous le surnom de Barrier Block. Quelques gamins qui auraient dû être à l'école formaient un cercle, juchés sur leurs vélos, en attendant que quelque chose se passe.

Un détail dans cette scène me perturbait, mais je n'arrivais pas à mettre le doigt dessus.

Le Barrier Block ressemblait à une prison de haute sécurité, avec ses minuscules fenêtres taillées dans des blocs de façade à la fois hauts et étroits. Après avoir montré nos insignes au jeune agent en faction devant le périmètre de sécurité et laissé nos signatures sur sa tablette, Wren lui demanda :

– Qu'est-ce qu'on a ?

– Michael McCarthy, garçon noir, quatre ans. En se réveillant ce matin, sa mère s'est aperçue qu'il avait disparu. Ils sont au deuxième étage.

L'appartement était minuscule. Dans une pièce du fond, une femme secouée de sanglots hystériques. Je jetai un coup d'œil par la porte entrebâillée : une jeune noire obèse, la vingtaine à peine, était recroquevillée sur un lit d'enfant ; une policière agenouillée devant elle lui tenait la main.

– Mon bébé... mon bébé... mon bébé...

Un inspecteur vint à notre rencontre et nous serra la main.

– West End Central ? Qu'est-ce qui vous amène ? nous demanda-t-il avec un sourire.

– Bradley Wood, dis-je. Vous aussi, vous avez un garçon de quatre ans porté disparu ?

– Pitié... pitié... pitié...

Le chagrin et le choc suffoquaient la jeune femme. L'inspecteur baissa la voix.

– Oui, mais ça n'est pas la même… catégorie de gamin. Cette famille est connue des services sociaux. La mère a déjà été condamnée pour usage de stupéfiants. Le petit garçon, Michael, a été placé à deux reprises dans une famille d'accueil.

– Et le père ?

Le sourire de l'inspecteur s'élargit.

– Le père ? Vous savez, ici ça n'est pas comme à West End Central. Quelques kilomètres, un fleuve et plusieurs centaines d'années-lumière nous séparent. Un père, ça ressemble à quoi, d'abord ? Écoutez, si vous voulez traîner dans le coin, faites-vous plaisir, vous êtes les bienvenus. Mais, entre nous, vous perdez votre temps.

Soudain, je compris ce qui m'avait troublé en arrivant sur les lieux : il n'y avait pas de journalistes devant le Barrier Block. Pas un seul. Le monde n'avait pas pris acte de la disparition du petit Michael McCarthy.

Je repensai à Nils et Charlotte Gatling qui refusaient de laisser leur neveu glisser peu à peu dans l'oubli. Je me demandai qui allait autant se soucier de Michael McCarthy.

– On est sur le coup, reprit l'inspecteur en étouffant un bâillement.

11

Samedi matin. Je me garai en face de la rue où se trouvait la maison d'Anne. En me retournant vers la banquette arrière, je vis Scout en train de gratter Stan derrière les oreilles d'un air pensif. Son visage était blême.

– Tu vas bien t'amuser, dis-je avec un entrain qui m'écœurait moi-même.

Puis, d'une voix normale :

– Ta maman t'aime beaucoup, Scout. Elle n'a jamais cessé de t'aimer. Tu le sais, n'est-ce pas ?

D'un signe de tête, Scott me l'assura et nous sortîmes. Sans Stan. Le royaume canin n'ayant aucun charme pour mon ex-femme, il devrait attendre dans la voiture.

– Reste là, Stan ! lui ordonna Scout. Bon chien…

Mais, déjà, Stan geignait, conscient que quelque chose se tramait. Le sac à dos de Scout et cette étrange destination, aux confins verdoyants et feuillus de Londres, le confirmaient.

Toute la famille apparut sur le pas de la porte. Le Nouveau. *Oliver*. Il allait falloir que je m'habitue à lui donner un prénom. Ce n'était plus vraiment « le Nouveau ». Juste le mari d'Anne. Le petit garçon se tenait en retrait, timide. Et Anne… Très imposante, enceinte de presque huit mois. Elle écarta les bras.

– Scout ! Qu'est-ce que tu as grandi !

Scout heurta maladroitement le ventre de sa mère.

Je m'attendais toujours à être submergé par des vagues de tristesse quand je voyais Anne installée dans sa nouvelle vie. Mais le passage de relais fut rapide, naturel et je ne ressentis pas grand-chose en voyant Scout escortée à l'intérieur de la maison, un sourire crispé devant ce cérémonial, peu habituée à être traitée comme un chef d'État en visite.

Anne m'adressa un sourire qui n'était pas inamical, juste distant, et referma doucement la porte sur moi. Alors je compris que la tristesse était toujours là, que je pleurerais encore longtemps la mort de mon couple, mais pas ici, pas aujourd'hui. Le chagrin du deuil restait là, en embuscade, prêt à s'abattre sur moi quand je m'y attendrais le moins. Je retournai à la voiture et plaçai Stan sur le siège passager. Il claquait des babines d'un air anxieux.

– Ça va aller, Stan. Ça, c'est la vie normale.

Minuit arriva, minuit passa, et j'étais toujours incapable de trouver le sommeil.

J'errais à travers le loft, devenu aussi vaste qu'une planète depuis que Scout n'y était plus. Posté à la fenêtre, je regardais les lumières de Smithfield étinceler en contrebas. Savoir que la nuit commençait à peine pour les hommes de la halle aux viandes m'aidait à accepter mon insomnie.

Je me rendis dans la chambre de Scout. Stan était blotti sur son oreiller. Ses yeux en boule de billard luisaient dans la pénombre.

– Je sors faire un tour, l'informai-je.

Il leva la tête, soudain intéressé.

Où est-ce qu'on va ?

– Seulement moi.

J'allai me changer. Chemise, cravate. Dans le couloir, Stan m'observait d'un air soupçonneux.

– Les chiens sont interdits là où je vais. Désolé. Tu ne pourrais pas entrer, tu comprends ?

Il inclina sur le côté sa tête assoupie, comme s'il avait du mal à croire à une chose pareille.

Nuit de samedi dans le West End. Je pensai au Coburg Bar du Connaught Hotel. À l'American Bar du Savoy. Au Rivoli Bar du Ritz. Au Fumoir du Claridges. Au Promenade Bar du Dorchester. À tous les inconnus qui y feraient connaissance. Échange de regards. Verres. Affaires conclues. J'optai pour le bar du Connaught, là où Ginger Gonzalez avait rencontré Brad Wood pour la première fois.

Les yeux brillants et impatients de Stan eurent raison de moi. Je savais que je n'aurais pas la force de refermer la porte sur eux.

– Si je t'emmène, tu restes dans la voiture, compris ?

Stan s'étira et bâilla en m'observant enfiler le costume de mon mariage.

Ginger n'était pas au Connaught, sur Carlos Place, ni au Ritz à Piccadilly. Je finis par la trouver au Savoy, assise à une petite table dans un coin de l'American Bar. L'homme avec elle avait la cinquantaine svelte et florissante, et sans doute un peu trop bu. Il avait posé un index sinuant sur le poignet de sa conquête d'un soir, comme s'il s'apprêtait à lui lire l'avenir. Je pris un tabouret à une table voisine et me joignis à eux. L'homme me dévisagea.

– Qu'est-ce qui vous prend, mon vieux ?

J'ignorai sa question et me tournai vers Ginger.

– C'était à ton tour d'aller chercher les enfants, chérie.

L'homme se leva, furieux. Une fois parti, elle me sourit.

– J'aime bien quand vous m'appelez *chérie.* Ça me donne moins l'impression que vous avez envie de m'arrêter.

– Je ne m'y fierais pas trop, si j'étais vous. Vous avez quitté précipitamment Chinatown…

– Ça me semblait la chose à faire. Vous ne m'aimez pas.

Un serveur approcha mais je le congédiai d'un mouvement de tête.

– Je n'aime pas votre activité. Vous avez beau vous habiller comme une femme d'affaires, vous qualifier d'entrepreneuse, pour moi vous pratiquez toujours le plus vieux métier du monde. Et j'ai vu trop de pauvres filles débarquer dans ce pays en s'imaginant devenir infirmières, danseuses ou serveuses et finir sur un matelas puant à enchaîner vingt passes par nuit.

Elle plissa les lèvres.

– Pas mes filles.

– J'en ai trop vu tomber dans la drogue, se faire péter les dents de devant ou perdre leur passeport – quand ce n'était pas leur vie.

– Ce n'est *pas* mon métier.

– Mais je ne cours pas après les proxénètes. Je laisse ce métier à d'autres. Moi, je pourchasse les tueurs. C'est mon boulot. Et c'est ma patronne qui veut vous coincer.

Ginger avala une gorgée de son breuvage : eau minérale avec glaçons et une rondelle de citron. Elle était de service.

– Qu'est-ce que je peux faire pour échapper à ça ?

– M'aider.

Elle eut une moue d'impuissance.

– Je vous ai dit tout ce que je savais sur Brad Wood.

– Je veux que vous me parliez des autres hommes. Vous m'avez dit qu'ils n'étaient pas tous bons.

– Non. En effet.

– Je ne peux pas croire que c'est aussi simple et aussi sain que vous le présentez. Adultes responsables, conversations stimulantes et relations sexuelles consenties sans que personne n'y laisse des plumes. Pas de tatouages, pas de larmes ? Allons, il y a autre chose. Forcément.

– Que voulez-vous savoir ?

– Si vous recevez des demandes spéciales.

Elle balaya la salle d'un regard circulaire.

– Ça arrive.

– Qu'est-ce qu'ils veulent ? Qu'est-ce qu'ils vous demandent d'organiser ? Quels sont leurs fantasmes ?

– Vous n'avez pas idée.

– Je crois que si. Certains clients demandent une pincée de cruauté. Ou bien une orgie. D'autres réclament tout ce qu'ils ont pu voir sur Internet. Et vous avez les amateurs de mineurs. Ou les salopards qui aiment les tout petits enfants...

Pour la première fois, je la sentis secouée.

– Je ne propose pas ce genre de choses.

Je posai ma carte de visite sur la table.

– Je sais. Si j'avais le moindre soupçon, nous serions dans une salle d'interrogatoire.

Elle prit mon bristol.

– Exact.

Le serveur revint.

– Si vous ne désirez pas commander, monsieur, nous allons devoir reprendre cette table.

Plutôt que de sortir le grand jeu, je commandai une bière dont je n'avais pas envie. Quand elle arriva, je la bus très lentement.

Ginger étudiait ma carte. Elle me sourit.

– Personne ne vous attend ce soir, n'est-ce pas ?

– Pas tout à fait. Mon chien est dans ma voiture.

– Un chien, ça ne compte pas vraiment.

– Pour moi, si.

– Qu'est-ce qui vous est arrivé ? Vous avez rompu avec votre fiancée ?

J'hésitai. Avais-je vraiment envie de partager mes secrets avec une femme qui dirigeait une agence de mise en relation sociale ?

– Mon épouse.

– Peut-être puis-je vous rendre service ? me demanda-t-elle d'une voix taquine.

– Vous croyez qu'il me faudrait une version plus jeune de ma femme ?

– Je crois que vous êtes très seul, inspecteur.

– Tout le monde est seul, dis-je en me levant pour partir.

Une expression sérieuse figea son visage.

– Vous savez, il y a bien pire que les trucs qu'ils trouvent sur Internet.

– Quoi donc ?

– Les trucs qu'ils imaginent.

Dimanche matin, chez Fred.

Les mains dans de gros gants Lonsdale 18 Oz[1], je bourrais de crochets le sac de sable. *Bam-bam-bam*,

1. Ou 18-ounce, unité de taille et de poids anglaise standard pour les gants de boxe.

encore et encore. L'acide lactique irriguait mes bras, de plus en plus pesants et douloureux. J'étais déterminé à frapper jusqu'à épuisement pour réussir enfin à dormir le soir venu.

– Tes coups doivent partir des épaules, pas de tes mains, expliquait Fred au jeune homme sur le ring avec lui.

Quand le buzzer marqua la fin de mes trois minutes, je me redressai et les regardai. D'autres boxeurs interrompirent leurs exercices et firent de même.

Car le gosse était vraiment bon.

Fred avait enfilé les pattes d'ours et lui annonçait les coups.

– Double jab. Double jab. Allez, Rocky ! Double jab, cross du droit, crochet gauche ! Bien… Oublie la force, travaille la vitesse ! Tout part des pieds ! Mets tout ton corps dans le mouvement ! Allez, enchaînement : sept directs !

Les directs crépitèrent, fluides, parfaits.

– Bien, Rocky !

Le visage de pirate de Fred se fendit dans un large sourire.

Son boxeur était mince, très rapide, avec une forme physique qui ne vient qu'avec la jeunesse et beaucoup de rigueur. Et il faut être très bon quand on se fait appeler Rocky. Je regardais ses jabs surgir et percuter les pattes d'ours avec un bruit sec, le son perçant du cuir frappant le cuir. Son apparence avait quelque chose de méditerranéen : cheveux sombres, peau cireuse. Un Italien ou un Espagnol, sans doute. S'il ne boxait pas encore en professionnel, il devait sérieusement y penser.

Fred posa les pattes d'ours et ajusta son protège-dents. Puis, après avoir enfilé son casque et ses gants 14 Oz, il joua les sparring-partners pendant quelques rounds. Il retenait ses coups, lâchait quelques jabs et se tenait à distance de la terrible droite de son adversaire. Je constatai avec surprise que seul Fred portait un casque protecteur. Après trois rounds, ils passèrent sous les cordes.

– Tu ne mets pas de casque pour les sparrings ? demandai-je au jeune homme.

Son sourire était lumineux.

– Jamais ! Ça me donnerait trop envie d'être frappé…

– Les Roms aiment se battre, c'est dans leurs gènes ! commenta Fred en riant.

Ainsi, Rocky était un gitan.

– Tu es pro ?

– J'y pense… Je vais bientôt me marier, les choses sérieuses commencent.

Il ne devait pas avoir plus de dix-huit ans.

– Pour l'instant, je bosse dans les chantiers. Je pose ce truc noir, là… le truc qu'on met sur les routes.

Je hochai la tête.

– Eh bien bon courage pour tout ça !

– Merci, mec !

Nous touchâmes nos gants.

Je retournai marteler le sac de sable quand, à la télé, un flash info montra l'entrée de la résidence du Parc. Nils et Charlotte Gatling regardaient les monceaux de fleurs devant le portail. Les mains dans le dos, Nils paraissait aussi conscient de son image qu'un membre de la famille royale en déplacement. Charlotte paraissait plus nerveuse, se frottait le poignet, comme si ce geste l'apaisait, comme si elle se tenait la main. Le frère et la sœur lisaient les messages laissés parmi les bouquets, échangeaient quelques paroles, observés à distance respectueuse par toute la nation – c'est du moins ce que je ressentais. J'attendis pour voir si la disparition de Michael McCarthy, de Brixton, allait être évoquée. Mais les images laissèrent place à la rubrique Sports, comme si l'autre garçon avait déjà été oublié.

Après l'entraînement dans le club de Fred, je rentrai chez moi, me douchai et avalai ma dose de caféine. Puis je pris la voiture en direction d'Hampstead Heath, avec un Stan qui haletait d'excitation – il savait où nous allions.

Le ciel était rouge sang et le sol, dur comme la pierre, couvert d'une glace luisante. Nous passâmes en courant devant des étangs où des pêcheurs avaient installé leurs tentes, dans des allées où des renards hautains nous observaient. Puis nous nous enfonçâmes dans d'épais bosquets dénudés ouvrant sur des prés inattendus que nous ne retrouverions jamais.

Nous étions sur Kite Hill, admirant le panorama sur Londres, quand mon téléphone sonna. Je ne reconnus pas le numéro.

– C'est Oliver, dit le Nouveau. On est à la maternité.

Les réjouissances avaient déjà débuté.

Oliver avait l'air d'un homme resté debout toute la nuit pour découvrir au matin le *happy end*. Il parlait avec enthousiasme à un couple plus âgé, apparemment prospère, qui ne pouvait être que ces chers vieux papa-et-maman. La femme tenait deux bouquets de fleurs. D'autres allaient arriver.

Assise calmement au milieu du groupe, Scout dessinait sur son iPad.

Je distribuai les poignées de main.

– Félicitations, dis-je. La mère et l'enfant se portent bien ?

– Oui. C'est juste arrivé plus vite que prévu… répondit Oliver.

Pour la première fois quelque chose passa entre nous. Je comprenais exactement ce qu'il éprouvait. Un mélange de soulagement, de fierté et de pur bonheur. Je le reçus en plein cœur. Je m'en souvenais si bien…

Je tendis les mains à Scout.

Les parents d'Oliver se lancèrent un coup d'œil perplexe. Tout le monde se comportait de façon très amicale mais il était évident que Scout et moi appartenions à l'histoire passée – abandonnée – d'Anne. En cet instant, je crois que je compris un tout petit peu mieux mon ex-femme. Tout est tellement plus facile quand on peut feindre n'avoir jamais aimé.

– Anne… commença la mère d'Oliver.

– … dort, compléta Oliver.

– Elle est épuisée, ajouta le père.

– Naturellement, dis-je.

Après quoi nous étions libres de nous enfuir.

Oliver me regarda avec un sourire que j'eus du mal à interpréter. Peut-être lui aussi me voyait-il vraiment pour la première fois.

Je lui souris à mon tour. Il n'y avait pas de raison de prolonger leur agonie. Nous n'allions pas nous mettre en travers de leur bonheur.

La main de ma fille paraissait minuscule dans la mienne.

La circulation était fluide et nous ne tardâmes pas à traverser Blackfriars Bridge pour rentrer à la maison.

– Quand maman sera sortie de la maternité et rentrera chez elle avec le bébé…

Scout m'interrompit :

– Ça va, papa.

Elle avait parlé avec une maturité que je ne lui avais encore jamais entendue. Elle regardait le fleuve, les rues de Farringdon Market, le vieux Londres fermé pour son unique journée de repos.

– Je préfère être ici, reprit-elle.

Vers la fin de la nuit, Scout se réveilla. J'entrai dans sa chambre d'un pas mal assuré.

– Le côté frais de l'oreiller… murmura-t-elle, les paupières encore lourdes de sommeil. Mets-moi le côté frais de l'oreiller…

Je la redressai doucement pendant que je retournais son oreiller. Puis je la rallongeai et, quelques instants après, elle se rendormit, la tête sur l'oreiller – au frais.

12

Dans la Salle 101 du New Scotland Yard, le lieutenant John Caine déverrouilla la porte menant au Black Museum et les élèves policiers s'y engouffrèrent en file indienne.

Ils étaient une dizaine envoyés par le Peel Centre de Hendon, le principal centre de formation de la Metropolitan Police. En entrant, ils étaient détendus, rieurs, comme de grands gamins en sortie scolaire, et leur bonne humeur perdura jusqu'au moment où ils arrivèrent devant la vitrine contenant des armes à feu qui avaient servi à tuer de jeunes agents.

John et moi les suivions de loin, lui avec une demi-pinte de thé au lait dans son mug « MEILLEUR PAPA DU MONDE », moi avec mon triple expresso de Bar Italia. La vitrine suivante montrait une collection de récipients dans lesquels le tueur en série Dennis Nilsen faisait bouillir les têtes, les mains et les pieds de ses victimes pour en retirer la peau. Les rires cessèrent définitivement. Les bavardages aussi. Les élèves commençaient à comprendre que chaque jour de leur carrière pouvait les voir partir travailler le matin et ne jamais revenir.

– Il y en a combien, John ?

– Combien de victimes de Nilsen ? Lui-même ne s'en souvenait plus. En général, on retient le nombre de quinze ou seize. Plus qu'il n'en faut pour boucher les canalisations du voisinage.

– Non, je voulais dire : combien gagnent leur vie en tuant ? Pas les fous comme Nilsen, pas les cow-boys ni les gangsters, prêts à buter n'importe qui pour quelques billets. Et pas les auteurs de crimes passionnels qui attrapent un couteau de cuisine dans le feu de l'action à cause d'un SMS qu'ils n'auraient jamais dû lire. Je parle des vrais pros, qui considèrent le meurtre comme un métier. Les tueurs de carrière. Il y en a combien ?

– Ceux qui n'ont jamais été pris ?

J'acquiesçai.

– On ne le sait pas, évidemment. C'est impossible à savoir. Par définition, ils échappent à notre surveillance. Mais vous voulez mon avis ? Les pros talentueux et les tueurs à gages de génie n'existent pas. Ce sont de pauvres cons colériques, à la recherche d'un peu de fric facile. Tous, sans exception. Qu'ils agissent pour l'argent ou à cause d'une femme qui a heurté leurs sentiments. La réponse à votre question, mon vieux, c'est : aucun.

Les élèves passèrent devant la photo de Maisy Dawes, victime d'un piège à la victorienne, sans lui jeter le moindre coup d'œil.

Maisy Dawes n'avait rien fait. C'était là sa tragédie. Et elle en est morte.

– Je crois qu'il y en a plus, John. Un petit peu plus qu'aucun.

J'entendis mon téléphone vibrer. Je m'isolai dans le bureau du lieutenant pour répondre.

– On a trouvé l'arme du crime, m'annonça Edie Wren.

Le froid était glacial dans les catacombes du cimetière ouest de Highgate.

– C'est tout au bout, inspecteur, m'avait expliqué l'agent à l'entrée du périmètre de sécurité.

J'étais passé sous le ruban et n'avais pas tardé à apercevoir des silhouettes noires au fond des catacombes. À mesure que j'approchais, des voix graves se faisaient entendre, mêlées aux grésillements des radios.

Sur une centaine de mètres, les catacombes abritent presque mille niches individuelles accueillant chacune un cercueil. Elles ont été taillées à flanc de colline et, bien qu'à l'air libre, leur structure de briques et d'acier semble imprégnée par l'odeur de renfermé émanant des tombes.

Une lampe torche s'alluma. Au-delà du ruban marquant la fin du périmètre, j'aperçus les SOCO en tenue. Whitestone parlait au responsable de la scène de crime. Gane, à genoux, examinait l'intérieur d'une niche contenant encore un cercueil. Wren, un calepin à la main, interrogeait deux garçons terrifiés dont la stupidité lui arrachait des grimaces à peine dissimulées par ses cheveux roux.

Je franchis le périmètre une seconde fois.

– Ce sont ces deux-là qui l'ont trouvée, m'expliqua Wren. Ils ont grimpé par-dessus le mur d'enceinte et ont commencé à farfouiller là où ils n'auraient pas dû.

Elle les fusilla du regard.

– Et ce n'est même pas encore Halloween !

– On n'allait rien piquer, protesta l'un des garçons, au bord des larmes.

– On était juste en mode curieux, renchérit l'autre, l'œil sec. Au final, on a bien fait, pas vrai ? On a trouvé, genre, un indice hyper important.

Je m'accroupis à côté de Gane. Il brandit sa lampe torche vers le cercueil. Un crâne souriant nous salua.

– Apparemment, les Victoriens plaçaient toujours la tête à cet endroit, m'expliqua-t-il. Ça leur permettait d'avoir de sympathiques petites conversations avec les morts.

Je n'y voyais rien.

– Où est l'arme ?

– Au milieu du squelette. Dans la cage thoracique. À en croire nos deux neuneus… Ils ont sorti le corps et, quand ils ont vu ce qu'il contenait, ils l'ont vite remis à sa place. Ils en ont parlé à la mère d'un des deux qui nous a aussitôt appelés.

– Si on n'avait pas été là… insista le garçon aux yeux secs.

– Toi, la ferme ! ordonna Wren.

Le photographe de scène de crime arriva. Gane et moi nous écartâmes pour le laisser travailler. Quand il eut terminé, la DCI Whitestone me fit signe d'approcher.

– Lequel a les bras les plus longs ?

– Moi, répondit Wren.

– Max, à vous l'honneur.

J'enfilai des gants en latex bleu et enfonçai la main dans le cercueil. Mes doigts effleurèrent le contour lisse du crâne, puis les bosses noueuses de la nuque et du début de la colonne vertébrale. Je me penchai vers l'avant, lèvres serrées, essayant de ne pas inhaler la poussière du vénérable tombeau. Je sentis la courbe des côtes, que le temps avait rendues poudreuses. Certaines étaient cassées et coupantes. C'était récent.

Ma main explorait la cage thoracique du cadavre et rencontra le froid de l'acier moderne. Je palpai le canon court, le corps épais et les trois lettres du nom du fabricant.

Mon poing se referma sur la crosse.

Très lentement, j'extirpai du squelette le pistolet d'abattage.

– Comment ont-ils pu le mettre là ? demanda Wren.

– Ils ont cassé la cage thoracique, dis-je en sentant à travers le gant et la chair de mon pouce les extrémités aiguisées des côtes. Un filet de sang chaud se mit à couler sur mon poignet.

Mes phalanges frottaient la paroi du cercueil. Le bois était pourri. Quelque chose de gluant se faufila le long de ma main et disparut.

Je sortis le pistolet d'abattage.

Le responsable de la scène de crime attendait avec un sachet à indices. En y déposant l'arme, je remarquai un cheveu blond collé au canon. Le photographe s'activa.

– Maintenant que je l'ai en main, je comprends mieux ses qualités : léger, facilement transportable et légal.

Nous observâmes le pistolet d'abattage sous les flashs de l'appareil photo. Gris argenté, il évoquait davantage une perceuse sans fil ou une clouteuse qu'une arme à feu. Mais il dégageait une impression de force brute. Une arme mortelle et efficace.

– Ça reste un choix curieux pour commettre un meurtre, reprit Wren. Je veux dire… à quoi bon ? C'est un sacré risque, quand on a l'intention d'éliminer tous les membres d'une famille.

– Sauf si on les a bourrés de Rohypnol.

– Ou si on veut tendre un piège à quelqu'un, ajouta Gane.

– Terminé ! annonça le photographe.

Whitestone prit le sachet à indices et soupesa le pistolet d'abattage.

– Ou si vous vous en êtes déjà servi, dit-elle.

Je retournai à la résidence avec Wren en traversant Highgate. La nature sauvage nous cernait, donnant à cet endroit secret des allures de jungle plus que de cimetière. Même dépouillés de leurs feuilles, les grands arbres s'amassaient autour de nous et nous couvraient de leurs ombres. Je ne les reconnaissais pas, mais je savais que leurs feuilles étaient poisseuses, l'été, pour devenir visqueuses lorsqu'elles tombaient à l'automne. Nous traversions une ville d'arbres, même si la ville nous paraissait à des années-lumière.

C'est alors que je le vis.

Il se déplaçait entre les troncs, dans l'ombre, et disparut derrière un chemin sinueux. Il avait une capuche rabaissée sur les yeux.

– Cette partie du cimetière est bien fermée au public, n'est-ce pas ? demandai-je.

– Oui. Il ouvre uniquement pour des visites guidées. C'est vous qui me l'avez dit, vous vous rappelez ?

– Alors c'est qui, ce type ?

Nous le trouvâmes assis près d'une vieille tombe, au milieu d'une végétation broussailleuse. Il avait posé la main sur une statue massive représentant un chien endormi. La tombe en elle-même était très simple, mais le chien de pierre était dix fois plus grand que sa taille normale.

Sous sa capuche, Rocky nous accueillit avec un sourire.

– Qu'est-ce que tu fabriques ici ?

– Je rends visite à mon héros, répondit-il avec une petite tape sur la tête du chien. Tu as entendu parler de Tom Sayers ? Un boxeur, lui aussi. La star de la boxe à poings nus au milieu du XIXe siècle. C'est ici qu'il est enterré. Sayers était le Floyd Mayweather de l'époque ! Le Mohamed Ali ! Le Sugar Ray Leonard ! Comme moi, il était petit mais il se battait contre des hommes beaucoup plus grands. Il n'y avait pas de catégories de poids. Pas à l'époque…

Wren plissa les yeux en dévisageant Rocky puis, se tournant vers moi :

– Vous avez déjà vu ce monsieur ?

– On est dans le même club de sport. Rocky est boxeur. Comment tu connais cet endroit, Rocky ?

– J'ai travaillé dans le coin, pour un ami de mon père. Il avait besoin de ce truc noir pour les allées de garage… Je vous en ai parlé, je crois, non ?

– Comment s'appelle cet ami ?

– Sean Nawkins.

Wren et moi échangeâmes un regard, mais je ne laissai pas la stupeur monter à mon visage. Je revis les caravanes et les chalets d'Oak Hill Farm, et je revis la belle propriété des Wood sur la plus haute colline de Londres.

Deux mondes différents, avais-je pensé.

J'avais eu tort.

– Tu as déjà travaillé pour le Parc ? demandai-je.

Ma voix avait une dureté nouvelle. Ses yeux s'écarquillèrent, emplis d'innocence.

– Quel parc ?

Je sentais qu'il connaissait déjà la réponse.

– La résidence du Parc. Une résidence privée située de l'autre côté de ce mur. Six propriétés.

Il fit signe que non.

– Non, c'était beaucoup plus loin, à Hadley Wood. Mais quand j'ai appris que Tom Sayers était enterré ici, j'ai eu envie de venir le saluer. Tu sais combien de personnes ont assisté à son enterrement ? *Cent mille.*

Elles ont suivi son cercueil depuis Camden Town. Tu imagines un peu ?

– Tu n'as pas le droit d'être ici. Tu le sais, pas vrai ?

Mais Rocky se contenta de gratter le chien de pierre géant derrière les oreilles en me décochant un nouveau sourire immense, comme si mes interdits mesquins ne s'appliquaient pas à ses semblables.

La cloche du jardin japonais de Mary Wood oscilla sous la caresse glacée du vent.

Je me trouvais dans le Parc avec l'équipe qui passait en revue les personnes ayant travaillé dans la résidence depuis six mois. Il s'agissait de recenser ceux qui restaient à Rechercher-Interroger-Éliminer. Le son de la cloche me fit lever la tête.

Un lieutenant et deux PC en uniforme montaient la garde devant la maison des Wood. Le ruban « POLICE – PASSAGE INTERDIT » était déjà en lambeaux.

Et j'entendais la cloche.

Et la maison me parlait.

La maison essayait de me parler.

L'obscurité de cette fin d'après-midi s'épaississait, de la glace se formait sur les pare-brise des Range-Rover, des Porsche et des BMW garées dans les allées.

Je me mis à courir vers la maison. Je plongeai sous le ruban, le son de la cloche était de plus en plus net, un carillon pur en provenance de l'arrière de la maison où les Wood avaient vécu si heureux.

– Monsieur ?

Le lieutenant m'avait rejoint. Son haleine formait des nuages vaporeux. Je secouai la tête : j'ignorais ce que je cherchais, je ne comprenais pas ce que la maison essayait de me dire.

Je restai figé dans l'allée, à écouter la cloche, quand Wren apparut à côté de moi.

– Qu'y a-t-il, Max ?

Je la fixai du regard.

– Aucune idée.

Les ultimes éclats du soleil d'hiver s'émoussèrent, laissant la nuit tomber. Soudain, le sol sous nos pieds s'illumina : une vingtaine d'ampoules encastrées de part et d'autre de l'allée s'étendaient de la rue à la porte d'entrée.

Je m'accroupis et touchai le revêtement. Regardai les autres allées, les pare-brise étincelants de glace. Puis touchai de nouveau le revêtement de l'allée des Wood. Un asphalte noir intact. Les autres allées portaient des marques d'usure, des traces de pneus et de fumées d'échappement. Les cicatrices du temps et des intempéries.

Du bout des doigts, je caressais la surface noire et lisse.

– C'est tout récent… dis-je.

– Quoi ?

– L'allée. Ça doit dater de la fin de l'été ou du début de l'automne. Il n'y a pas longtemps en tout cas. Il n'y a aucune marque…

Je me souvins de Rocky au club de sport : *« Je bosse dans les chantiers. Je pose ce truc noir, là… le truc qu'on met sur les routes. »* Et devant la tombe de Tom Sayers : *« C'était beaucoup plus loin. À Hadley Wood. »*

Rocky. Petit enculé de menteur.

Qui essayait-il de protéger ?

Sean Nawkins ? Son père ? Lui-même ?

Le lieutenant et ses deux hommes m'observaient, accroupi dans l'allée. Je levai la tête vers Wren.

– La société qui a changé l'asphalte de cette allée ne figure pas sur la liste, n'est-ce pas ?

Le regard de Wren passa de moi à l'allée, puis aux autres allées, et je sus qu'elle voyait la même chose que moi.

Seule l'allée des Wood était impeccable. Seule l'allée des Wood était neuve.

Wren consulta le listing qu'elle tenait à la main tandis que le vent faisait bruire les arbres au-delà du mur et que la cloche lui répondait. Elle jura entre ses dents, froissa le papier dans son poing avant de courir vers Whitestone et Gane. Ses cheveux roux volaient dans l'ombre de plus en plus dense.

13

– Rénover une allée comme celle chez les Wood est l'affaire de deux jours, annonça Wren dans la SSC-1 le lendemain en fin de matinée. Les ouvriers arrivent avec l'asphalte chaud, un mélange de sable, de pierre et de gravier liés par un ciment spécial. Ils versent. Ils égalisent. Ils aplanissent. En quarante-huit heures, c'est réglé.

– Le vigile à l'entrée est censé noter toutes les entrées et sorties de la résidence, observa Whitestone.

– Certes, mais tôt le matin, quand les habitants sont partis à leur travail ou à l'école, le portail reste ouvert. Et apparemment, personne n'a eu l'idée de noter le nom de l'entreprise qui est venue couler l'asphalte de l'allée des Wood.

– Rien dans la paperasse ? Devis ? Factures ?

– On n'a rien trouvé. Aucune trace numérique non plus. J'ai vérifié l'historique de recherche des ordinateurs des Wood.

– Travail au noir. Ça simplifie les choses, intervint Gane.

J'examinai la gigantesque carte de Londres punaisée sur un mur. La résidence du Parc se trouvait du côté ouest de la section ouest du cimetière de Highgate – le point le plus élevé de toute la ville. On pouvait y accéder au nord depuis Finchley, au sud depuis Kentish Town, à l'ouest depuis Hampstead et à l'est depuis Holloway. Si les ouvriers étaient arrivés par l'un des périphériques de Londres – le North Circular ou la M25 –, alors ils venaient du nord.

– Personne ne se rappelle rien ? insista Whitestone. Ni le vigile, ni les voisins ?

Wren vérifia son calepin.

– Selon le vigile, les Wood ont garé leur voiture dans la rue pendant quelques jours à la fin de l'été dernier. Aux alentours de fin août, début septembre. Personne, dans la résidence, ne gare jamais sa voiture directement dans la rue. C'était certainement à cause de l'asphalte chaud : il fallait le laisser sécher avant de pouvoir se garer de nouveau dans l'allée. Bref, ça s'est passé à la toute fin de l'été dernier.

– Les caméras ! dis-je. Elles ont forcément tout filmé.

Gane rit.

– Vous savez combien de caméras de surveillance se trouvent dans un rayon de deux kilomètres autour du lieu des meurtres ?

– Pas les caméras de surveillance, les caméras LAPI.

Pour le grand public, ce sont des radars. Pour la police, des caméras LAPI, pour « Lecture Automatique de Plaques d'Immatriculation ». Elles ne se contentent pas d'enregistrer la vitesse des véhicules, elles s'intéressent principalement et avant tout à l'identité des conducteurs.

– Les caméras de surveillance ne nous seront d'aucune utilité car leurs archives ne remontent pas aussi loin. Les caméras de LAPI, elles, gardent les données bien plus longtemps.

Les doigts de Wren volaient sur le clavier.

– Il y a une caméra LAPI sur la colline derrière le cimetière. Une autre sur The Grove, juste avant la résidence du Parc. Deux… non, trois sur Spaniards Road en arrivant de l'ouest.

– Ils ne sont pas arrivés de l'ouest, lançai-je. Ils sont arrivés du nord, du North Circular ou de la M25.

– Comment vous le savez ? s'étonna Whitestone.

– Les travaux sur les allées de garage, c'est une spécialité de la banlieue. Ils ne sont pas en ville.

– Et combien de temps le Bureau d'immatriculation garde les données des LAPI ?

– Ça dépend. Si la voiture n'a jamais effectué de contrôle technique ou n'a ni assurance ni immatriculation. Si son propriétaire est répertorié chez nous. Si elle est utilisée pour des actes illégaux. Dans ces cas-là, le dossier est transmis aux services de police mais le Bureau d'immatriculation en garde une trace dans ses archives.

Derrière ses lunettes, les yeux de Whitestone luisirent d'un éclat féroce.

– Combien de temps ? Potentiellement ?

– Pour toujours.

Puisqu'il était évident que nous allions y passer la nuit, on commanda chez le traiteur pendant qu'il était encore temps – même Soho finit par s'endormir. Puis chacun appela chez soi pour prévenir.

Scout était au lit depuis longtemps. Mme Murphy m'assura que cela ne posait aucun problème : elle dormirait sur le canapé et me verrait en début de matinée.

Je discernais vaguement les conversations de mes collègues, installés à leur bureau. Whitestone discutait par Skype avec son grand fiston. Wren, au téléphone, parlait à voix basse avec son homme marié – du moins le supposai-je. Et Gane annulait son tête-à-tête avec l'heureuse élue de la soirée.

Puis les voix faiblirent, et je n'entendis plus qu'une douce voix à l'accent irlandais me racontant ce que Scout avait dessiné à l'école, toute la SSC-1 s'évanouit derrière les bruits familiers de mon appartement.

Mes yeux dérivèrent en direction du bureau de Whitestone. Sur l'écran de son ordinateur, un visage d'adolescent maigre à lunettes et aux cheveux ébouriffés. Son fils. Si je n'entendais pas ce qu'ils se disaient, je percevais d'une certaine manière la connexion farouche qui unit un parent célibataire et son enfant. Je vis – ou peut-être m'en persuadai-je – quelque chose que je connaissais par cœur, ce lien indestructible d'amour et de sang, cette conscience intime qu'il y a nous deux d'un côté et le reste du monde de l'autre.

Pour la première fois, en regardant ma patronne, cette femme quelconque, discrète, à la tête de la Division des homicides et crimes violents depuis dix ans et mère d'un enfant, j'eus l'impression de me voir moi-même.

Toute la nuit passa à visionner les images noir et blanc des caméras LAPI. Aucun visage visible. Ce qui permet aux gens de trafiquer les points de leur permis, de nier qu'ils étaient au volant, d'affirmer qu'ils étaient en train de dormir chez eux au moment de l'infraction ou que «c'est ma femme qui était au volant, monsieur le juge».

Parce que ce sont les plaques dont s'occupent les caméras LAPI.

Assis à côté de Gane, je fixai l'écran pendant qu'il déroulait les images fixes prises par la caméra au sommet de la colline: journée ensoleillée et circulation estivale vers le point culminant de Londres. Nous travaillions sans dire un mot. L'abus de triple expressos mettait mes nerfs à rude épreuve. Quand enfin je rompis le silence, le soleil était déjà haut sur les toits de Mayfair et notre labeur nocturne avait rendu ma voix rauque.

– Stop !

Un pick-up blanc grimpait péniblement la colline.

Facile à reconnaître : une Ford Mustang. Son chargement et son conducteur étaient invisibles, mais les lettres noires de l'enseigne se détachaient parfaitement peintes sur le capot :

ASPHALT PREMIUM

J'avisai Billy Greene.

– Billy ! Qu'est-ce qu'on a sur *Asphalt Premium* ?

Je lui donnai le numéro de plaque et la marque du véhicule.

– Ils devaient transporter une bétonnière, un rouleau compresseur, de l'équipement lourd, non ? demanda Gane.

– Normalement, oui. Mais si tout était normal, le Bureau d'immatriculation n'aura pas gardé le cliché.

Billy Greene pivota sur sa chaise.

– Aucun historique de contrôle technique pour cette Ford, c'est pour ça qu'elle est encore dans leur base de données. Et *Asphalt Premium* n'a pas de site Internet, pas de page Facebook, pas de compte Twitter. Aucune présence sur le Web, d'après mes recherches. C'est une société enregistrée dans l'Essex et localisée à Oak Hill Farm. Le directeur est un certain Sean Nawkins.

Billy hésita. Il choisissait soigneusement ses mots – impossible de dire les choses comme elles nous viennent, à notre époque. Ça n'est pas permis.

– Des gens du voyage… conclut-il.

14

Soixante minutes plus tard, la BMW X5 quittait l'A127 à Gallows Corner. Oak Hill Farm nous attendait au loin, avec ses caravanes garées en file indienne tout autour du campement, lui donnant des airs d'un convoi de diligences attendant l'attaque des Apaches.

– Je me sentirais mieux si on était escortés par la cavalerie, me confia Gane.

Nous étions quatre à bord. Moi au volant, Whitestone dans le siège passager, Gane et Wren à l'arrière. Notre équipe d'investigation, rien de plus.

– On oublie les casques, les matraques et les béliers, répondit Whitestone. On vient juste bavarder…

Nous restâmes silencieux tandis que le campement approchait. Des drapeaux en lambeaux flottaient au-dessus de l'échafaudage utilisé comme portail d'entrée. Les banderoles proclamaient toujours

NON AU NETTOYAGE ETHNIQUE,
NOUS NE PARTIRONS PAS et ICI C'EST CHEZ NOUS.

Enfin nous pénétrâmes dans ce lieu de vie sauvage et de banlieue coquette, avec ses jolis petits chalets voisinant bizarrement avec les frigidaires au rebut, les lave-linge aux hublots arrachés, les téléviseurs implosés et les écrans d'ordinateur fracassés.

Je ralentis prudemment tandis que nous avancions parmi les enfants et les chiens qui se pressaient autour de nous. Une jeune fille émergea du groupe.

– Bonjour Echo. Vous n'êtes pas à l'école un jour de semaine ?

– On est un jour de semaine ?

– Votre père est chez lui ?

Elle regarda par-dessus mon épaule et aperçut Gane.

– Il n'aurait pas dû revenir. Vous n'auriez pas dû revenir.

Escorté par les enfants et les chiens, je continuai de rouler au pas jusqu'au grand chalet avec sa caravane. Sean Nawkins était assis dehors et il fronça les sourcils derrière ses lunettes en nous voyant arriver. Il posa son *Guardian*, se leva et, quand nous sortîmes de la BMW, il pointa l'index vers Gane.

– Encore vous ? Je vais appeler mon avocat !

La fenêtre de la caravane où Gane avait projeté Face-de-Rat était toujours cassée.

– DI Gane, surveillez la voiture, ordonna Whitestone. DC Wren, vous restez avec lui. Monsieur Nawkins ?

Elle avait sorti son insigne.

– Je suis la DCI Whitestone. Je crois que vous connaissez déjà l'inspecteur Wolfe ?

La foule s'écarta pour laisser passer Gane et Wren. Echo alla se poster à côté de son père et glissa un bras autour du sien. Je n'arrivais pas à déterminer si elle essayait de le retenir ou si elle recherchait sa protection.

– Vous savez ce qu'ils ont fait à mon frère, ces fermiers ? demanda Nawkins à Whitestone. Ils l'ont forcé à se foutre à poil et ils ont essayé de lui couper la bite ! Ils ne voulaient pas juste lui flanquer la frousse... Comme le père n'avait pas les couilles de le faire tout seul, il a emmené ses fils avec lui... Je suis bien content que Peter les ait tués. Ils méritaient de se faire tuer. Mais ça n'a rien à voir avec l'autre histoire, compris ?

– Est-ce que vous êtes propriétaire d'une Ford Mustang, un pick-up, monsieur Nawkins ?

Elle vérifia ses notes et lui lut le numéro d'immatriculation sans le quitter des yeux. Puis elle attendit.

– J'ai beaucoup de voitures. Une Ford Mustang, vous dites ? J'en ai eu quelques-unes, oui. C'est pratique pour les chantiers. Vous savez ? Couler de l'asphalte...

– Justement : vous avez déjà coulé de l'asphalte à North London ? Du côté de Highgate ?

– Des tas de fois, oui !

Une grimace méprisante tordit son visage.

– C'est quoi, l'idée ? Vous allez coffrer mon frère parce que j'ai déjà bossé à la résidence du Parc ? Ça remonte à six mois !

Peter Nawkins apparut sur le seuil de la caravane. Il regarda son frère.

– Ils sont revenus ! Tu disais qu'ils ne reviendraient jamais ! Mais ils sont encore là !

Des adultes s'étaient joints aux enfants et aux chiens. Une dizaine d'hommes et de femmes qui nous observaient, bras croisés, en commentant la scène entre eux, et bientôt une vingtaine, puis plus que je n'aurais pu en compter, sortant de leurs chalets proprets et de leurs caravanes blanches. Dans la foule, je reconnus le grand barbu et Face-de-Rat. Un large bandage lui barrait le front.

– Donc vous ne niez pas avoir travaillé chez les Wood, dans la résidence du Parc ?

Nawkins rit.

– Pourquoi est-ce que je le nierais ? Mais eux, je ne les ai même pas rencontrés ! Le type, je l'ai eu au téléphone mais c'est la bonne, une avec l'accent des pays de l'Est, qui m'a donné l'enveloppe avec le fric. Plus un petit verre pour le bon boulot.

Il éclata de rire.

– Vous comptez vraiment trafiquer ça en accusation de meurtre ?

Whitestone me regarda. Je regardais l'attroupement.

– Nous venons vous voir parce qu'un véhicule d'Oak Hill Farm est entré dans la résidence du Parc. Nous voulons savoir si on peut écarter son propriétaire de notre enquête.

– Et c'est moi, hein ? Bon sang… On était là six mois avant qu'ils se fassent buter ! Vous n'avez rien trouvé de mieux ?

Des rires dans la foule. Jusque-là tout va bien, pensai-je. Tant qu'ils rient, ils n'ont pas l'esprit à vous trancher la gorge. Mais je vis le visage de Whitestone virer à l'écarlate et ses lèvres se serrer. D'un doigt, elle remonta ses lunettes sur son nez. La quantité d'émotions qu'elle réussissait à mettre dans ce geste simple était fascinante.

Elle lança un regard noir à Peter Nawkins.

– Où étiez-vous le soir du réveillon ?

– Vos flics lui ont déjà posé cette question, intervint Echo.

– Je crois qu'ils interrogeaient l'autre monsieur Nawkins, corrigea Whitestone sans même la regarder. Maintenant, je la pose à ce monsieur Nawkins-là. Et il ne m'a toujours pas donné de réponse satisfaisante.

– On vous a déjà tout dit, dit Sean Nawkins. On ne va pas recommencer. Allez frapper à d'autres portes. Le soir du réveillon, j'étais en déplacement pour affaires. En Irlande. Je peux vous trouver tous les témoins que vous voudrez. Mon frère n'a pas bougé d'ici. Que ça vous plaise ou non, madame, c'est le même prix ! Et maintenant, allez voir ailleurs.

Puis, s'adressant à son frère :

– Toi, tu rentres dans ta piaule. Tu rentres et tu te calmes.

Peter Nawkins retourna dans la caravane. D'un signe de tête de Whitestone, je lui emboîtai le pas.

À l'intérieur, on aurait dit un bateau. Chaque centimètre carré avait été exploité comme pour une traversée de plusieurs milles nautiques. Peter était prostré contre l'évier de la kitchenette. Ses énormes épaules étaient secouées de tremblements apeurés.

– Vous voulez me foutre en taule !

– Pas si vous n'avez rien fait de mal.

– Mais si ! Vous voulez me coffrer pour pouvoir boucler l'enquête ! Vous êtes obligé de coffrer quelqu'un, sinon vous allez avoir des problèmes… Et moi, c'est facile, à cause de tout ce que j'ai fait il y a des années…

Il posa sur moi un regard farouche.

– C'est comme ça que ça marche, non ?

– Parfois. Dans le passé, c'est arrivé. Des innocents ont fini en prison – pour des meurtres, des attaques terroristes – parce qu'il fallait trouver un coupable. Mais ça n'est pas le cas ici. Ça n'est pas le cas en ce moment. Vous n'avez rien à craindre si vous n'avez rien fait de mal. Et vous devez nous aider. Un enfant a disparu. Une famille a été massacrée.

– Je suis *malade* !

– Je sais.

– Un cancer. Du genre incurable.

– Je suis désolé.

Il eut un hochement de tête satisfait. J'entendais la rumeur de la foule dehors. Je jetai un coup d'œil par la fenêtre mais ne vis rien. Je n'aimais pas laisser Whitestone seule.

– Vous comprenez pourquoi nous sommes venus, n'est-ce pas ? Vous savez ce qui est arrivé à cette famille ? Ses membres ont été tués de la même façon que Burns et ses trois fils : avec un pistolet d'abattage. Et c'est vous qui avez tué ces quatre hommes, pas vrai ?

– Parce qu'ils voulaient me couper les couilles !

J'avançai vers lui.

– Asphalt Premium, c'est à votre frère ?

Une pause. Peter Nawkins acquiesça.

– Vous lui donnez un coup de main ?

– De temps en temps.

– Et l'été dernier, à la résidence du Parc ?

– Ce n'est pas moi qui ai fait le coup ! Je n'ai même pas vu cette famille. Personne n'a fait le coup chez nous. Vous le savez bien !

Je le dévisageai. Il avait raison.

Son frère avait raison.

Nous avions désespérément besoin d'un coupable.

Peter Nawkins alla dans sa chambre, une pièce minuscule presque entièrement occupée par un lit double. Il se jeta sur le matelas. Ses bras et ses jambes, massifs, pendaient de chaque côté.

Je m'approchai de lui. Nawkins gardait les yeux fixés au plafond. Je suivis son regard.

Et le même visage féminin m'envoya un millier de sourires.

Des photos de Mary Wood couvraient tout le plafond de la chambre.

Elles avaient été imprimées à partir de sites Internet. La plupart la montraient dans sa jeunesse, durant cet hiver où le monde l'avait découverte.

Mary en tenue de skieuse. Mary souriante dans les rues de Lillehammer. Mary pensive et anxieuse dans son survêtement de l'équipe anglaise pendant la conférence de presse. Et Mary heureuse au bras de son futur époux – même si Brad Wood avait été retiré de la photo en quelques coups de ciseaux.

Je m'aperçus que je ne respirais plus.

– Peter ?

– Oui ?

– Qu'est-ce qui s'est passé au Parc, bon sang ?

Il avait fermé les yeux, comme s'il refusait de regarder la femme au-dessus de lui – de partager Mary Wood avec quelqu'un d'autre.

– Rien. Je l'aimais bien, c'est tout. Je la trouvais jolie. Elle avait l'air gentille. Quelqu'un de gentil et d'élégant. Ça ne vous arrive jamais, de bien aimer quelqu'un que vous n'avez jamais rencontré ?

– Sauf que vous l'avez rencontrée à la résidence, n'est-ce pas ? Arrêtez de me mentir !

– Je ne l'ai *jamais* rencontrée ! Je ne lui ai jamais parlé. Je n'aurais pas pu parler à une dame comme elle...

Il ouvrit les yeux et me fixa.

– Vous n'imaginez pas comme elle était parfaite.

J'ouvris la porte de la caravane. Je respirais à nouveau. Il y avait bien une centaine de personnes dehors, peut-être plus. Whitestone écoutait Nawkins dérouler sa complainte sur les brutalités policières et les droits de l'Homme.

Aucun signe de Gane ni de Wren.

– Chef, venez voir !

Whitestone entra dans la caravane et me suivit dans la chambre où Peter Nawkins était toujours sur son lit. Elle me vit regarder le plafond. Examina longuement les photos, puis la carcasse imposante étendue en travers du matelas.

– Où sont Gane et Wren ? demanda-t-elle.

Elle ouvrit discrètement la petite bourse en nylon à sa ceinture et en sortit une paire de menottes en acier noir à charnières.

J'allai à la fenêtre. Je ne voyais rien d'autre que la foule.

– Ils ne doivent pas être bien loin.

Je connaissais par cœur la suite des événements : on nous l'avait enseignée dès notre formation. *Une arrestation en bonne et due forme doit toujours être accompagnée de la maîtrise physique du sujet appréhendé.* On ne coince pas un suspect s'il a encore la possibilité de s'enfuir.

– Peter Nawkins, je vous arrête pour le meurtre de Mary Wood, déclara Whitestone d'une voix posée.

Nawkins ouvrit les yeux et s'assit.

– Quoi ?

Mais déjà, les menottes enserraient les mains dans son dos. Nous l'aidâmes doucement à se relever. Il nous regardait, les yeux écarquillés, comme si son pire cauchemar venait de se réaliser.

– Vous avez le droit de garder le silence, reprit Whitestone.

Dehors, des ricanements et des cris devaient saluer le retour de Gane et de Wren.

– Mais toute information que vous aurez refusé de révéler pendant votre interrogatoire pour l'utiliser devant un tribunal sera rejetée. Et tout ce que vous direz pourra être retenu contre vous. OK, on y va.

Je sortis le premier.

En ouvrant la porte de la caravane, je vis tout de suite Gane et Wren se frayant un passage parmi la foule qui les bousculait. Whitestone et Nawkins sortirent derrière moi aussitôt accueillis par un grondement de colère. Dans la cohue soudaine, je vis Wren tomber et Gane prendre un coup de poing dans l'oreille.

Mais la voiture n'était pas loin. Et j'avais la clé dans la main.

Je ne vis personne lancer de bouteille mais elle explosa brusquement sur le front de Whitestone.

Le bruit du verre brisé et la vue du sang se confondirent dans la même fraction de seconde. Whitestone se baissa, à cause du choc plus que de la douleur – la douleur viendrait plus tard.

Peter Nawkins tomba dans les bras de son frère.

Le sang rendit la foule hystérique.

Tout à coup, je me battais pour survivre. Je compris comment une foule pouvait tuer, comment ce flic était mort à Tottenham, comment ces soldats étaient morts à Belfast, jetés au sol et déchiquetés par la meute.

Je sentis une pluie de coups de poing s'abattre sur mon visage, mon cou, mes oreilles, l'arrière de mon crâne, ma bouche, mon nez, mon menton, mes yeux. Des baskets me frappaient les tibias, les cuisses, les fesses, visaient mes couilles sans parvenir à les atteindre. Les visages de ces hommes et de ces femmes étaient si proches que je sentais la puanteur de leur haleine aux relents de nourriture et de cigarette.

Whitestone cria mon nom comme si c'était la dernière fois et je luttai pour la rejoindre.

Elle était à genoux, lunettes pendantes malgré ses gestes pour les remettre en place et malgré les coups que les femmes autour d'elle faisaient pleuvoir sur son petit visage. Whitestone ne réagissait pas. Tétanisée par ce déchaînement soudain de violence. Elle effleura la blessure au milieu de son front et s'étonna de la quantité de sang sur ses mains.

Alors, soudain, tous reculèrent.

Gane, le nez sans doute fracassé, avançait en titubant vers nous et Wren, qui s'était relevée, hurlait en brandissant un objet jaune vers la foule.

– Vous êtes prévenus ! Vous êtes tous prévenus !

Un Taser. Modèle X2, léger, compact, jaune canari. Suffisant pour tenir la meute en joue pendant un long moment.

Jusqu'à ce que le barbu s'avance. Les points rouge vif du double rayon laser du X2 se posèrent sur sa veste crasseuse.

– Ouais, et moi je te préviens, sale pute : vous n'allez pas sortir d'ici vivants !

Wren déclencha le tir. Avec un double barillet et un coup de secours, impossible de manquer sa cible.

Elle ne la manqua pas.

Le barbu hurla tandis que ses muscles se contractaient, pris de spasmes. Paralysie neuromusculaire. Ça vous fout en l'air. Il était toujours par terre, aidé par ses amis, pendant que nous aidions Whitestone à monter dans la BMW.

– Nawkins ? demanda-t-elle.

– On le retrouvera.

Comme il n'y avait pas la place pour un demi-tour, j'enclenchai la marche arrière et écrasai l'accélérateur. Passé l'échafaudage, je lançai la voiture en dérapage pour la rétablir dans le bon sens puis mis le cap vers Londres.

Mon téléphone vibra. Je le laissai sonner jusqu'à Gallows Corner, prenant le temps de vérifier que nous n'étions pas suivis.

C'était Ginger Gonzalez.

– Je sais où ils ont emmené le garçon, dit-elle.

15

– Qu'est-ce qui vous est arrivé ? me demanda Ginger.

Mon visage portait des traces d'éraflures rouges, caractéristiques des coups de poing assénés par des gens qui ne savent pas se battre.

Je m'en étais en fin de compte pas trop mal tiré. J'avais pu me rendre directement chez Ginger pendant que mes trois collègues étaient allés aux urgences, Whitestone avec un léger traumatisme, Wren avec une élongation du ligament médial du genou gauche causée par sa chute et Gane avec un nez cassé.

Mais la véritable blessure, pour nous tous, c'était que Peter Nawkins était en fuite.

– Une petite balade dans l'Essex, répondis-je.

Nous étions à Saint-Augustine of Canterbury, une église catholique au fin fond de l'East End, entourée de rues qui n'avaient pas dû changer depuis six décennies.

Je me glissai près de Ginger sur le banc.

– C'est lui ? L'homme des infos ? C'est lui qui a tué toute la famille ?

Je confirmai.

– Qu'est-ce que vous en savez ?

– Il s'est enfui.

– Ils disaient que vous l'aviez arrêté puis que vous l'avez perdu…

– Et maintenant, on va le récupérer. C'est elle ?

Une silhouette priait près de l'autel. Mince, frêle, elle avait la tête inclinée vers la Vierge Marie. Elle paraissait très jeune. Ses cheveux châtain terne étaient noués en un chignon négligé.

– Il faut qu'on bouge ! Maintenant !

– D'accord… elle voulait juste dire une prière pour le petit garçon.

Quand la fille se leva, je constatai qu'elle était légèrement plus âgée que je l'avais cru. Une version très fatiguée d'une jeune fille de seize ans. Quand elle me vit, elle s'immobilisa net mais, après un coup d'œil à Ginger, nous rejoignit, en faisant un détour pour s'asseoir de l'autre côté du banc.

– Voici Paula.

Je remarquai une sorte de symbole asiatique tatoué sur son poignet.

– Parlez-moi de l'enfant que vous avez vu.

– Il était dans une maison sur Bishops Avenue.

Je retins mon souffle.

La Bishops Avenue, surnommée la Parade des Millionnaires, s'étend entre Highgate et Hampstead et marque la frontière entre les deux golfs de ces quartiers. Sa renommée tient à deux choses : quelques-unes des maisons les plus chères au monde, et le mauvais goût de son architecture, une bonne illustration de la conception saoudienne de la beauté et de la splendeur.

Dans Bishops Avenue, l'argent étranger coule à flots. Il est même possible qu'il n'y ait plus *que* de l'argent étranger.

– Quelle adresse ?

– Je ne sais pas, répondit Paula.

Je sentis mes lèvres se crisper.

– Je me fiche de votre nom. Je me fiche de ce que vous avez fait. Et je me fiche complètement de savoir si votre permis de séjour est en règle. La seule chose importante pour moi, c'est l'enfant. Mais si vous me mentez, alors je vais commencer à m'intéresser de très près à vous. Compris ?

– Je ne connais pas l'adresse ! Par pitié ! Je ne connais pas l'adresse… C'était juste une de ces grandes maisons sur Bishops Avenue. Pendant une fête. Un homme m'a emmenée là. Un homme que j'avais rencontré dans le West End.

Elle donna le nom d'un club de strip-tease.

– Qu'est-ce que vous faisiez là-bas ?

– Je travaillais.

– OK.

J'indiquai Ginger d'un signe de tête.

– Et comment vous vous connaissez ?

– Paula a brièvement été employée par Sampaguita. Comme indépendante. Mais ça n'a rien donné.

– Pourquoi ? À cause du tatouage ?

Ginger haussa les épaules.

– Je ne m'arrête pas toujours à un vieux tatouage…

– Je me disais bien. Alors, pourquoi vous l'avez virée ?

– Trop jeune.

Je la dévisageai un instant puis, me tournant vers Paula :

– Comment s'appelle l'homme qui vous a emmenée à cette fête ? Son nom ?

– Fat Roy. Je voudrais être sûre…

– Je ne laisserai personne vous faire de mal. Ni ce Fat Roy, ni personne d'autre. Parlez-moi de cette soirée ?

– Il m'a emmenée en voiture en sortant de la boîte. Il y avait des hommes. Des hommes âgés. Et puis des filles et des garçons. Plus jeunes que moi. Beaucoup plus jeunes.

Je retins mon souffle.

– Des enfants ?

– Oui. Des enfants.

– Vous avez vu le garçon ?

– Ils l'avaient mis à l'écart. Dans un petit salon. Le salon VIP, comme ils disaient… Je l'ai entendu pleurer.

– Est-ce que vous avez vu des hommes filmer ?

– Avec leur téléphone… ça compte ?

– Ça compte, oui.

– Je ne suis pas restée longtemps. Ils m'ont renvoyée. Certains hommes… ont dit à Fat Roy que je n'avais rien à faire là. Ils m'ont donné 200 livres et m'ont jetée dehors. Je suis allée voir Ginger. Je savais que c'était mal…

Mon téléphone vibra. Un texto de Wren :

TERMINÉ.

Ils étaient sortis de l'hôpital et prêts à repartir au combat.

Je me tournai vers la fille de Ginger.

– Pourquoi vous ont-ils renvoyée de la fête, Paula ?

– Parce que je suis trop vieille.

Billy Greene m'avait transmis un vieux cliché de Fat Roy en provenance du fichier des délinquants sexuels connus. Il avait été arrêté pour effraction avec tentative d'agression sexuelle.

L'homme qui, sur l'écran de mon téléphone, me fixait bouche bée avait vingt ans, un physique poupin, une coupe en mulet des années 1980 et un t-shirt blanc proclamant «FRANKIE DIT NON À LA GUERRE». Mais le Fat Roy qui venait de disparaître dans les toilettes d'un pub bondé de Shoreditch était un homme d'âge indéfinissable, frappé d'obésité morbide, au crâne entièrement rasé. Son unique concession à la mode consistait en un petit anneau doré fiché dans la narine.

Réflexion faite, le crâne n'était peut-être pas rasé.

La perte des cheveux et des poils fait partie des effets secondaires de la castration chimique. Avec l'augmentation de la masse graisseuse, la diminution de la densité osseuse et, encore plus bizarre, la décoloration des lèvres. J'avais remarqué que Fat Roy paraissait s'être appliqué une sorte de gloss assez voyant. Le résultat global n'était pas terrible. La castration chimique provoque de drôles de changements chez l'homme.

Et jamais pour le mieux.

Mais les juges aiment ce recours. Comme les membres de la commission de libération conditionnelle. Et les âmes nobles et pures veulent croire que la castration chimique guérit vraiment les malades. Qu'elle réduit leur appétit sexuel, fait chuter leur taux de testostérone et réduit à néant leurs envies de faire souffrir des êtres vulnérables, faibles et très jeunes. Il suffit qu'un agresseur sexuel l'accepte pour retrouver le cours de sa vie merdique.

Évidemment, il ne s'agit pas d'une castration littérale. Ce sont des médicaments qui font le boulot. De l'acétate de médroxyprogestérone aux États-Unis ou de l'acétate de cyprotérone au Royaume-Uni. C'est censé marcher. Faire disparaître tous les rêves de cruauté.

Ils ne leur coupent pas directement les couilles. Hélas.

Je me levai et pénétrai dans les toilettes à la suite de Fat Roy.

Il se lavait les mains.

– Des fêtes prévues ce soir, Fat Roy ?

Un coup d'œil rapide – une langue de lézard darda entre les lèvres pourpres.

– Je ne vous connais pas.

Ce n'était pas une question.

– Je suis un type qui veut faire la fête.

Il prit tout son temps pour se sécher les mains. Un obèse qui prenait son temps, et ça n'était sûrement pas la première fois qu'il se faisait coincer près du distributeur de savon. Il ne me regardait toujours pas. Mais ça le démangeait. Il se demandait s'il aurait besoin de m'envoyer au tapis pour pouvoir sortir.

– J'ai surtout envie de faire la fête du côté de Bishops Avenue.

Il tressaillit.

– La Parade des Millionnaires. Et tu vas m'y emmener.

À présent il me regardait. Moi et l'insigne que je tenais à la main gauche – je laissais la droite libre au cas où il aurait tenté un sale coup du genre étranglement...

– Désolé mais je ne vous emmène nulle part. Embarquez-moi si vous voulez. Tabassez-moi en inventant que je vous ai résisté si ça vous amuse. Mais je ne vous emmène pas à Bishops Avenue, ni ce soir ni un autre soir.

– Le gosse est là-bas ?

Il ne répondit pas. Il se pencha sur l'évier et se mit à frotter ses mains, comme pour effacer une tache qui refusait de partir.

Je vis qu'il avait peur. Ses mains tremblaient. Mais ce n'était pas moi qui le terrifiais.

Il portait une sacoche en bandoulière.

– Je parie que si je cherche dans ton ordinateur, je vais tomber sur des trucs bien dégueu... Si je mets un de mes geeks sur le coup pour qu'il fouille bien profond… Au-delà de toutes les couches de cryptage qui cachent tes sales petits secrets.

Les juges peuvent bien croire que la castration chimique change le cœur d'un homme.

Pas moi.

Je n'y crois pas une seconde.

Gêné, Fat Roy agrippa sa bandoulière. L'anneau doré fixé à sa narine scintilla sous la lumière crue. La porte s'ouvrit et un trader pas totalement bourré entra, chancelant, en braillant une chanson à la mode.

– Pas maintenant ! dis-je.

Après une fraction de seconde de réflexion, le trader bourré fit demi-tour.

– Tu as plus la trouille d'eux que de moi.

Ça non plus, ce n'était pas une question.

La langue passa rapidement sur les lèvres pourpres.

– Vous avez déjà vu ce qu'une toute petite quantité d'acide sulfurique peut faire sur un visage, inspecteur ?

– Une fois ou deux, oui.

– Voilà.

– C'est comme ça qu'ils maintiennent l'ordre dans leurs fêtes ? En brûlant des visages ? Ou en menaçant de le faire ?

– Vous n'imaginez même pas… Ce ne sont pas des pauvres losers qui s'échangent des photos sur le Dark Web. Ceux-là, ils sont *hardcore*. Des fanatiques. Ils vous balancent de l'acide d'une main pendant qu'ils s'astiquent au lubrifiant de l'autre.

– Ça reste des losers. Des hommes mûrs qui torturent des petits enfants. Le plus gros ramassis de losers à la surface du globe. Bradley Wood est là-bas, pas vrai ? Ils l'ont fait participer à une orgie sur Bishops Avenue.

J'allai coller mon visage au sien.

– *Pas vrai ?*

Il eut un mouvement de recul. Remit de l'espace entre nous. Hors de portée. Il savait ce que c'est que la violence.

– Le gamin, je ne l'ai jamais vu. Jamais touché.

– Mais il est là-bas, hein ?

Il hocha la tête brièvement, accablé.

Puis il me tendit ses poignets, attendant que je lui passe les menottes. Sa langue de lézard humectait ses lèvres pourpres.

– Mais hors de question que je vous emmène là-bas. Vous êtes un petit dur, eux, ce sont des tueurs. *Ils brûlent les gens à l'acide !* Allez-y, défoncez-moi ! Pourquoi je devrais avoir peur de vous ?

Je faillis sourire.

– Parce que j'ai une fille, dis-je en avançant vers lui.

Fat Roy sortit du pub devant moi, un demi-rouleau de torchon pressé sur le visage.

Je lui lançai une bourrade dans le dos.

– La vieille BMW X5 gris métallisé.

D'un pas chancelant, il marcha vers la voiture.

Whitestone baissa la vitre côté passager.

– Voilà Fat Roy, qui ne connaît pas l'adresse. Mais il va nous montrer la maison, pas vrai Fat Roy ?

– Oui, dit-il.

Sa voix étouffée par le torchon plié sonnait rauque. Sous le choc.

– Et vous avez vu Bradley Wood ?

Fat Roy secoua la tête sans nous regarder.

– Je l'ai juste entendu. Je vous le jure !

– Il disait quoi ?

Il tentait de reprendre sa respiration. Il fuyait notre regard.

– Il pleurait.

Wren sortit de la voiture pour que Fat Roy puisse s'asseoir entre elle et Gane. Je pris le volant.

– Cette fois, on aura besoin des casques et des matraques, dit Gane à Whitestone en dégainant son téléphone. Et on met les gars du SCO19 sur le coup.

Whitestone acquiesça.

– Mais on ne les attend pas. On les retrouve directement à Bishops Avenue. Edie, vous leur donnerez notre localisation exacte une fois sur place. Allez, Wolfe, on y va !

Je pressai un bouton sur le tableau de bord.

La sirène hurla et les deux lumières bleues fixées sur la calandre de la BWM se mirent à clignoter.

Tandis que la voiture s'engageait dans la circulation, je baissai la vitre et jetai quelque chose par la portière. Un petit anneau doré encore attaché à un morceau sanguinolent de chair blanche. L'anneau refléta un instant la lueur des réverbères de Shoreditch puis roula dans le caniveau.

La nuit s'illuminait sur notre passage.

16

Bishops Avenue.

Je roulais au pas le long de cette avenue bordée d'arbres jalonnée par les rêves des hommes riches. Sirènes et lumières de calandre éteintes, nous passions devant des propriétés tentaculaires où les fortunes dépensées en travaux se soldaient par une absence totale d'élégance.

Les vastes demeures de Bishops Avenue étaient construites bien en retrait de la rue, loin derrière des clôtures électrifiées, de hauts murs et des portails de sécurité hérissés de caméras de surveillance, mais elles restaient clairement visibles avec leurs dimensions imposantes.

Ce lieu ne ressemblait à aucun autre dans tout Londres. À le voir, on aurait pu croire que les plans d'occupation des sols n'avaient jamais été inventés. Tout un entortillement de flèches, de tourelles et d'échauguettes ornait des maisons manifestement surgies de l'imagination d'un Walt Disney sous mauvais acide. C'était là que l'argent du pétrole arabe s'était déversé à l'époque où Saddam Hussein était en odeur de sainteté. Et ça se voyait.

Des hectares de parcours de golf s'étalaient de part et d'autre de Bishops Avenue et les propriétés se dressaient au cœur de la pénombre environnante comme des îlots de privilège inaccessibles. Depuis la rue, on distinguait les scintillements raffinés des lustres de cristal. Puis les projecteurs de sécurité s'allumaient sur notre passage, nous éblouissant et dissimulant les vies des habitants. Le luxe était partout, infini, mais je ne voyais rien d'humain, rien de vivant – rien qui vaille la peine d'être possédé.

– C'est là, annonça Fat Roy.

Je stoppai la BMW. Nous étions à la toute fin de Bishops Avenue, là où l'opulence commence à s'amoindrir, juste avant de déboucher sur la route principale et, au-delà, East Finchley.

Nous étions devant un grand portail en acier inséré dans un mur de briques surmonté de barbelés rouillés. Au bout d'une longue allée courbe, on devinait une immense propriété entièrement plongée dans l'obscurité. Apparemment inhabitée depuis plusieurs années.

– C'est quoi, cet endroit ? demanda Whitestone.

– Une épave, répondit Fat Roy. Il y en a peut-être une vingtaine sur Bishops Avenue. Laissées à l'abandon. Elles appartiennent presque toutes à des messieurs du Moyen-Orient. La famille royale saoudienne en possède toute une collection. Les maisons ont beau tomber en ruine, elles prennent dix millions chaque année.

Au clair de lune, l'état de décrépitude de cette somptueuse demeure était frappant. Malgré les grilles métalliques devant les fenêtres, toutes les vitres avaient été vandalisées. La façade était couverte de lézardes et de vigne vierge. Je plissai les yeux dans l'obscurité et aperçus, dans la toiture, un trou de la taille d'une voiture.

– C'est là qu'ils organisent leurs fêtes ? demandai-je.

Fat Roy confirma d'un signe de tête.

– Je ne vois aucune lumière.

– Elles sont de l'autre côté. Invisibles depuis la rue.

Il tapota son nez. Le torchon était gorgé d'un sang que le clair de lune rendait totalement noir.

– Personne ne peut les voir quand ils restent dans les pièces de derrière.

– Où est le garçon ?

Il ne me regarda pas.

– Ils l'ont enfermé dans une chambre au premier étage.

– Quand ?

– Il y a une semaine. Peut-être moins.

– Comment on passe ce portail ?

– Un digicode. Ils le changent tous les mois. Il y a un clavier sur le côté, vous voyez ?

Il me donna le code.

– Je peux y aller, maintenant ?

– Non. Tu viens avec nous.

– On le laisse dans la voiture, corrigea Whitestone.

– Dans le coffre, alors ?

– Putain de merde... grogna Fat Roy.

– La banquette arrière suffira. On le boucle.

Nous sortîmes en laissant Fat Roy dans la BMW. En verrouillant les portières, je surpris son regard chargé de haine. Puis ses yeux se détournèrent et il pressa le torchon contre son nez. Nous nous arrêtâmes devant le portail pendant que Wren envoyait nos coordonnées au SCO19.

– Ils arrivent par Holloway Road, annonça-t-elle. Dans une dizaine de minutes.

– On les attend ? demanda Gane.

– Non, trancha Whitestone. Pas avec le gamin à l'intérieur.

Un écriteau à l'entrée annonçait :

RÉSIDENCE DE L'AMBASSADE
À VENDRE
CONTACTER L'ADMINISTRATEUR JUDICIAIRE

Je tapai le code et le portail s'entrouvrit. Nous entrâmes. Avec pour seul fond sonore le bruit de nos pas foulant légèrement les gravillons de l'allée, la maison à l'abandon se dressa peu à peu devant nous. Je remarquai plusieurs véhicules garés sur une parcelle de pelouse cachée de la rue. Parmi eux, un grand van aux vitres fumées. Nous continuions d'avancer. Les lumières des pièces de derrière commençaient à se deviner. Je percevais des voix, ainsi qu'une musique sourde. Une piscine apparut, remplie uniquement de feuilles mortes.

– Entrée des cambrioleurs ? demanda Whitestone.

J'acquiesçai. Nous opterions pour la porte principale – comme la majorité des voleurs.

Je montai le perron jusqu'à la porte ornée d'une tête de lion rouillée. Je pris une brique que j'abattis de toutes mes forces sur la poignée. Elle se cassa net. J'ouvris d'un coup de pied – pas de verrou. Nous franchîmes le seuil et, pendant un instant, nous restâmes immobiles. Essayant de comprendre le spectacle qui s'offrait à nous.

Celui d'un palais laissé volontairement à l'abandon.

De chaque côté de la porte principale, un double escalier s'élevait jusqu'à un second étage où il s'interrompait brutalement juste avant d'atteindre le palier.

Sur un trou noir béant.

Les marches étaient couvertes de bris de tuiles, de

plaques de plâtre arrachées et des branches d'un arbre immense qui avait dû s'effondrer sur le toit. Quelque chose de noir tomba à travers le trou et s'envola dans un battement d'ailes furieux vers les hauteurs.

– Je déteste ces foutues chauves-souris, murmura Wren.

Partout où le regard se posait, la nature prenait possession de l'immense épave. Un oiseau avait fait son nid dans les rideaux de velours. Des mauvaises herbes, des fougères et de la mousse poussaient un peu partout et les feuilles mortes de l'arbre déraciné formaient un tapis dévalant l'escalier. Sous nos pieds, une moquette blanche parsemée de taches brunâtres causées par les intempéries et de déjections d'oiseaux, de rats ou de renards.

Il n'y avait quasiment aucun mobilier : un matelas souillé dans un recoin sombre, un fauteuil en velours moisi et un piano à queue qui, à l'évidence, avait été traîné jusqu'ici depuis une autre pièce pour être pulvérisé au marteau-piqueur.

Sur toute la hauteur des deux étages, l'eau ruisselait sur les murs et les tableaux, dont les toiles se décollaient ou moisissaient, donnaient à la collection de vieux portraits l'apparence d'une colonie de lépreux. La moitié des ampoules du lustre de cristal étaient cassées mais il prodiguait tout de même une faible lumière de soleil à l'agonie.

Un tourbillon humide s'abattit soudain sur mon visage. Je levai les yeux et vis que la neige tombait drue par le trou béant du toit. Un flocon se posa sur le dos de ma main puis disparut.

Les voix provenant de l'arrière de la maison étaient plus fortes à présent.

– À l'étage ! Le gamin ! m'ordonna Whitestone.

Mais ils nous avaient déjà repérés.

Il y eut d'abord la petite fille.

Douze ans peut-être, d'une maigreur douloureuse à voir, pâle avec des cheveux bruns ternes. Quelqu'un l'avait habillée d'une robe trop courte pour elle et forcée à porter des chaussures à talons aiguilles trop grandes.

Elle tenait à la main un gobelet en carton et nous fixait d'un air stupéfait.

– Tu parles anglais ? lui demandai-je, quand le premier homme surgit.

L'écartant d'un coup, il avança vers nous. Il était gros, d'âge mûr et son visage était couvert d'une sorte de pellicule graisseuse.

Wren alla à sa rencontre.

– Vous êtes en état d'arrestation...

Il la frappa de toutes ses forces en plein visage, et son poing dut toucher son menton car Wren s'écroula aussitôt. Inconsciente avant même d'atteindre le sol.

Je sentis une flamme de pure colère monter en moi à l'idée que quelqu'un puisse lever la main sur elle.

L'homme avançait toujours.

Il enjamba le corps prostré d'Edie Wren, poings serrés, montrant les dents en grognant des obscénités.

Il continuait d'avancer et c'était l'idéal car il se prit ma droite de plein fouet, un coup moins précis que puissant, chargé de sang bouillonnant. Ma haine me fit manquer son menton de dix bons centimètres mais je parvins à toucher son nez qui se brisa avec un craquement sec – et rares sont les hommes à pouvoir encaisser un nez en miettes.

Ce salopard n'en faisait pas partie.

D'un coup de pied balayant, Gane le projeta au sol

et Whitestone le menotta pendant que je me précipitai vers Wren.

– Edie, Edie, Edie !

Un sentiment de terreur m'emplit quand je vis qu'elle ne réagissait pas à mes mains pressées contre son visage exsangue.

Puis je sentis un regard sur moi et je levai les yeux sur la petite fille en robe trop courte. J'aurais voulu lui dire qu'elle n'avait plus rien à craindre mais je n'eus pas le temps : d'autres hommes se précipitaient vers nous.

Certains étaient armés de marteaux. Gane leva la main et prit un coup sur l'avant-bras mais – mémoire musculaire de ses entraînements d'arts martiaux – de l'intérieur du pied, il frappa son agresseur au point fragile où le haut du mollet rejoint la base du genou.

L'homme lâcha son marteau et Gane lui prit la tête en étau, lui arrachant un hurlement. L'homme tenta de plonger ses doigts dans les yeux de Gane. Serrés l'un contre l'autre, ils trébuchèrent et tombèrent sous la pâle lumière du vieux lustre.

Je vis un autre homme sortir un petit objet jaune et le brandir en direction de Whitestone qui venait de se relever, le pied droit posé sur la nuque de l'assaillant menotté. Je criai son nom et me jetai sur l'homme au moment où il lui lançait une giclée d'acide.

En une fraction de seconde, elle brûla, et avec elle ses vêtements, chair et veste en nylon, peau et fausse fourrure, se consumant dans un sifflement, se dissolvant sous les gouttes d'acide sulfurique.

Puis elle hurla en portant ses mains à son cou tandis qu'une horrible vapeur montait de sa chair ébouillantée, juste au-dessus du col de sa veste. L'homme était sous moi, sur le dos, et ses incisives se plantèrent dans mes doigts – avant que je les lui fasse avaler d'un coup de poing.

Je levai de nouveau les yeux.

Je vis des jambes maigres, des jambes de fillettes portant des chaussures trop grandes et des jambes de garçonnets, encore plus jeunes que les filles. Ils se tenaient tous là, avec leurs gobelets en carton, et nous dévisageaient, incrédules.

– De l'eau ! criai-je à Whitestone toujours à l'agonie, agrippée à son cou. Mettez de l'eau dessus !

Les hommes repartaient en courant.

Gane se débattait toujours avec l'un d'eux qui s'arracha à son étreinte d'un coup de pied et rejoignit les autres dans l'antichambre d'où ils avaient surgi. Bientôt, j'entendis des voitures démarrer, des voix paniquées et haineuses, des moteurs vrombir et des pneus chuinter sur l'herbe mouillée.

Ils s'enfuyaient.

Whitestone avait disparu, partie à la recherche d'eau. Wren était toujours dans les vapes.

Alors, à travers le rideau de neige qui tombait de plus en plus fort à l'intérieur de la maison, je vis Gane monter lentement le grand escalier.

Il partait chercher le garçon, mais il traînait la jambe comme si son genou était blessé. Je me demandai comment il allait pouvoir gravir cet escalier détruit avec une jambe en aussi mauvais état.

Et je vis l'homme lancé à sa poursuite.

Fat Roy était trempé de sang. Le sang qui giclait toujours de sa narine arrachée et le sang de ses blessures aux mains quand il avait fracassé la vitre de la BMW X5. La lumière blafarde du lustre en cristal se reflétait sur les éclats de verre recouvrant ses bras.

Je compris que Gane ne l'avait pas vu.

Je me levai et courus dans les escaliers.

Gane était arrivé en haut des marches, se penchant au-dessus du vide.

– Curtis !

Ils se retournèrent tous les deux. Gane au sommet de l'escalier double et Fat Roy juste derrière lui. Au même moment, je vis le couteau dans sa main.

Un cran d'arrêt en carbone noir.

Manche en aluminium.

Lame de dix centimètres.

Je croisai son regard.

Et Fat Roy me planta sa lame dans l'estomac.

Comme un boxeur bien entraîné balance un direct : le poing frappe et recule aussitôt. Le couteau rentre et sort aussitôt.

Prêt à frapper de nouveau.

Je tombai à genoux. Terrassé par le choc, même si la douleur ne se manifestait pas encore. Je portai une main à mon flanc, pendant que Fat Roy se penchait vers moi pour me dire ce qui le démangeait depuis le début – sans crier, juste en tête à tête :

– Espèce de sale connard... Tu imagines quoi ? Qu'une fois qu'on les a bien défoncés, on les renvoie chez papa-maman ?

Il s'éloigna.

J'étais toujours à genoux. Sans tomber. Sans me relever. Choqué, ébahi. Je regardai la paume de ma main.

Nappée de sang.

Alors, je vis Gane reculer devant la menace du couteau de Fat Roy, basculer en arrière, et chuter dans l'obscurité.

Je me relevai et gravis les dernières marches tandis que Fat Roy se penchait au-dessus du vide, le couteau baissé, encore poisseux de mon sang.

– Hey !

Il se retourna.

Nous nous retrouvâmes face à face. Moi, quelques marches plus bas. Mon poing droit à la hauteur de sa poitrine.

Un seul direct. Percutant. En plein cœur.

Fat Roy tituba en arrière, écarquilla les yeux et tomba dans le vide.

Il hurla pendant toute sa chute.

La main plaquée sur mon ventre, la douleur toujours tenue à distance, je scrutai le trou noir et aperçus les deux corps étendus dans la pénombre deux étages plus bas.

Ils ne bougeaient pas. Gane ouvrit la bouche comme pour parler et je vis un sang noir jaillir d'entre ses lèvres. Je me relevai en m'appuyant à la rampe cassée puis, me tenant le plus loin possible du bord de l'escalier, je descendis les marches et sautai sur le palier du premier étage.

Je me retrouvai à courir dans un long couloir vide. À cet étage, la maison était moins délabrée. Les papiers peints tombaient en lambeaux, les murs se fissuraient et la moquette était parsemée de moisissures mais les intempéries et les animaux n'avaient causé aucun dégât.

Dans la paume de ma main gauche, je sentais le sang chaud jaillir de la plaie.

Et je criais son nom.

Encore et encore.

– Bradley ! Bradley ! Bradley !

J'ouvrais des portes à coups de pied.

Sur des pièces vides.

Toutes identiques. Tentures en velours affaissées sous le poids des ans. Un matelas pour unique mobilier. Et partout, des gravats, fragments de plâtre, de tuiles, de briques, comme si ce luxueux terrain vague avait été le théâtre d'une guerre.

– *Bradley! Bradley! Bradley!*

Et puis j'entrai dans la chambre où se trouvaient les corps.

Ils étaient allongés, enchevêtrés, à moitié endormis, à demi nus, sur des matelas rapprochés, attendant l'horrible moment où ils seraient appelés. Je restai immobile sur le seuil. Ils bougèrent et j'eus un sursaut de dégoût au son de cet amas de chair en mouvement.

On aurait davantage dit un nid de serpents qu'on venait de déranger qu'une pièce remplie d'enfants tirés de leurs rêveries. Ils bougèrent en entendant ma voix et le bruit de leurs lents mouvements indolents me donnait la chair de poule.

– Je suis policier ! Je vais revenir ! Ne craignez rien !

Je trouvai le garçon dans la chambre tout au bout du couloir.

La dernière chambre.

Fermée à clé.

Je défonçai le verrou d'un coup de talon. C'est la seule façon possible : frapper l'endroit exact où la porte est fermée avec le talon de son pied le plus fort.

Alors, elle s'ouvrit à toute volée.

Le garçon était allongé sur le ventre, dans un lit étroit recouvert d'un vieux drap blanc.

Il portait un t-shirt et un slip. En haut d'une cuisse, un long filet de sang.

Je sus qu'il était mort avant même de prendre son pouls à son poignet puis à son cou.

Je sus qu'il était mort avant même de regarder dans ses yeux ouverts.

Je m'effondrai devant le lit, trop épuisé pour rester

debout. Tête baissée, je laissai couler mes larmes, toutes ces larmes inutiles, lourdes de colère et de chagrin, qui n'ont jamais rien changé.

Mon Dieu, pitié... pitié, mon Dieu... mon Dieu...

Je l'ai peut-être dit. Je l'ai peut-être pensé. Je ne sais pas. Et je ne savais pas au juste ce que je pouvais demander à Dieu car Il ne pouvait plus m'aider.

Ni aider l'enfant.

Et j'eus un haut-le-cœur en pensant à cette mère qui attendait son fils de quatre ans dans cet immeuble de Brixton surnommé le Barrier Block, au coin d'Electric Avenue, pendant que, d'une main, j'essayais de contenir le sang expulsé de mon estomac et que, de l'autre, je tenais la main inerte de Michael McCarthy.

FÉVRIER

Délinquants connus

17

– Votre famille est arrivée, m'annonça l'infirmière.

Je fixai l'embrasure de la porte jusqu'à ce que Scout apparaisse. Elle resta sur le seuil un instant, hésitante. Elle portait son uniforme d'écolière, assorti à ses baskets préférées – celles avec les lumières dans les talons qui clignotaient à chaque pas. Elles lançaient des éclairs verts et bleus dans la pénombre de l'hôpital. Scout avança jusqu'au lit où j'étais assis, suivie par les Murphy qui s'entassèrent timidement dans la chambre.

Ils étaient tous là : Mme Murphy et Mikey Senior. Mikey Junior dans sa tenue de travail, tenant par la main Shavon et Damon. Siobhan et Bébé Mikey.

Le soulagement et la gratitude me picotaient les yeux.

Qu'est-ce que je foutrais sans eux ?

Soudain, Scout se retrouva à côté de moi, pas au point de me toucher mais penchée vers moi. Une gosse de cinq ans qui avait quelque chose d'urgent à me dire.

Je me penchai vers elle.

– Je ne veux plus que tu sois blessé, d'accord ? Promis ? murmura-t-elle.

Mon cœur s'emplit de culpabilité, de honte et d'une terrible impuissance. Surtout de honte, je crois. Les paroles de Scout restèrent coincées dans ma gorge et pendant un long moment, je ne pus lui répondre. Je la serrai très fort contre moi pour qu'elle ne voie pas mes yeux humides. Elle méritait un père bien meilleur que moi.

– Promis, Scout, réussis-je à articuler, et j'éprouvai la terreur brute du parent, la conscience terrible de constituer la dernière ligne de défense entre son enfant et toute la pourriture du monde.

Je déposai un baiser au sommet de son crâne. Elle sentait le shampooing, le sucre, les stylos-feutres et cette odeur de biscuit qu'on trouve chez les jeunes chiens. En guise de réponse, elle plaça ses petites mains autour de mon visage et me scruta intensément. J'inclinai la tête, luttant pour ravaler les émotions qui menaçaient de me submerger.

Vis, me dis-je. *Contente-toi de vivre. Tu dois vivre assez longtemps pour élever cette enfant magnifique. Tu n'as toujours pas compris ça, espèce d'imbécile ? Personne d'autre ne le fera pour toi.*

Puis, cessant de chuchoter, nous desserrâmes notre étreinte. Les Murphy avaient apporté des cadeaux – fruits, chocolats et un petit bouquet – et, tandis que je les remerciais, ils me regardèrent d'un air profondément préoccupé.

– Je suis désolé pour tout ça, dis-je à Mme Murphy, à qui je devais bien une explication. Ce sont les aléas de mon métier…

– Je comprends, mon garçon, m'assura-t-elle.

Mais un petit tressaillement dans sa voix me laissait penser qu'elle comprenait de moins en moins.

Parce qu'elle aussi, elle aimait Scout.

Ma bouche se tordit dans un sourire qui se voulait rassurant.

– Vous devriez voir dans quel état j'ai mis l'autre type...

Ma remarque déclencha un rire nerveux chez Mikey Junior et Senior. Mais aucune réaction chez Mme Murphy et Siobhan.

Soudain, une décharge douloureuse me coupa le souffle. Tous me regardèrent. Mme Murphy posa une main sur l'épaule de Scout et ma fille leva les yeux vers elle.

Mon flanc me faisait souffrir comme n'importe quelle partie du corps quand on y a enfoncé un morceau d'acier acéré. C'était une douleur lourde et pulsative qui surgissait de la petite plaie et irradiait à travers tout mon torse, le rendant si dense et si pesant que j'avais l'impression de ne plus jamais pouvoir me déplacer normalement.

Mais j'étais conscient d'avoir eu de la chance.

Quitte à se prendre un coup de poignard, autant que ce soit dans l'estomac. Si la lame ne tranche pas une artère, s'il n'y a pas d'hémorragie interne ou externe et si l'effet de choc n'entraîne pas une crise cardiaque ou un AVC, alors on s'en sort au bout d'un ou deux jours assis dans une chambre d'hôpital à gober des raisins en attendant le retour d'une tension artérielle et d'une température corporelle normales. Il faut juste encaisser les élans de douleur et remercier sa bonne étoile. Un flic peut recevoir des blessures autrement plus graves. Pour ma part, je m'estimais heureux que Fat Roy n'ait pas eu la présence d'esprit de me planter sa lame dans le cœur, le cou, un poumon ou un œil...

– Comment va Stan ? demandai-je.

La récurrence du petit chien roux dans nos conversations me surprenait moi-même.

– Il est dans mon van, répondit Mikey Senior, étonné par ce brusque changement de sujet.

– Je l'adore, ce clebs ! ajouta Mikey Junior.

– C'est un bon chien, renchérit Mme Murphy.

– Mais maintenant, il saute tout le temps sur les autres chiennes ! dit Scout moitié rieuse moitié préoccupée. *Salut, moi c'est Stan, et toi, comment tu t'appelles ? Et toi ? Et toi ?*

Son imitation nous arracha un éclat de rire. C'était Stan tout craché.

– Je crois qu'il a atteint sa maturité sexuelle, conclut Scout, et les Murphy cessèrent immédiatement de rire, détournant le regard.

Elle se pencha de nouveau vers moi.

– Écoute-moi bien, papa, chuchota-t-elle.

– Je t'écoute.

– Je veux t'aider dans ton travail.

– Tu sais, tu m'aides déjà beaucoup, Scout. En étant sage avec Mme Murphy, en surveillant si bien Stan et en t'occupant de notre maison. En faisant tous ces efforts à l'école. Moi, je sors d'ici dès demain.

Elle me secoua avec la force d'un enfant de cinq ans qui veut à tout prix se faire comprendre.

– Je veux être toujours avec toi.

– Tu l'es toujours, dis-je en tapotant mon cœur. *À l'intérieur.*

Elle m'imita en tapotant l'insigne sur sa veste d'écolière.

– N'oublie pas ta promesse, OK, papa ?

– Viens ici, toi !

J'ouvris les bras et Scout s'y jeta. Je la serrai aussi fort que je m'en sentais capable.

Ma fille de cinq ans, si jolie, si intelligente, si habile à m'arracher des promesses…

Une minuscule créature, mais un monde pour moi.

La véritable souffrance survint la nuit d'après, provoquant la sensation exacte de ce qui en était à l'origine : celle de sentir sa fragile chair humaine tranchée par plusieurs centimètres d'acier trempé. Une lame qui coupait la peau, les veines, les muscles, pour mieux envahir le reste de mon corps, de ma tête et mes rêves.

Les somnifères dont j'étais bourré ne m'empêchèrent pas de me réveiller en sursaut. Edie Wren occupait l'unique chaise de ma petite chambre.

– Quel merdier. Quel bordel…

Impossible de dire si elle me parlait ou si elle se parlait à elle-même. Les somnifères saturaient mon esprit d'un épais brouillard.

Mais je me rappelai Oak Hill Farm. Je me rappelai les photos de Mary Wood, jeune, belle et morte, au-dessus du lit dans la caravane. Je me rappelai les poings, les bottes, et la fureur de la foule. Je me rappelai l'arrestation de Peter Nawkins, puis sa fuite.

– On l'a rattrapé ?

– Pas encore. Mais tous les flics du pays lui courent après. Cette raclure n'en a plus pour longtemps.

Une vague nauséeuse m'envahit et le brouillard dans ma tête s'évanouit au moment où je revis la maison sur Bishops Avenue, Wren assommée d'un coup de poing, le sifflement de l'acide rongeant les vêtements et la peau de Whitestone, et la posture étrange de Gane après sa chute de deux étages.

Je me revis tenant la main de l'enfant mort.

Je ravalai mon haut-le-cœur, refoulai l'impression d'étouffer puis, clignant des yeux, essayai de comprendre ce qui arrivait à Wren : comme par solidarité, elle était penchée au-dessus de la corbeille à papier et tentait bruyamment de se faire vomir. Sans succès.

– Pardon, s'excusa-t-elle en s'essuyant les lèvres du revers de la main. Je ne sais pas ce qui m'arrive... Un coup violent à la tête et j'ai l'impression que quelqu'un a appuyé sur le bouton « Pause ».

– Vous vous sentez vraiment mal, n'est-ce pas ?

– Et vous, vous avez l'impression de poser une question vraiment stupide ?

– Vous voyez des petites étoiles noires ?

Elle hocha la tête.

– Vous ne devez pas vous déplacer toute seule, Edie. Vous avez eu une *commotion cérébrale* !

Elle me maudit dans l'obscurité de la chambre. Ses yeux luisaient.

– Vous ne devez pas non plus rentrer toute seule chez vous, insistai-je. On peut vous faire raccompagner...

– J'ai ce qu'il faut.

Je vis alors un homme qui l'attendait dans l'embrasure de la porte.

Il avait de l'allure : costume-cravate, comme un politicien en campagne, mais beaucoup plus vieux que je l'avais imaginé. Une petite fin de quarantaine. Avec ses cheveux noirs épais bien coupés et son physique d'ancien athlète universitaire qui avait su garder la forme depuis deux décennies, il était incontestablement séduisant et il le savait. Sans doute un habitué des énormes flacons de crème hydratante pour homme, songeai-je. Quand il consulta sa montre, les rampes de néon du couloir firent briller une alliance et je me demandai quels mensonges il allait servir à sa femme en rentrant chez lui ce soir.

L'homme marié d'Edie Wren.

Elle me dévisageait d'un air provocateur.

– Comment va la chef ? demandai-je.

– Elle a eu de la chance. Si on peut appeler ça de la chance : l'acide sulfurique lui a brûlé la nuque. La DCI Whitestone est une dure à cuire. Bien sûr, elle gardera une cicatrice à vie. Mais c'est le col de sa veste qui a tout pris. Elle va devoir en racheter une.

J'avalai péniblement ma salive.

– Et Gane est mort, pas vrai ?

– Non. Fat Roy est décédé à l'admission à l'hôpital. Pas Curtis.

– Mais… je l'ai vu tomber.

– Il est vivant.

Le silence se fit dans la pénombre. Pas un bruit dans l'hôpital. Non loin de là, on entendait la circulation dense autour d'Archway.

– Sa colonne vertébrale est foutue, reprit Wren. Mais Gane n'est pas mort.

Je l'entendais essayer de contrôler sa respiration.

– C'est pire, conclut-elle.

Le matin.

La plus jolie jeune femme que j'aie jamais vue se tenait devant mon lit. Pas une jeune femme – une femme. Blonde avec un manteau rouge. Je savais que, jusqu'à la fin de ma vie, je devrais garder la tête froide face aux blondes en manteau rouge.

– Qui était-ce ? demanda Charlotte Gatling d'une voix calme, sa main droite frottant nerveusement son poignet gauche, cet étrange geste donnant l'impression qu'elle se serrait la main à elle-même.

Ma tête était encore embrumée mais je savais de qui elle parlait. Je le voyais chaque fois que je fermais les yeux. Et je savais que je le verrais jusqu'à la fin de ma vie.

– Il s'appelait Michael McCarthy. Il avait quatre ans. Il vivait avec sa mère à South London. Brixton.

J'ouvris les yeux et la regardai.

– C'était un petit garçon à qui la vie n'a jamais fait de cadeau.

Elle s'assit au pied du lit.

– Vous pensiez qu'ils avaient mon neveu… C'est Bradley que vous cherchiez.

J'acquiesçai. J'avais l'impression d'avoir trahi tout le monde. En particulier Michael McCarthy et Bradley Wood.

– L'homme aux informations… l'homme qu'ils recherchent… ce Peter Nawkins. C'est lui qui a tué ma sœur ?

– Nous avons trouvé des indices qui le relient à elle.

– Quels indices ?

– Vous n'avez pas à le savoir. C'est mieux pour vous.

Un éclair d'impatience traversa ses yeux bleus.

– Inspecteur, c'est mieux pour moi que je le sache, je vous assure !

– Peter Nawkins faisait une fixation sur votre sœur. Nous avons découvert des photos d'elle – des centaines, peut-être des milliers – au-dessus de son lit. Et puis, il s'est enfui. Il court toujours. On ne s'enfuit pas quand on est innocent.

– Vous allez réussir à l'arrêter ?

– C'est une certitude absolue.

– Et mon neveu ? Un signe, quelque chose… N'importe quoi ?

Son regard était implorant. Elle attendait de moi des paroles réconfortantes, je le savais.

– Nous ne cesserons jamais de rechercher Bradley jusqu'à ce que nous le retrouvions.

Elle parut satisfaite. Et puis quelque chose s'effondra en elle. Elle plongea la tête entre ses mains. Je la regardai sangloter, le visage caché.

– Le pauvre... Pauvre petit Michael... Comme il a dû souffrir...

Elle ne pleurait pas pour son neveu. Elle pleurait pour un enfant qu'elle ne connaissait pas. Je sentis s'éveiller en moi une émotion que j'avais crue perdue à jamais.

J'effleurai son bras.

Elle se ressaisit.

– L'infirmière m'a dit que vous aviez pris un coup de couteau. Vous souffrez ?

– C'est en train de devenir supportable.

– Vous aviez déjà été poignardé ?

– C'est une première. Et une dernière aussi, j'espère.

– Les hommes qui vous ont trouvé... ceux qui vous ont fait ça... ils n'ont rien à voir avec ce qui est arrivé à ma sœur et à sa famille ?

Je fis signe que non.

– Merci. Vous recherchiez Bradley. Vous avez pris tous les risques pour le retrouver. Vous avez mis votre vie en danger alors que vous aussi vous avez une famille, je le sais. Et je peux vous le jurer : il n'est pas mort. *Bradley n'est pas mort.* Vous me croyez ?

– Bien sûr.

Elle pressa ma main.

Dans son visage parfait à la Grace Kelly, j'entrevis le fantôme de sa sœur et je compris comment Peter Nawkins, levant les yeux de son lit pour oublier son calvaire, avait pu tomber amoureux d'elle.

Un seul regard. Parfois, il n'en faut pas plus.

J'imaginais sans peine Nawkins l'espionnant devant sa maison, terrassé par cette perfection aux yeux bleus souriants. Tout cela s'imposait à moi avec la force de l'évidence, et je comprenais que cet homme solitaire à l'esprit simple ait pu contempler le visage de Mary Wood dans la lumière déclinante de l'été et croire qu'elle était la meilleure chose qu'il ait vue de sa vie. Ce que je ne comprenais pas, c'est qu'il ait pu éprouver le besoin de détruire quelqu'un qu'il aimait à ce point.

Je posai ma main libre sur celle de Charlotte.

Je m'aperçus que je retenais ma respiration.

– Laissez-moi vous serrer contre moi, dit-elle.

Elle me regarda, guettant ma réaction, mais je restais inerte.

Alors, elle m'enveloppa de ses bras, dans une étreinte maladroite. Je sentais son parfum et, au-delà, la simple beauté de savoir qu'une telle créature existait. Sa tête était tout près de la mienne et, quand je m'écartai pour la voir, elle s'éloigna.

Je l'observai lisser son manteau rouge et refermer la boutonnière qui, je ne savais comment, s'était entrouverte.

– Mon frère m'attend, m'annonça-t-elle.

18

Je la revis une nouvelle fois, après avoir repris le travail. En levant les yeux de mon bureau dans la SSC-1, je tombai nez à nez avec elle, sur le grand écran plasma. Son visage pâle était impassible et chaque mouvement de sa tête était accueilli par le crépitement de centaines d'appareils photo.

En cette fin d'après-midi, une conférence de presse était organisée au deuxième étage de West End Central. Charlotte Gatling prit place derrière une grande table à côté de son frère Nils et de la surintendante principale Swire. Cette dernière posa la main sur le micro au moment où l'ALM se penchait vers elle pour échanger quelques mots.

– Merci à tous d'être venus, commença l'ALM. La DC Swire souhaite faire une déclaration au sujet des récents événements. Nous ne répondrons à aucune question, merci de votre compréhension.

Charlotte se retourna pour regarder l'ALM descendre de l'estrade et les flashs redoublèrent dans une tentative frénétique pour saisir cet instant.

– La souffrance et la beauté... ils adorent ça, commenta Wren comme pour elle-même.

La porte de la SSC-1 s'ouvrit au même moment sur le Dr Joe Stephen. À la façon dont l'expert en psychologie judiciaire nous regarda tous – un mélange de stupeur et de pitié –, je compris que notre équipe avait pris cher.

Wren marmonnait toujours – syndrome classique après une commotion cérébrale et la destruction irrémédiable de millions de cellules nerveuses. Je ne m'en tirais pas trop mal mais le sang chaud de ma plaie suintait sur mon bandage et formait une tache de plus en plus visible sur ma chemise. Quant à Whitestone, l'arrière de sa nuque était en partie barré d'une brûlure d'acide rose foncé.

Je me demandai brusquement si elle avait eu avec son fils adolescent le même genre de conversation que moi avec Scout. Est-ce qu'il rêvait de protéger sa mère ? Est-ce qu'il lui avait demandé de démissionner ? Avait-il peur de ce que l'avenir lui réservait si sa mère mourait ? Et elle ? J'aurais aimé parler de tout cela avec Whitestone, mais je n'aurais pas su par où commencer.

Le Dr Joe toucha le dossier de la chaise vide devant le bureau de Gane.

– On a retrouvé Nawkins ?

– Pas encore. À votre avis, docteur, où est-ce qu'il se planque ?

Il réfléchit un instant.

– Où est-ce qu'il est encore aimé ?

Wren eut un rire désabusé.

– Nulle part, répondis-je.

– Alors, il va rester en cavale, conclut le docteur.

– Ça commence ! annonça Whitestone.

– Tout d'abord, déclara Swire, nous présentons toutes nos condoléances à la famille de Michael McCarthy. Je peux vous confirmer que l'opération qui s'est récemment déroulée sur Bishops Avenue n'était pas liée, comme nous l'avons cru au départ, à l'enquête sur les meurtres de la famille Wood et le kidnapping de Bradley Wood.

Elle marqua un temps d'arrêt. Son regard balaya l'assistance. Elle excellait dans ce type de prise de parole en public, dictant son propre rythme.

– Des personnes ont été interpellées. Des poursuites judiciaires s'ensuivront.

Un coup d'œil à ses notes.

– Quinze enfants, âgés de neuf à quinze ans, ont été remis aux soins des services sociaux.

Autre pause.

– Nous restons totalement impliqués dans la recherche des auteurs des meurtres de Brad Wood, Mary Wood, Marlon Wood, Piper Wood et de l'enlèvement de Bradley Wood.

Ses lèvres se tendirent, réduisant sa bouche à une ligne sévère.

– Nous avons la conviction que Peter Nawkins peut nous être utile dans le cadre de cette enquête, et demandons à toute personne l'ayant vu récemment de nous contacter au numéro qui s'affiche en bas de l'écran. N'approchez surtout pas de cet homme. C'est un ancien condamné pour meurtre, tout à fait capable de passer de nouveau à l'acte. Merci.

Les Wood, Whitestone et l'ALM se levèrent, prêts à partir. Scarlet Bush, la responsable des pages judiciaires du *Daily Post*, bondit.

– Charlotte ! Charlotte !

À l'appel de son nom, Charlotte Gatling se retourna instinctivement. Rafale de flashs survoltés.

L'ALM leva les mains.

– Aucune question, merci !

– Charlotte, qu'avez-vous envie de dire aux personnes qui ont enlevé Bradley ?

Silence dans la salle. Même les appareils photo se turent quand Charlotte fixa la journaliste – et un point au-delà qu'elle seule pouvait voir.

– Je vous en prie, répondit-elle. Je leur dirais : *je vous en prie.*

Son frère lui saisit le bras. Il semblait vouloir la pousser mais elle ne bougea pas. Pour la première fois, son caractère bien trempé m'apparut.

– Je leur dirais : *je vous en prie, ne lui faites pas de mal. Qui que vous soyez… quoi que vous ayez fait… Bradley est juste un petit garçon inoffensif qui ne mérite pas qu'on le maltraite.*

Elle baissa la tête. Le visage de Nils Gatling était un masque. Il n'essayait plus de la pousser.

– Je leur dirais : *je vous en prie, laissez Bradley rentrer chez lui.*

Ce fut la fin de la conférence de presse, après quoi la DCS Swire monta directement dans la SSC-1 pour nous expliquer pourquoi ce scénario était impossible.

– Ma parole, vous revenez du front ! lança Swire en entrant dans la salle. Pat, laissez-moi voir ça…

Swire inspecta la brûlure sur la nuque de Whitestone. Une couche de peau de la taille d'une soucoupe avait été calcinée derrière son oreille et la marque de chair rose à vif resterait là pour toujours. Swire serra Whitestone dans ses bras, arrachant à ma chef une grimace où se lisaient autant la gêne que la douleur physique.

J'échangeai un coup d'œil avec Wren. Nous n'avions jamais vu la DCS Swire étreindre qui que ce soit. Wren souriait nerveusement, comme si elle était la prochaine sur la liste.

Whitestone restait les bras ballants, mal à l'aise, mais au bout d'un moment elle tapota gentiment le dos de Swire comme pour la remercier – et lui dire : maintenant, ça suffit.

Swire recula.

– Comment va le DI Gane ? demanda-t-elle, le regard grave.

– Rien de transcendant, répondit Whitestone.

Swire hocha la tête d'un air sombre. C'était une femme froide, toujours sous contrôle, pas évidente à apprécier. Mais, pour la première fois, je vis à quel point elle tenait à chacun d'entre nous.

– Et vous, Pat, comment vous vous sentez ?

Whitestone eut un rictus – elle luttait pour contrôler ses émotions. Elle ne répondit pas qu'elle aurait dû attendre – les renforts, les casques et les matraques, toute la puissance de feu. Mais Swire savait exactement ce qu'elle pensait.

– Vous avez pris la bonne décision, Pat, l'assura-t-elle d'un ton réconfortant.

Whitestone ravala sa salive et s'efforça de composer un sourire qui ne sortit pas.

– Vous croyez ?

Une larme coula derrière ses lunettes, qu'elle retira pour essuyer ses yeux d'un geste rageur, du revers de la main. Avant de les remettre en place, elle me parut vulnérable, presque aveugle. Elle renifla et regarda Swire en attendant la suite. Son visage était indéchiffrable.

– Si vous aviez attendu, il aurait pu y avoir beaucoup plus de pertes humaines. Plus qu'une seule mort d'enfant.

Vous avez fait ce qu'il fallait. Bien sûr, avec les renforts, vous n'auriez sans doute pas été aussi… malmenés.

– Malmenés… répéta Whitestone d'un ton glacial.

Nous étions tous des inconditionnels de l'euphémisme. Mais, cette fois, *malmenés* nous semblait très en dessous de la réalité. Surtout avec Gane à l'hôpital.

Swire était sincère, ce n'était pas une phrase toute faite pour rassurer Whitestone. Elle croyait vraiment qu'elle avait pris la bonne décision et que nous avions fait du bon travail.

– Nous nous occuperons bien du DI Gane, reprit Swire. Nous ne le laisserons pas tomber. Nous prenons soin de nos hommes. Vous le savez, n'est-ce pas ?

– Oui, madame.

Swire se retourna vers nous.

– Vous avez démantelé un des plus grands réseaux pédophiles d'Europe du Nord. Beaucoup de salopards vont partir à l'ombre pour longtemps. Et beaucoup d'enfants ont été sauvés.

Je pensai à Michael McCarthy. Je savais que, toute ma vie, je penserais à Michael McCarthy.

– Vous êtes tous conscients de notre priorité, désormais ?

– Trouver le garçon, répondit Whitestone. Trouver Bradley Wood.

Swire secoua la tête.

– Il est mort, dit-elle doucement.

Nous encaissâmes la nouvelle.

– *Quoi ?* demanda Wren.

– À l'heure qu'il est, Bradley Wood doit être mort. Il n'est plus là. Il ne reviendra jamais. Il peut être à moins de deux kilomètres de sa maison à Highgate. Ou dans une rivière, ou une benne à ordures, ou une canalisation quelque part dans la campagne de l'Essex. *Comment pourrait-il être encore en vie?* Quel scénario plausible pourrait nous laisser croire que ce gosse est toujours vivant?

Nous restions silencieux.

Parce que c'était la vérité.

Il était inconcevable d'envisager que Bradley Wood ait pu être épargné.

Charlotte et son frère tentaient de se convaincre qu'il avait été recueilli par une personne bienveillante, car c'était l'unique façon pour eux de ne pas sombrer dans la folie. Se raccrocher à cette idée était sans doute leur seul moyen de grappiller deux heures de sommeil chaque nuit.

Mais de tels scénarios ne se produisaient jamais dans la vraie vie.

Dans la vraie vie, on enlève des enfants pour les violer puis on s'en débarrasse.

Ou bien on les séquestre puis on s'en débarrasse.

On ne kidnappe pas un enfant pour lui offrir une vie heureuse dans une jolie maison. Les gens qui meurent d'envie de donner de l'affection à un enfant ne volent pas celui du voisin. Les familles désespérées veulent croire au miracle – et je comprenais pourquoi.

Moi aussi, j'aurais voulu y croire.

– Bradley ne rentrera jamais chez lui, déclara Swire. Bradley Wood est mort. S'il a eu de la chance, ça a été rapide. Et si nous avons de la chance, nous trouverons un corps à ramener à la famille. Mais inutile de se mentir: il n'y a pas de dénouement heureux pour des enfants disparus depuis si longtemps. Vous devez à tout prix retrouver le coupable. Vous devez retrouver Peter Nawkins. Mort ou vif, je m'en fiche complètement.

Retrouvez ce salopard, qu'on puisse arrêter tout ce cirque.

Alors, nous partîmes pour Oak Hill Farm.

Pour saccager le campement.

19

Les mille visages de Mary Wood souriaient au-dessus du lit de Peter Nawkins.

Un SOCO grimpé sur un escabeau photographiait cet autel sur le plafond de la caravane. Un autre le filmait. Puis ils entreprirent de détacher soigneusement chaque photo pour la glisser dans un sachet à indices. Tous ces visages radieux emprisonnés pour toujours sous plastique et dûment numérotés.

Sean Nawkins observait la scène d'un air écœuré.

– Je n'arrive pas à y croire, marmonnait-il du ton d'un homme à qui la vérité vient enfin d'être dévoilée.

– Et vous me dites que vous ne saviez pas qu'il avait toutes ces photos ? demandai-je.

Il continuait de regarder les sachets.

– Comment aurais-je pu le savoir ?

– Vous n'êtes jamais venu dans cette chambre ?

– C'était mon frère, pas ma femme.

– Mais vous avez menti pour tout le reste. Vous ne nous avez pas dit que vous aviez travaillé pour les Wood. Ni que votre frère était allé à la résidence du Parc. Ni qu'il avait rencontré Mary Wood. *Regardez-moi !*

Il se détacha de la scène et, pour la première fois, je lus de la résignation dans son regard.

Autour de nous, les membres de l'Équipe de Fouille Spécialisée démontaient les cloisons, retiraient les dalles du sol, dévissaient les équipements électriques. Assis dans un coin de la caravane surpeuplée, Whitestone et Wren supervisaient l'opération.

– J'essayais de le protéger, c'est tout.

– Ça s'appelle entraver la justice.

Il grogna – la vieille méfiance était de retour.

– Au pire, je suis un témoin réticent.

– Un *témoin réticent* ? Vous êtes juriste, maintenant ? Votre société a travaillé pour la famille qui a été assassinée !

– Ça remonte à plusieurs mois ! Six mois avant... les événements.

Je vins me coller à Sean Nawkins. Avec les SOCO, les techniciens de fouille et ce qu'il restait de notre équipe d'investigation, la petite chambre ressemblait de plus en plus au Trou noir de Calcutta[1].

– Vous et votre frère aviez rencontré la famille Wood. Mais vous nous avez caché cette information.

– Nous avons rencontré Mary Wood une seule fois ! Et seulement elle ! *Pas* le père, *pas* les enfants. Juste la mère. On était en août, on crevait de chaud et elle nous a apporté de la limonade. Ils ne font pas tous ça, loin de là ! Les friqués de Londres...

1. Surnom donné à la salle des gardes du premier Fort William à Calcutta, où les troupes du nawab du Bengale Siraj ud-Daulah avaient détenu des prisonniers de guerre britanniques après avoir capturé le fort le 19 juin 1756. En raison du grand nombre de prisonniers entassés, la plupart étaient morts d'étouffement, d'écrasement ou terrassés par la chaleur étouffante.

Son regard s'obscurcit. Sa rancune était ancienne et profonde.

– Ils donneraient à boire à leurs chiens avant de penser aux ouvriers !

Je me représentai la scène : un groupe d'hommes en sueur, torse nu, s'activant autour de l'asphalte bouillant, et Mary Wood arrivant avec un plateau de verres de limonade ; Peter Nawkins levant les yeux et la regardant comme si c'était la plus belle femme qu'il ait jamais rencontrée de sa vie.

– Est-ce que votre frère Peter a échangé quelques mots avec Mme Wood ?

– Non.

Il eut un geste impatient, comme s'il ne voulait plus rien garder pour lui.

– Enfin, Peter l'a remerciée en prenant le verre de limonade. Et elle lui a souri.

J'attendis.

– C'est tout ?

– Oui.

– Par la suite, est-ce que votre frère a parlé d'elle ?

– Nous ne l'avons jamais revue. Il ne l'a jamais mentionnée. Une femme, une sorte de bonne, est venue récupérer nos verres, un peu plus tard.

– Comment vous avez été payé ?

– En liquide. Dans une enveloppe que M. Wood avait laissée pour nous. Rien que des billets de 50. La bonne me l'a remise le dernier jour.

– Et l'enfant, Bradley Wood, vous l'avez vu ?

Je sortis de mon portefeuille une photo d'identité montrant un petit garçon souriant. Sean Nawkins ne la regarda même pas, se contentant de fixer un point derrière mon épaule.

– J'ai déjà vu la photo.

– Regardez-la quand même. Je vous le demande poliment.

Il la regarda. Sa bouche se tordit.

– L'enfant était avec elle. Qu'est-ce que je peux vous dire d'autre ? C'est tout. Un petit garçon qui accompagnait sa mère quand elle était venue offrir à boire à un groupe d'ouvriers.

Il baissa les yeux.

– Max, venez voir un peu ! me lança Whitestone.

Les prises électriques avaient toutes été retirées et, derrière l'une d'elles, l'équipe de fouille avait trouvé quelque chose : une boîte d'allumettes et des clés. J'enfilai des gants en latex et pris la boîte que me tendait Wren. Lettrage rouge sur fond blanc.

AU FESTIN ANGLAIS
Holloway Road, Holloway, N7
Cuisine « saine » et « délicieuse »

– Nawkins ! Par ici !

Sean Nawkins traversa l'épave de la caravane.

– Vous connaissez ce rade ? Le Festin Anglais, sur Holloway Road ? C'est où ? Près de Highbury Corner ?

Nawkins paraissait sur le point de vomir.

– C'est de l'autre côté d'Holloway Road. Tout au bout.

– Vers Archway ?

– Oui.

– Accessible à pied depuis le Parc, pas vrai ?

Il acquiesça.

– Et vous y alliez.

Ce n'était pas une question.

– On s'y arrêtait en route quand on allait bosser.

J'ouvris la boîte. À l'intérieur, quatre chiffres écrits au stylo :

1 0 1 0

Je les montrai à Whitestone et à Wren.

– Mille dix ? demanda-t-elle.

– Dix-dix, rectifiai-je.

Wren sortit son téléphone portable, pianota sur l'écran, attendit quelques secondes. Et elle comprit.

– 10 octobre. Une date de naissance.

– Plus que ça, dis-je. Qu'est-ce que la plupart des gens choisissent comme code secret ? Leur date de naissance. Demandez à l'Équipe tactique de soutien de déclencher l'alarme anti-effraction du Parc. Je parie que le 10-10 marche encore.

– Alors, c'est comme ça qu'ils ont réussi à entrer, conclut Whitestone. Il connaissait le code – il l'a deviné, on lui a dit, ou alors, et c'est le plus probable, il a vu quelqu'un le composer.

Je tendis la main et Wren y posa les clés. Elles ne pesaient presque rien. Une pour la porte, une autre pour le verrou. Je les inspectai de près : brillantes, presque pas rayées. Intactes.

– Il a sans doute emprunté un jeu pendant quelques heures, le temps de le faire dupliquer. Ces clés n'ont pas l'air d'avoir été volées. Ce sont des copies quasiment neuves.

– Est-ce que vos ouvriers utilisaient les toilettes de la maison ? demanda Whitestone. Ce n'est pas inhabituel, dans ce genre de résidences, de faire installer des toilettes provisoires pour les chantiers, mais si ce n'était pas le cas au Parc…

Nous levâmes la tête, le temps de voir Nawkins sortir

de la caravane. Je le suivis. Un mince cordon d'agents en uniforme bleu encerclait le périmètre extérieur d'Oak Hill Farm, tenant à distance une foule d'habitants du quartier.

Accompagné de ses chiens, qui aboyaient furieusement, Echo Nawkins arpentait le campement, échangeant des insultes avec les badauds de l'autre côté du cordon.

– J'ai déjà vu ça, commenta Nawkins, plus pour lui-même que pour moi. Je connais la suite. Ils nous ont toujours détestés, mais il suffit d'un incident… d'une étincelle pour que ça explose. Et alors, les premiers morts ne tardent pas…

Je savais qu'il pensait à sa femme morte, brûlée vive dans une caravane de l'autre côté de la ville.

– Retrouvez mon frère, vite ! reprit-il. Sinon, ils vont foutre le feu à ce camp…

Quelqu'un au milieu de l'attroupement lança une brique. Elle vola en éclats au milieu de la meute de chiens d'Echo, et leurs aboiements redoublèrent. Echo fit un doigt d'honneur à la foule en déversant un tombereau d'insultes. Puis elle ramassa ce qui restait de la brique et leur renvoya. La réponse ne tarda pas, sous la forme de jets de bouteille.

Je vis une pluie de bris de verre tomber sur les rangers de jeunes agents de police qui occupaient leur position habituelle.

Juste au milieu de l'affrontement.

De retour chez moi, je fis un crochet par l'Homerton University Hospital.

Il n'était pas loin de minuit, mais la mère de Gane était là.

– Madame Gane ? Je suis le DC Wolfe. Je suis un collègue de votre fils.

La vieille dame antillaise ajusta son chapeau et se leva prudemment. Puis, prenant mes mains, elle me sourit. Elle avait choisi sa tenue la plus élégante pour se rendre au chevet de son fils. Des paravents entouraient son lit. J'avais l'impression d'entendre la respiration de Gane au travers.

– Un ami, répondit-elle avec un accent qui, malgré toute une vie passée à Londres, penchait nettement vers Trinidad. Vous étiez son ami au travail. Un *bon* ami.

Je souris, hochai la tête. Je ne savais pas quoi répondre.

La vérité, c'était que Curtis Gane et moi n'avions jamais été vraiment amis.

Quand j'étais entré à la Division des homicides et crimes violents, le DI Gane m'avait considéré comme un bleu. Et il avait raison. Il avait vu tant de choses que je n'avais encore jamais expérimentées... Peu importe : nous étions, je crois, en bonne voie pour devenir amis. Sa mère avait raison. Mais maintenant, c'était fini. Nous n'avions plus le temps.

– Vous voulez le voir, cher monsieur ?

J'acceptai en silence.

Nous nous glissâmes derrière les paravents en plastique et la vision qui m'accueillit me coupa le souffle. Le cou de Gane était placé dans une sorte de minerve. Un tube épais et sinueux s'enfonçait dans sa gorge. Ce que j'avais sous les yeux, ce n'était pas un homme maintenu en vie mais un homme mort.

– Il s'est cassé la première et la deuxième cervicales, m'annonça-t-elle simplement.

Le choc et la tristesse me nouèrent la gorge.

– Je ne sais pas ce que ça veut dire, admis-je.

– Ça veut dire que sa tête et sa colonne vertébrale ne sont plus reliées.

Elle effleura le front de son fils.

– Mais c'est toujours lui, n'est-ce pas ? C'est toujours mon Curtis. Les docteurs vont le stabiliser, et après ils verront ce qu'ils peuvent faire pour le réparer.

Je ne dis rien. Il n'y avait rien à dire. Et, soudain, je me rendis compte que Mme Gane était à bout de forces.

– Si vous avez besoin de rentrer chez vous, je reste avec lui cette nuit.

Elle eut l'air perplexe.

– Je n'ai pas envie de le laisser, mais il y a Molly… Il faut que je m'occupe de Molly.

Je hochai la tête. Qui était Molly ? Je n'en avais pas la moindre idée.

– La chatte.

Elle rit.

– C'est ridicule, n'est-ce pas ? Avec ce qui est arrivé à mon fils, je me fais du souci pour ma chatte…

– Ça n'est pas ridicule.

– Et ce n'est pas facile de se laver, ici…

– Allez-y. Allez-y, madame Gane, je vous en prie. Je ne quitterai pas Curtis avant votre retour. Promis.

Elle partit. Je m'assis sur une chaise en plastique. J'avais envie de prier. J'avais envie de pleurer. Mais je ne me sentais capable ni de l'un ni de l'autre.

Alors je regardai le visage de Gane, puis je fermai les yeux, et la rumeur nocturne de l'hôpital, comme dans un songe, s'insinua dans mes rêves éveillés.

Quand la nuit toucha à sa fin et avec elle les bruits de l'hôpital, Gane se mit à parler. L'aube de février couvrait les toits de l'East End de son gris délavé.

Il prononça juste quatre mots, sans que je sache

s'ils s'adressaient à moi, ou à lui-même, ou à la vie qu'il laissait derrière lui. Mais ils me serrèrent le cœur, me laissant entrevoir à quoi risquait de ressembler le restant de ses jours.

Parce qu'ils réfutaient ce que sa mère avait dit.

– Ce n'est pas moi.

20

Je quittai West End Central de bonne heure le lendemain pour retourner voir les ignobles reliques de l'Exécuteur au Black Museum mais le pistolet d'abattage rouillé et les articles de presse jaunis ne m'apprirent strictement rien. Je me tournai assez vite vers une vitrine consacrée aux officiers de police tués dans l'exercice de leurs fonctions.

À NOS COLLÈGUES ASSASSINÉS

disait un panonceau.

Les clichés officiels représentaient plus de cent ans de visages, certains imperturbables, d'autres tentant de réprimer un sourire. Il y avait ceux du début du XXe siècle, dont le noir-et-blanc avait viré au gris, et les visages plus récents, aux ornements pileux et aux coupes de cheveux démodées mais aux couleurs encore vives.

Certains officiers étaient connus ; les circonstances de leur mort étaient si choquantes qu'elles leur avaient valu la une.

WPC Yvonne Joyce Fletcher, 17 avril 1984, 25 ans. Tuée par balle[1].

1. *Woman Police Constable* : agent de police féminin. Yvonne

Il n'était pas question du salopard de tireur planqué dans l'ambassade de Libye.

PC Keith Henry Blakelock, 6 octobre 1985, 40 ans. Poignardé.

Il n'était pas question de la foule de lâches qui avaient tenté de le décapiter à la machette pendant l'émeute de Broadwater Farm.

Mais ça n'était pas nécessaire.

Il y avait aussi un homme que j'avais connu et aimé.

DCI Victor Mallory.

Et je le revis, dans ce sous-sol, avec la femme qui hurlait, les flammes autour de nous et le couteau plongé dans son cou, deux centimètres à peine au-dessus de son pourpoint en Kevlar.

50 ans. Poignardé.

La plupart des autres noms étaient inconnus. Peut-être avaient-ils eu les honneurs des gros titres le temps d'une journée. Peut-être pas. Les causes de leur mort étaient variées, mais elles revenaient en boucle, encore et encore :

Tué par balle. Poignardé. Tué par balle. Renversé. Renversé. Écrasé lors d'une poursuite en voiture. Battu à mort pendant une arrestation. Battu à mort pendant une arrestation. Tué par balle. Poignardé.

– Vous avez terminé ? demanda le lieutenant John Caine.

Fletcher fut la victime d'un tir visant des opposants libyens manifestant leur hostilité au régime de Mouammar Kadhafi devant leur ambassade à Londres. Après onze jours de siège de l'ambassade par la police londonienne, le tireur et d'autres complices se trouvant à l'intérieur ont pu quitter le Royaume-Uni sans être inquiétés, grâce à leur immunité diplomatique.

Il fermait le Black Museum et une pâle lueur hivernale se reflétait sur les couteaux, les sabres et les armes à feu empilés dans la Salle 101 de New Scotland Yard – ce vide-greniers de l'enfer.

Je m'arrêtai une fois encore devant la vitrine de l'Exécuteur. Le pistolet d'abattage éraflé et rouillé. L'article de journal jauni.

MEURTRES RITUELS
DANS UNE FERME DE L'ESSEX

MASSACRE AU CŒUR DE LA NUIT :
L'EXÉCUTEUR TUE UN PÈRE ET SES FILS

Un homme a été condamné hier à la prison à perpétuité pour les meurtres d'un père et de ses trois fils avec un pistolet étourdisseur utilisé pour le bétail dans les abattoirs.

Surnommé par les journalistes « l'Exécuteur », Peter Nawkins, 17 ans, était fiancé à la fille de Ian Burns, fermier dans l'Essex, mais leurs fiançailles venaient d'être rompues. Il avait fait irruption en pleine nuit dans la ferme de Burns et tué le père ainsi que ses fils Ian Jr, 23 ans, Martin, 20 ans et Donald, 17 ans. Après quoi il avait mis le feu à leur domicile. Présentes au moment du drame, Mme Doris Burns, 48 ans, et sa fille Carolyn, 16 ans, avaient réussi à échapper au tueur.

Et les deux photographies.

Les Burns riant devant le sapin de Noël familial. Le père trapu et son épouse menue. Les trois fils costauds à force de travail à la ferme.

Et Peter Nawkins emmené après avoir été déclaré coupable du meurtre du fermier et de ses garçons, avec son look de star de cinéma et son surnom clinquant.

J'avais déjà longuement examiné la vitrine sans y trouver le moindre indice.

Mon esprit dériva vers Curtis Gane à l'Homerton Hospital, puis je revins à la vitrine commémorant tous ceux qui étaient morts dans cette guerre que nous menions au quotidien, cette guerre sans fin, qui ne serait jamais gagnée ni perdue.

– Il n'y a rien pour ceux qui ne sont pas morts, remarquai-je. Ceux qui ont été brisés et ont dû trouver une raison de continuer à vivre.

– Non, rien du tout ! s'emporta soudain Caine. Mais vous pensez peut-être qu'on les a oubliés ?

Je sentis une pointe de honte en moi.

– Non.

Il commença à éteindre les lumières.

– Et vous ne l'avez toujours pas attrapé...

Ce n'était pas une question.

– Où est-ce qu'il a pu s'enfuir, John ? Selon le Dr Joe, notre psychologue, il se cache là où il se sent aimé.

Caine ricana.

– Ça, je n'en sais rien.

Il réfléchit un instant.

– Mais c'est vrai que la plupart des truands se réfugient souvent chez une femme. La femme qu'ils aiment, *eux*. En général, ce qu'elle ressent pour eux n'entre pas en ligne de compte.

Je pensai à Mary Wood souriant au-dessus du lit solitaire de Peter Nawkins, et au corps sans vie sur la table en acier de la Iain West Suite.

– Ça n'est pas la bonne piste.

– Pourquoi ?

– Parce que la femme que Peter Nawkins aime est morte.

John Caine eut un geste d'agacement.

– Je ne parle pas de Mary Wood. Elle, il ne l'aimait pas. C'était son obsession mais il ne la connaissait même pas. Je parle de la fille du fermier.

– La fille du fermier ?

– Celle qu'il voulait épouser avant que papa et les frérots décident de lui couper les couilles. C'est bien ça qui a déclenché tout le bordel, pas vrai ? Un garçon rencontre une fille. Et les hommes de la famille lui offrent une castration en guise de cadeau de fiançailles.

– John, ça remonte à une éternité. Nawkins a été condamné en 1980 !

– Et alors ? À votre avis, à quoi il pensait pendant ces vingt années en taule ? À la femme pour qui il avait tué.

Je lui souris.

– Quel incorrigible romantique, John ! Vous croyez vraiment qu'un homme peut aimer une femme aussi longtemps ?

Il prit un air vexé.

– Moins que ça, alors je ne sais pas ce que c'est, mais certainement pas de l'amour.

Nous regardâmes le vieil article et la fille qui riait avec sa famille. La fille dont Peter Nawkins était amoureux.

– *Carolyn Burns, 16 ans*, lut John Caine. Je me demande ce qu'elle est devenue ?

* * *

Avant de rentrer chez moi, je passai par le Smithfield ABC. Je savais que je ne trouverais pas le sommeil à moins de m'épuiser, et j'enfilai avec plaisir mes Lonsdale 14 Oz pour frapper le sac de sable jusqu'à en avoir les bras endoloris.

Je balançai mes coups en partant des hanches, toujours en rythme, toujours proprement, sans même entendre la musique en fond sonore ou les autres bruits de la salle de sport. Juste le cuir luisant de sueur percutant le cuir.

Enfin, Fred annonça :

– Action !

La salle s'était remplie. Des hommes – uniquement des hommes – qui n'avaient pas l'intention de s'entraîner se réunirent autour du ring désert. Ça se passait toujours comme ça avant une vraie séance de *sparring*. Des hommes venus de la rue poussaient les portes du gymnase comme une nuée d'oiseaux répondant à un signal perçu par eux seuls.

– Étirez-vous, et n'oubliez pas les adducteurs !

Rocky s'approcha de l'autre côté du ring.

Il s'enduisit le visage de vaseline, mit en place son protège-dents et passa entre les cordes. Pas de casque. Son adversaire était un Noir beaucoup plus massif. Au premier coup de gong, ils se mirent à danser l'un autour de l'autre. Et je vis tout de suite en quoi Rocky était si spécial : il avait le sens du rythme. La vitesse l'emporte sur la force, mais le rythme l'emporte sur la vitesse. L'adversaire de Rocky était puissant, rapide, c'était un jeune pro encore invaincu. Mais il n'avait pas son fascinant sens du tempo. Rocky feignait un jab, déclenchant une contre-attaque sous laquelle il plongeait pour lancer des combinaisons de trois, quatre ou cinq coups avant de se retirer, laissant le direct de son adversaire fouetter l'air. Frapper sans être frappé à son tour : mission presque impossible. Il fallait être un peu magicien. Et il l'était.

Tout à coup, Echo Nawkins se matérialisa à côté de moi.

– Il est génial, hein ? Rocky ?

– Qu'est-ce que vous fabriquez ici, Echo ?

Je remarquai sa façon de regarder le boxeur, et je compris tout de suite. Elle en était folle.

– Ce n'est pas lui qui l'a fait, dit-elle sans me regarder. Mon oncle Peter. Tous les flics de ce pays lui courent après, mais *il n'a pas tué ces gens.*

– Qu'est-ce qui vous fait dire ça ?

– Jab, Rocky, jab ! Tu es cent fois meilleur que lui, chéri !

Elle ne me regardait toujours pas.

– Comment vous pouvez en être aussi sûre ? Vous avez vu le plafond de la caravane, non ? Ne soyez pas aussi naïve sous prétexte que c'est votre oncle…

– Je le *sais*, c'est tout. Vraiment. Pourquoi vous croyez qu'il est coupable ? À cause de quelques photos ?

– Beaucoup plus que quelques photos ! À Oak Hill Farm, tout le monde m'a menti depuis le début. Votre père. Votre oncle. Votre petit ami, là, sur le ring. Tous ont essayé de me faire croire qu'ils n'avaient jamais mis les pieds à la résidence du Parc. Des mensonges, n'est-ce pas ?

– Rocky n'est pas mon petit ami.

Elle rougit violemment et enfouit la tête dans ses bras croisés pour essayer de cacher sa gêne.

– Et personne ne vous a menti. C'est juste qu'ils ne vous ont pas dit toute la vérité. Pourquoi l'auraient-ils fait ? Vous représentez la loi et vous nous détestez.

– Je ne vous déteste pas, Echo. Mais votre oncle a déjà été condamné pour meurtre, il avait collé des milliers de photos de Mary Wood au-dessus de son lit et quelqu'un a tué Mary Wood ainsi que sa famille avec l'arme de prédilection de votre oncle. C'est un peu chargé comme tableau, non ?

– Je parie que beaucoup d'hommes ont des photos d'elle. Je parie que beaucoup d'hommes la désiraient. Des hommes qui ne la connaissaient même pas.

– Ce ne sont pas les photos... Ni même le fait qu'il avait un double des clés de la maison et qu'il connaissait le code de son alarme.

– Alors c'est quoi ?

– Il s'est enfui. Les innocents ne s'enfuient pas, Echo.

Elle eut un rire amer.

– Et c'est moi qui suis naïve ? Ils s'enfuient s'ils ont peur.

Elle me lança un regard glacial.

– S'ils ont l'impression qu'on leur colle sur le dos quelque chose qu'ils n'ont pas fait.

Sur le ring, Rocky avait acculé son adversaire dans les cordes. Ce dernier, coudes collés aux côtes, encaissait les crochets assénés par un Rocky déchaîné. Puis, après un seul uppercut à travers sa garde, la tête du boxeur noir partit en arrière si vite que les spectateurs grimacèrent de douleur.

Ses jambes se dérobèrent – avec ce mouvement terrifiant qui trahit la déconnexion d'une partie du cerveau – et, comme désarticulées, s'effondrèrent sous le poids de l'homme à qui Rocky venait de ravir sa conscience.

Fred avait déjà sauté sur le ring et agitait les mains pour mettre un terme au combat.

Rocky regarda son adversaire tomber, avec l'air détaché et impavide d'un homme né pour soumettre les autres hommes par la force.

On peut apprendre beaucoup dans une salle de boxe. Sauf l'instinct du tueur. Parce que ce n'est pas naturel, songeai-je.

Rocky m'adressa un large sourire dévoilant son protège-dents quand mon téléphone vibra.

APPEL DE WREN s'afficha sur l'écran.

– On a repéré Nawkins ! dit-elle.

21

On distinguait les lumières bleues à plusieurs kilomètres de distance.

Elles tournoyaient et clignotaient devant une station-service sur la M11, direction le sud, la longue portion qui relie Londres à Cambridge. Dans la pénombre de la fin d'après-midi, elles faisaient scintiller les champs couverts d'une neige immaculée.

Une vingtaine de voitures de patrouille étaient garées sur place, de l'Essex Police Force et de la Met. Je montrai mon insigne à l'entrée du périmètre de sécurité, signai sur une tablette et franchis le ruban. À l'intérieur, Whitestone et Wren étaient accompagnées de trois hommes qui venaient de se faire tabasser. Ils auraient pu être frères – trois Asiatiques, dans les vingt ans, apparemment habitués à soulever de la fonte. Et pas des petits haltères. L'un d'eux avait un bras cassé. Un autre tamponnait son nez en charpie avec un torchon. Tous les trois avaient des coupures et des bleus sur le visage.

– Dites à mon collègue ce que vous m'avez raconté, leur demanda Whitestone.

L'homme au bras cassé soupira. Les témoins ont toujours l'impression qu'il leur suffit de nous raconter une seule fois leur histoire pour qu'on la comprenne. Mais on a besoin de l'entendre encore, et encore, et encore. Au cas où elle changerait.

– En fin de matinée, un client a ézayé de ze barrer zans payer…

Il zézayait, comme s'il ne s'habituait pas à parler avec des dents cassées.

– Alors nous, on a ézayé de le ztopper…

– On a le film de la caméra de surveillance, précisa Wren.

Sur l'écran noir et blanc, Peter Nawkins se tenait immobile devant la pompe à essence tout en remplissant le réservoir d'une Nissan Micra.

– La plaque est bien visible, dis-je.

– Oui. On a lancé une recherche sur l'immatriculation. Voiture volée tôt ce matin sur un parking de supermarché à Brentwood. La dame avait rempli le coffre de courses. Donc, il a une voiture et il peut s'empiffrer de Pringles, mais il n'avait pas de liquide pour payer l'essence.

Sur l'écran, Peter Nawkins venait de terminer son plein et s'apprêtait à reprendre place à bord de la voiture. L'homme au bras cassé apparut. Il brandissait un marteau. Je jetai un coup d'œil à mon voisin.

– Eh bien, vous n'y allez pas de main morte !

– Vous savez, dans le coin, on voit passer tous les jours des chauffards de l'Essex qui foncent comme des dingues à bord de leur Escort ou de leur Capri, et des cow-boys de Camden Town qui débarquent pour vendre de l'herbe aux étudiants de Cambridge. Vous imaginez peut-être, à cause des vaches dans les champs, qu'ici on vit comme dans *Les Archer*[1], mais la situation est vraiment tendue et on est obligés de faire gaffe.

Avec son marteau, l'homme visait la tête de Peter Nawkins. Nawkins bloqua le coup d'un de ses avant-bras énormes et se jeta sur son assaillant, le retournant et tordant son bras dans son dos jusqu'à ce que l'os se brise, arrachant au visage de l'assaillant un rictus d'agonie. Les deux autres hommes, eux aussi armés de marteau, se jetèrent alors sur Nawkins, qui en expédia un au tapis, fracassant son nez d'un seul coup de poing. Se saisissant du troisième homme par le cou, il frappa son visage contre la carrosserie jusqu'à ce que son corps soit totalement flasque et que le rétroviseur latéral bringuebale sur la portière. Aussitôt, Nawkins s'assit côté passager et la voiture démarra en trombe, laissant les trois frères inertes sur le bitume.

Wren mit le film sur pause.

– Jusqu'où les gens sont capables d'aller pour un plein gratuit de sans-plomb…

Elle montra les trois employés.

– Ces messieurs n'ont pas eu le temps de voir à l'intérieur de la Nissan.

Je les dévisageai.

– Comment ça ?

Ils prirent un air penaud.

– Ils étaient trop occupés à aller chercher des marteaux. Pour ce que ça leur a servi…

Nous regardâmes l'écran.

– Il est monté côté passager. Il a un chauffeur.

1. Célèbre dramatique radio diffusée par la BBC depuis 1951 décrivant le quotidien des Archer, une famille rurale établie dans un village des Midlands.

Wren hocha la tête.

– Donc, il n'est pas seul. Il est parti dans quelle direction ?

En direction du sud, l'autoroute M11 n'a qu'une seule destination.

– Londres.

Dans le champ à côté de la station-service se dressait un bosquet. Quelques arbres de taille modeste surgissant au milieu de nulle part. Je traversai le champ pour m'y rendre – le sol sous mes semelles avait la dureté du marbre – et, franchissant le rideau des troncs, je trouvai, dans une petite clairière, les restes d'un feu de camp.

À côté, la peau et les os d'un jeune lapin. Je restai un instant devant cette scène. Le froid me faisait frissonner – ici, à la campagne, le vent était plus cinglant.

Puis je dégainai mon iPhone et commençai à prendre des photos.

Quand je retournai à la station-service, Whitestone et Wren écoutaient un vieil homme grisonnant à l'imperméable taché de boue. Il avait l'air de se plaindre de quelque chose.

– Après le cambriolage, j'ai alerté la police du coin : ils m'ont dit qu'ils ne pouvaient rien faire ! Des incapables ! Alors, quand j'ai vu vos clignotants bleus, j'ai pensé que vous alliez pouvoir m'aider. Vous êtes de Londres, vous, c'est ça ? Pas ces idiots qu'on a par ici…

– Ce monsieur vit dans une ferme au bord de la route, m'expliqua Wren. On l'a cambriolé hier.

Il me fixait comme si j'étais la solution à tous ses problèmes.

– Qu'est-ce qu'on vous a pris ?

– Je l'ai déjà dit à vos collègues.

– Répétez-le, lui conseilla Whitestone.

– Des vêtements, du liquide, quelques couverts. Et mon arme de chasse.

Je me sentis frémir.

– Quel genre d'arme ?

– Un fusil de chasse calibre 12.

Il s'échauffait en parlant.

– Un Remington modèle 1900. Il appartenait à mon père et, avant lui, à mon grand-père. Dans la famille depuis plus d'un siècle ! Le premier fusil à platine hammerless et double canon produit par Remington. Ça vaut une jolie somme. Et tout ce que je veux savoir, c'est : est-ce que vous pouvez le retrouver ?

– Il manque des cartouches ?

Son visage se ferma.

– Je les garde toujours dans mon coffre, voyons ! s'insurgea-t-il. Pour quel genre d'abruti vous me prenez ? Aucune cartouche n'a disparu.

Mais son expression se fit presque aussitôt honteuse.

– ... à part celles qui étaient déjà dans le fusil, bien sûr.

– Parce qu'il était chargé ? Les deux canons ? demandai-je.

– Ça ne sert à rien s'il n'est pas chargé, pas vrai ?

Wren avait déjà décroché son téléphone pour lancer une alerte générale : Nawkins était armé d'un fusil de chasse calibre 12. Le frisson qui me parcourut cette fois n'avait rien à voir avec le froid.

J'avais plutôt l'impression qu'on marchait sur ma propre tombe.

22

Quand la frénésie de la journée commença à s'apaiser et que la circulation des heures de pointe se clairsema sur Savile Row, Whitestone jeta un coup d'œil à sa montre, alla se préparer un café puis s'installa avec son ordinateur portable dans un coin calme de la SSC-1 pour skyper avec son fils.

Je l'aperçus brièvement sur l'écran : jeune ado, cheveux savamment ébouriffés à la dernière mode, jolie petite gueule renfrognée. Je m'efforçai de ne pas écouter leur conversation mais entendis tout de même quelques questions de Whitestone – sur l'école, le repas, divers arrangements domestiques – et les réponses laborieuses du garçon, simples monosyllabes semblables à des soupirs.

Une fois leur discussion terminée, Whitestone leva les yeux de son écran et, tout en relevant ses lunettes, me regarda comme si elle se rappelait que, moi aussi, j'étais un parent célibataire.

– Ça suffit pour aujourd'hui, Max. Rentrez chez vous, Scout vous attend.

– Rien ne presse. Scout est avec une copine.

L'amie de Scout était de celles dont ma fille se

souviendrait encore dans cinquante ans, avec laquelle elle partageait des fous rires incontrôlables, seules contre le reste du monde.

Mia était une petite blonde au léger accent australien que j'avais trouvée chez nous en rentrant du travail un soir. Elle et Scout couraient à travers notre grand loft vide en poussant des cris de joie, poursuivies par Stan. Après cela, elle n'avait plus quitté notre vie, et je n'imaginais pas que cela puisse arriver un jour. Je ne connaissais ses parents que pour les avoir eus au téléphone, des Australiens chaleureux, cordiaux, sans ce vernis de timidité propre aux Anglais.

– Elle passe la nuit chez elle, ajoutai-je, incapable de contenir l'accent de fierté dans ma voix.

Maintenant que ma fille avait cette amie si spéciale, je nous sentais plus proches des autres familles. Nous étions en train de gagner la partie.

– J'ai rentré le nom de la fille du fermier assassiné dans notre base de données, m'annonça Wren.

Elle pianota « Carolyn Burns » sur son clavier.

– Je vous ai trouvé deux photos – deux fois la même, en fait –, l'une provenant du Service des passeports, l'autre du Bureau d'immatriculation. La recherche a été assez longue, car elle n'a jamais enfreint la loi.

– Merci. Vous me les envoyez ?

Un visage apparut sur mon ordinateur. Celui d'une femme hagarde, qui faisait beaucoup plus que ses quarante-cinq ans. Il ne subsistait plus aucune ressemblance avec la jolie gamine souriante de seize ans dont le père et les trois frères avaient été tués par Peter Nawkins.

Assise à son poste de travail, Wren regardait la même photo.

– La vache… Rappelez-moi de ne jamais vieillir, OK ?

Il y avait plus que cela. Carolyn Burns évoquait un peu Christine Keeler[1] – elle avait le même genre de beauté fatiguée. Mais ce n'était pas le passage du temps qui l'avait abîmée, plutôt quelque chose de comparable au destin, à la fatalité, ou tout autre nom désignant ce dénouement que l'on n'a jamais choisi. La jeune fille souriant avec les siens devant le sapin de Noël n'avait jamais grandi : elle avait été détruite, en même temps que son père et ses frères.

Certains crimes ne s'effacent pas sous prétexte que le coupable est en prison, que les corps sont enterrés et que l'intérêt des journalistes se dissipe.

Je vis la brûlure sur le cou de Whitestone. Le stress sur le visage pâle de Wren. Et le poste de travail inoccupé de Curtis Gane.

Certains crimes perdurent toute une vie.

Quand je quittai le siège de West End Central, je trouvai Charlotte Gatling sous la grande lanterne bleue du 27 Savile Row, entourée d'une dizaine de photographes qui braquaient leurs objectifs sur elle et la bombardaient de questions. Sa main droite frottait frénétiquement son poignet gauche, comme si elle cherchait une issue de secours.

– Charlotte ! Par ici, Charlotte !

– Charlotte ! Charlotte ! Charlotte !

– Bradley est encore en vie ?

1. Mannequin, danseuse et call girl dont la brève liaison, durant l'été 1961, avec John Profumo, secrétaire d'État à la Guerre, avait causé un scandale et la démission de ce dernier. La jeune femme était en effet la maîtresse d'un espion russe, attaché militaire de l'ambassade d'Union soviétique à Londres.

– Quels sont les mobiles de Peter Nawkins, Charlotte ? Pourquoi les a-t-il tous tués ?

Elle aurait dû être accompagnée par des agents en uniforme baraqués ou par de sympathiques et efficaces ALM et ALF. Sauf qu'il n'y avait personne. Charlotte battit en retraite, remontant les marches du perron en se protégeant le visage avec les mains.

– S'il vous plaît... suppliait-elle.

Je me frayai un chemin jusqu'au centre de la meute, mains levées, prêt à frapper le premier appareil photo qui se collerait à mon visage, et je l'attrapai par le bras. Elle me regarda sans me reconnaître.

La BMW X5 était garée en double file près du trottoir. J'installai Charlotte Gatling côté passager. Les objectifs se plaquèrent sur la vitre. Elle se cacha de nouveau le visage. C'est le cliché qu'ils utiliseront, pensai-je. Elle leur donnait exactement ce qu'ils voulaient sans même avoir besoin de le lui demander.

– Ça va, ça va, maintenant ! dis-je.

J'enclenchai les feux clignotants bleus et la sirène deux tons, deux façons de dire : qu'est-ce que vous foutez en travers de mon chemin ? Je les distançai dès que nous débouchâmes dans Regent Street.

– Merci, dit Charlotte Gatling.

– Il n'y a pas de quoi. Mais...

Elle leva une main pour m'interrompre.

– Je sais. Je n'aurais pas dû débarquer seule. Mais vos collègues m'ont demandé de venir voir de nouvelles photos d'enfants récemment signalés.

J'attendis.

– Ce n'était pas Bradley. Ce n'est jamais Bradley.

J'inclinai la tête.

– Les gens veulent juste aider, mais la plupart nous

retardent. Le public, et même les journalistes... Des gens bien, pour l'essentiel, qui ont aussi des enfants. C'est encore pire quand ils s'en fichent – et ça arrive aussi.

– Mais ils parlent de Bradley comme s'il était mort. Il n'est *pas* mort. Je le sens.

Je ne répondis rien, même si j'étais fatigué de toutes ces certitudes gravées dans le marbre. Elle était certaine que son neveu était encore en vie. Sean Nawkins était certain que son frère était tombé dans un traquenard. Echo était certaine de l'innocence de son oncle. Tous ces gens étaient pétris de certitudes, jusqu'au moment où on leur démontrait leur erreur. Je n'en voulais pas à Charlotte Gatling de se raccrocher à l'espoir que son neveu était quelque part, traité avec amour et affection. Moi le premier, sans aucun doute, je m'y raccrocherais aussi.

– Vous ne savez pas ce que c'est... dit-elle en devinant mes pensées. Si je n'imaginais pas que quelqu'un est en train de prendre soin de lui... je deviendrais folle.

Ses yeux regardaient passer le West End sans le voir.

– Vous allez attraper... cet homme ?

– Je vous le garantis. Où allons-nous ?

– À Fitzrovia. Mais je peux marcher.

– Je préfère vous déposer devant chez vous.

– Merci. Vous connaissez Fitzroy Square ?

– Bien sûr.

J'avais toujours aimé Fitzrovia, ce quartier où George Orwell et Karl Marx avaient échafaudé leurs utopies et dont les Rolling Stones, Bob Dylan et les Sex Pistols avaient écumé les petits clubs. Et j'aimais ces superbes maisons où je n'habiterais jamais.

– Je croyais que vous habitiez en dehors de Londres ?

– Ma famille vit à Lower Slaughter, un village du Gloucestershire. C'est là que j'ai grandi. Mais je n'y vais jamais.

Elle marqua un temps d'hésitation.

– Mon père et moi… nous ne sommes pas vraiment proches.

Pur euphémisme à l'anglaise.

– Je préfère vivre en ville, dans notre maison de Fitzroy Square.

Elle eut un petit rire triste.

– Mon père aussi, je crois. Cette maison est dans la famille depuis… je ne sais pas… cinquante ans.

– Je parie que votre prénom vient de Charlotte Street.

Elle faillit sourire. Pour la première fois.

– Comment le savez-vous ?

– J'ai deviné.

Je souris.

Nous restâmes silencieux. La circulation vers le nord devenait plus dense, ralentissait autour d'Oxford Circus. Je pensai au monde de possibles dans lequel évoluent les riches, et je visualisai Fitzrovia, peut-être le quartier le moins connu du centre de Londres, calé entre Bloomsbury à l'est et Marylebone à l'ouest. Fitzroy Square, une grande place verdoyante à l'opulence discrète et vénérable.

– Comment va… votre blessure ? demanda ma passagère.

À cette évocation, la douleur se réveilla.

– Ça cicatrise doucement… Et vous, vous tenez le coup ?

Elle secoua la tête.

– Je ne dors plus. Je ne mange plus. Je ne travaille plus. Je pense constamment à ma sœur. Et à ses enfants.

Elle ne mentionna pas son beau-frère. Peut-être était-ce normal. Peut-être pas.

– Quel est votre métier ?

– Je conçois du contenu adapté aux enfants.

J'étais impressionné.

– Vous écrivez pour les enfants ? Ma fille Scout adore les histoires. Elle a cinq ans.

– Non, pas des histoires. Je crée des applications.

– Vous voulez dire, pour les téléphones ?

– Les Smartphones, les tablettes... Ça se décline sur tous les supports. Vous connaissez l'application Human Nature ? Elle est de moi. C'est la plus connue. Et Shazam ?

– Celle qui vous donne le titre de la chanson que vous écoutez ? répondis-je, soulagé de prouver que je n'étais pas complètement stupide.

– Human Nature suit le même principe, sauf qu'elle vous donne le nom du végétal que vous regardez : arbres, fleurs, plantes...

– C'est vous qui avez imaginé ça ?

Elle acquiesça.

– Je l'ai conçue, oui.

Je me garai à l'entrée de Fitzroy Square – une grande place interdite à la circulation.

– Quand on promène notre chien dans les parcs, Scout me demande toujours le nom des arbres, et je suis incapable de lui répondre. Comment le saurais-je ?

– Vous n'avez qu'à télécharger mon application !

Je regardai son visage. Je ne me lasserais jamais de le regarder. Parce que sa beauté était bien plus qu'un simple coup de dés génétique. Charlotte Gatling était digne, courageuse et intelligente, et cela se lisait sur son visage.

– Votre femme en a sûrement déjà entendu parler.

– Possible…

Elle releva la mèche de cheveux sur son front.

– Merci de m'avoir déposée, inspecteur Wolfe.

Je la regardai s'éloigner.

Quand elle se fut engouffrée dans une maison à l'autre bout de Fitzroy Square, je sortis mon téléphone et téléchargeai Human Nature. L'idée était tellement simple et intelligente que je me mis en route vers Regent's Park et, une fois sur place, m'offris une promenade au clair de lune. J'appris les noms de tous les arbres que je croisais en chemin, pensant combien Scout serait fière d'avoir un papa comme moi la prochaine fois que nous sortirions Stan à Hampstead Heath. Je parcourais les photos de cyprès, d'ormes, de frênes, de bouleaux et de hêtres, et mon esprit s'émerveillait devant le cerisier du Japon, le catalpa boule et la façon dont Charlotte Gatling relevait cette mèche de cheveux sur son front.

23

Le lieutenant Ross Sallis, du poste de police de Tottenham, affichait quatre-vingt-dix kilos de muscles et quinze ans d'expérience. Un de ces rudes gaillards qui forment l'indestructible colonne vertébrale de la Metropolitan Police Force.

– Vous pensez vraiment que l'Exécuteur risque de se pointer dans le quartier ?

Nous roulions sur Tottenham High Road, dans la brume ensoleillée du matin. La carrosserie jaune et bleu vif de sa voiture – une Ford Fiesta de fonction beaucoup trop petite pour sa carrure – nous rendait à peu près aussi discrets dans cette longue rue morne qu'une camionnette de glacier dans les dunes du Sahara.

– Je ne sais pas, admis-je. Mais, s'il reste une probabilité, je dois à tout prix voir Carolyn Burns. Elle court peut-être un grave danger.

– Ça fait quand même un bail, cette histoire.

– Exact. Mais, dans certains cas, les hommes peuvent développer une véritable obsession autour de leurs anciennes petites amies.

Le lieutenant Sallis gloussa. Il avait le rire facile et

fréquent – pas si mal, pour un flic qui avait passé toute sa carrière à Tottenham.

– Dans quels cas, par exemple ?

– Quand ils sont désespérés.

Le lieutenant m'accompagnait car, pour reprendre sa formule, la famille Burns était une vieille connaissance.

– Le garçon plus que la mère, expliqua-t-il. Eddie Burns. Il a eu affaire à nous quand il était encore ado, il y a une dizaine d'années. Un peu plus. Il s'était mis à traîner avec les mauvaises personnes. Quelques vols, un peu de dope... Rien de dramatique. Il faut bien que jeunesse se passe, vous connaissez le refrain. Mais Eddie, on le remarquait par ici.

– Pourquoi ?

– Parce qu'il est blanc.

Carolyn Burns et son fils habitaient au-dessus d'une épicerie sur Tottenham High Road, dans l'ombre de White Hart Lane. Là où des Mercos effilées rutilantes et des BM aux vitres teintées se garaient en ronronnant sur le parking à côté du terrain de football.

Mais les Burns vivaient dans un autre Tottenham.

Une grille métallique bloquait l'accès à l'escalier menant aux appartements et elle dut descendre nous ouvrir. C'était une femme inhabituellement petite, comme si sa croissance s'était soudain interrompue le soir où Peter Nawkins était venu massacrer sa famille.

Le lieutenant Sallis fit les présentations.

– Carolyn, voici l'inspecteur Wolfe, de West End Central.

Je lui montrai mon insigne. Elle la regarda une fraction de seconde en mâchant pensivement sa lèvre inférieure.

– L'inspecteur Wolfe voudrait juste vous poser

quelques questions, si ça ne vous dérange pas. C'est une simple visite de courtoisie.

Tout chez ce solide lieutenant était rassurant.

– Vous feriez mieux de monter, répondit-elle.

J'essayais de retrouver dans ses traits la jeune fille d'il y a plusieurs années, cette adolescente qui riait devant le sapin de Noël. Mais j'avais l'impression d'être en face d'une tout autre personne.

Le petit appartement puait la pâtée pour chat et le cannabis. Pourtant, aucun chat en vue – pas plus que de joint. La télé braillait une retransmission de match de foot joué dans un stade qui paraissait complètement vide. Un match à l'étranger, en conclus-je. Sallis sourit sans raison particulière, traversa le minuscule salon et éteignit l'appareil.

Il me fit signe de commencer.

– En fait, c'est un peu plus qu'une visite de courtoisie, madame. Je suis venu vous informer que la Metropolitan Police va vous adresser une mise en garde officielle pour menace de mort imminente. Nous avons toutes les raisons de croire qu'un danger réel pèse sur vous, de la part d'un homme recherché dans le cadre d'une enquête criminelle. Le document est préparé en ce moment même. C'est la procédure habituelle. Naturellement, cette mise en garde vous donne le droit de bénéficier d'une protection policière.

– Je connais cette procédure. J'y ai déjà eu droit, quand j'étais plus jeune. Quand cette putain d'affaire a éclaté…

Cette *putain d'affaire.*

Je lui donnai ma carte de visite.

– Vous avez toutes mes coordonnées. Surtout, au moindre problème…

– Peter ne me ferait jamais de mal, me coupa-t-elle. Ni à l'époque, ni aujourd'hui.

Un gamin apparut dans l'embrasure de la porte. Pour être exact : un homme, la vingtaine bien entamée, déguisé en gamin. Un de ces nouveaux hommes qui paraissent figés dans le temps parce qu'ils ne trouvent jamais de travail, ne quittent jamais le domicile familial, et qui regardent filer les années sous la visière de leur casquette.

– Salut Eddie, mon vieux ! lança le lieutenant Sallis, apparemment ravi de le voir. Comment tu vas ? Toujours en fac, tu tiens le coup ?

Un bref signe de tête.

Eddie Burns n'était sans doute pas un mauvais garçon. Il avait juste l'aisance sociale d'une laitue.

– Peter ne *nous* ferait jamais de mal, ajouta Carolyn Burns. Alors retournez à...

Elle lut ma carte de visite et, avec un petit sourire suffisant :

– ... *Savile Row* et arrêtez de me faire perdre mon temps !

– Madame, Peter Nawkins est un criminel déjà condamné. Il est resté vingt ans en prison. Nous le recherchons car il pourrait être lié à quatre meurtres récents.

Elle rit.

– Je m'en fous. Moi, il ne me fera pas de mal. Jamais. Vous ne le connaissez pas. Vous ne savez rien de lui. Qu'est-ce que vous imaginez ? Que je vais vous remercier d'avoir débarqué chez moi sans prévenir ? Foutez-moi la paix, vous et vos copains. Vous n'avez rien fait pour moi. Vous ne ferez jamais rien pour moi.

– Est-ce que Nawkins a essayé d'entrer en contact avec vous ?

– Non.

– Quand l'avez-vous vu pour la dernière fois ?

– Au tribunal. Le jour de sa condamnation.

– Et depuis, rien ? Vous n'êtes pas allée le voir en prison ? Ni après sa libération ? Vous n'êtes jamais allée à Oak Hill Farm ?

– Ma parole, vous êtes sourd ?

J'interrogeai du regard le lieutenant Sallis. Il me sourit d'un air affable.

Mais ses yeux disaient qu'il était grand temps de partir.

Une fois dans la rue, il commenta :

– C'est difficile d'aider les gens qui ne veulent pas de votre aide.

– En effet.

Je m'en voulais de me sentir humilié.

– C'est une femme pleine d'amertume, vous savez. La vie ne l'a pas épargnée. Et puis… au fond, quand on y réfléchit bien, elle n'a jamais rien fait de répréhensible.

J'acquiesçai. Tout cela était vrai.

Je levai les yeux vers l'appartement. Eddie Burns nous observait, un gros chat dans les bras.

En retournant à la Ford du lieutenant, je crus l'entendre soupirer, comme s'il craignait d'avoir à plier sa grande carcasse derrière le volant de cette minuscule voiture. Il s'arrêta, une main sur la poignée de la portière, et me regarda par-dessus le toit.

– Vous croyez vraiment que Peter Nawkins va lui rendre visite ? Ça fait une demi-éternité que ces deux-là ne se sont plus revus.

– Peut-être pas. Mais il pourrait avoir envie de voir son fils.

24

Parfois, elle pleurait.

Mais en général, Mme Gane restait assise au chevet de son fils et lui parlait. De la gentillesse des infirmières, du mauvais thé servi à la cantine de l'hôpital, de l'opération imminente puis – après l'annonce par les docteurs que toute intervention chirurgicale était impossible en raison de la gravité des dégâts causés à sa colonne vertébrale – d'autres sujets : sa maison, les dimanches à l'église, son chat Molly, les changements qu'elle remarquait chaque jour dans ce quartier de Lewisham où elle avait passé toute sa vie adulte.

Mais, parfois, elle pleurait.

Elle lui parlait de sa dispute avec ses voisins roumains à cause de l'hygiène douteuse de Molly quand les larmes surgirent sans prévenir. Surpris, Wren et moi laissâmes un silence gênant s'installer et échangeâmes un regard impuissant tandis que Whitestone posait maladroitement le bras autour des épaules de la vieille dame.

– Ne pleure pas, m'man, lui enjoignit Curtis avec un sourire bancal.

– Allez, proposa gentiment Whitestone, allons voir si le thé est meilleur aujourd'hui, d'accord ?

Wren les accompagna. Une fois seuls, Curtis Gane me regarda et sourit.

– Sortez-moi de là, Max.

Je lui rendis son sourire.

– Dès que vous vous serez suffisamment remis pour des séances de kiné…

Il leva faiblement la main. Un sparadrap sur le point de se décoller maintenait un tube relié à une veine de son poignet.

– Je suis sérieux… Vous devez me sortir de là.

Il ne souriait plus. J'avais quitté le coin de la petite chambre pour m'asseoir sur son lit. Je ne comprenais toujours pas ce qu'il me demandait.

– Tout ce que vous voulez.

– À votre avis, qu'est-ce qui va m'arriver ? Je ne vais pas retourner bosser, pas vrai ? Je ne remarcherai jamais. Tout est mort, en dessous. Tout a disparu. Je ne ferai plus jamais l'amour à une femme, je ne verrai plus naître mon enfant, je ne me promènerai plus le long de Savile Row.

Je le vis tel que je l'avais découvert, le premier jour. Un jeune inspecteur arrogant, aux costumes impeccables et au crâne luisant, affublé d'un étrange complexe de supériorité nourri de son enfance à Lewisham. Désormais, son crâne rasé était couvert d'un duvet rêche, et je vis le début de calvitie frontale qu'il s'était efforcé de cacher.

Alors mon cœur se serra et tout autour de moi s'effondra car je venais de comprendre sa demande.

Je me levai et m'écartai du lit.

La minerve l'empêchait de bouger la tête mais ses yeux sombres me suivaient.

– Je vous l'ai dit. Ce n'est pas moi.

– Certains réussissent à mener une vie satisfaisante…

Même si je les savais exactes, mes paroles sonnaient creux.

– Ils reviennent de la guerre… ils ont survécu à des accidents terribles… et ils réussissent à vivre sans bras, sans jambes…

Gane était calme à présent.

– Des héros, dit-il. Tous. Et je leur rends hommage. Ces soldats qui continuent à vivre sans membres. Ces hommes et ces femmes qui se font à une existence en fauteuil roulant.

Il ne pouvait pas suffisamment bouger pour hausser les épaules. Mais son visage était éloquent.

– Qu'est-ce que je peux vous dire ? *Je n'ai pas envie que ma mère m'accompagne aux toilettes.* C'est tout. Vous n'avez pas besoin d'en savoir plus. Je ne suis pas assez fort pour ça. Je suis un adulte et je ne me vois pas redevenir un bébé, Max. Je ne peux pas lui faire une chose pareille. Ni à elle, ni à moi.

Je jetai un coup d'œil vers la porte fermée. La plaie de mon ventre m'envoyait des décharges.

– C'est impossible, dis-je.

– Au contraire, c'est très facile. Je ne demande pas un aller simple en avion classe affaires pour une clinique suisse. Juste un oreiller et quelques minutes de votre temps pendant que nous sommes seuls. Max, vous êtes suffisamment fort : plaquez un oreiller sur mon visage pour m'empêcher de respirer et ce sera réglé en quelques minutes. Vous verrez. Vous me rendriez un grand service. Et vous feriez preuve d'une grande bonté envers ma mère.

Ses yeux se brouillèrent de larmes.

– S'il vous plaît. Vous êtes le seul ici à qui je peux le demander.

La porte s'ouvrit sur Mme Gane, Whitestone et Wren. Elles riaient.

– Eh bien, les garçons, de quoi vous parliez ? demanda Mme Gane, hilare.

– De vieux souvenirs, m'man.

J'allai chercher Scout. Son amie Mia habitait une maison dans une rue calme de Pimlico, si proche du fleuve que j'avais l'impression de l'entendre. Je restai un moment devant la porte, le cœur encore battant après ma visite à l'hôpital. Par la fenêtre, je vis ce qui s'imposa à moi comme une scène domestique normale.

Le père était rentré d'un travail où personne n'avait été mortellement blessé. La mère appelait les enfants. Les parents vivaient encore ensemble. Un digne golden retriever grimpait paresseusement sur le canapé pour s'y accorder une petite sieste. Tout se déroulait d'une façon tellement naturelle que j'en aurais pleuré d'envie et d'admiration.

Les murs étaient décorés de tableaux, des livres s'alignaient sur les étagères. Je percevais des voix. Un grand homme mince, dans les 35 ans, retirait sa cravate avant d'allumer la télé, bientôt rejoint par une femme qui passa un bras autour de sa taille. Lorsqu'ils me virent, ils sourirent et me firent signe de la main.

– Le papa de Scout ! s'exclama la femme.

Je hochai la tête et lui adressai un grand sourire. Peut-être que Scout et moi sommes normaux, aussi, pensai-je. Juste normaux différemment.

Au moment où j'entrai, Scout dévala l'escalier avec Mia. Une petite fille, sans doute plus jeune de deux ans, restait en haut des marches.

– On doit partir tout de suite ? me demanda une Scout hors d'haleine en guise de salut.

– Les filles ont préparé des cookies, m'annonça Lissy. Délicieux avec du café.

J'acceptai volontiers le café et les cookies faits maison. Satisfaite, ma fille remonta l'escalier quatre à quatre avec son amie. Lissy et Roger m'emmenèrent dans la cuisine. Ils savaient que j'étais flic. Le père avait un gros poste dans la City mais je n'ai pas bien saisi en quoi consistait son travail ; Lissy, elle, suivait une formation de psychothérapeute.

– Mia adore votre chien, me confia Roger. Stan, c'est ça ?

Il sourit à son épouse.

– Elle nous harcèle pour qu'on prenne un Cavalier.

– Notre pauvre vieux bâtard n'est plus bon à rien, soupira Lissy en me passant une assiette où des vestiges de miettes marron tentaient de se faire passer pour des cookies.

Je m'assis à la table de la cuisine.

Alors, Lissy et Roger se décomposèrent.

Les yeux écarquillés, ils regardaient avec horreur une tache grandir sur mon t-shirt. Ils n'avaient jamais vu une chose pareille dans leur foyer si normal et si heureux.

– Vous saignez, observa Lissy.

Je me levai rapidement, appelai Scout la bouche encore pleine de cookie. La plaie de ma blessure me lançait, comme douée d'une vie propre. Mon visage était cramoisi de honte.

25

Le lendemain matin, assis à mon poste de travail, je passai en revue les derniers signalements de Bradley Wood en sirotant un triple expresso quand Wren vint s'asseoir en face de moi.

– J'étais en train de lire le compte rendu de votre visite à la fille du fermier…

– On devrait peut-être arrêter de l'appeler «la fille du fermier». Ça fait trente ans qu'elle n'a plus mis les pieds dans une ferme.

– Carolyn Burns. Anciennement connue comme «la fille du fermier». Elle vous a menti.

Elle déposa une mince chemise verte sur mon bureau.

SERVICE DES ÉTABLISSEMENTS PÉNITENTIAIRES
DE SA MAJESTÉ
BELMARSH
Détenus masculins, Catégorie A

– Depuis 1984, les prisons de haute sécurité doivent garder une trace des visites rendues aux détenus. C'est l'année où l'IRA a fait exploser le Grand Hotel de Brighton pendant une réunion du Parti conservateur.

Une attaque terroriste majeure, qui a entraîné un renforcement des règles de sécurité.

– C'est toujours comme ça que ça se passe. Un connard barbu n'arrive pas à faire sauter un avion et brusquement on doit tous retirer nos chaussures au contrôle de sécurité des aéroports.

– En 1984, l'Exécuteur venait de passer quatre ans en prison. On ne sait donc pas ce qui s'est passé pendant ce temps-là, mais durant le reste de sa peine à Belmarsh, il a reçu seulement deux visiteurs.

J'ouvris la chemise. L'encre des documents avait pâli mais chaque mot était comme une gifle.

– Carolyn Burns m'a regardé droit dans les yeux et m'a dit qu'elle ne l'avait plus revu depuis ses 16 ans. D'après les archives de la prison, elle l'a vu une fois par mois au parloir... pendant des années !

Je secouai la tête.

– Peter Nawkins a tué son père et ses frères avec un pistolet d'abattage, et elle lui rend visite une fois par mois ?

– Peut-être qu'elle l'aimait. Peut-être qu'elle les détestait. Regardez le nom de l'autre visiteur.

Un autre nom à l'encre passée : *S. Nawkins.* Je feuilletai les pages jaunies. Il revenait moins fréquemment que celui de Carolyn Burns puis disparaissait complètement quelques années avant la libération de Peter.

– Le frère...

– Regardez mieux, inspecteur.

S. NAWKINS (Mme)

– Pas le frère : la femme du frère. Elle n'est pas morte ?

Je confirmai.

– Si. Elle a été brûlée vive.

Carolyn Burns nous dévisagea à travers la grille, le visage crispé par le mépris. Son regard passa de Whitestone à Wren puis à moi, mais c'est au lieutenant Sallis qu'elle s'adressa.

– C'est pas vrai, encore eux ! Rien ne m'oblige à leur parler si je n'ai pas envie.

– Ce serait quand même préférable, Carolyn. Il leur reste quelques points à tirer au clair…

Elle le fixa. Réfléchit.

Whitestone s'avança.

– Madame Burns ? Commissaire principal Whitestone. Nous savons que vous avez régulièrement rendu visite à Peter Nawkins à la prison de Belmarsh.

– Je connais mes droits.

Mais elle n'avait plus l'air si sûre d'elle.

– En tant qu'officier responsable de cette enquête, je peux vous désigner comme témoin majeur. Dans ce cas, vous serez contrainte de vous soumettre à un interrogatoire filmé. Et si vous mentez à un de mes hommes pendant cet interrogatoire, vous vous exposez à de graves ennuis, auxquels tous vos droits ne pourront rien changer. Alors laissez-nous entrer pour qu'on puisse se parler entre adultes responsables, d'accord ?

Burns ouvrit la grille et remonta l'escalier sans nous attendre. Le lieutenant Sallis resta en retrait, souriant, pendant que nous nous engagions derrière elle.

La porte de l'appartement était entrebâillée.

Carolyn Burns et son fils étaient assis dans le canapé, à nous attendre. Le jeune homme lançait des regards inquiets à sa mère qui ne quittait pas des yeux Whitestone. L'odeur puante de cannabis et de chat imprégnait toujours l'appartement.

– Ça doit être dur pour une fille de la campagne comme vous de vivre en ville. Après avoir passé toute votre enfance à la ferme…

C'était la première fois que Whitestone souriait.

Carolyn Burns répondit en riant :

– C'est le passage où vous faites semblant d'être ma meilleure amie, c'est ça ? Vous n'avez pas connu mon père. Vous n'avez pas connu mes frères. C'étaient des salopards. Des vicieux. C'est d'avoir grandi avec eux à la ferme qui était dur. C'est bon, on a fini de sympathiser ? On peut continuer ?

– Très bien. Fin de la partie « sympa ».

Whitestone s'assit dans un fauteuil en face de la femme et de son fils.

– Pourquoi vous avez menti à l'inspecteur Wolfe au sujet de vos visites en prison ?

Burns haussa les épaules. La révélation de son mensonge ne la déstabilisait pas plus que ça.

– Je ne vois pas pourquoi je vous mâcherais le boulot. C'est dans les archives de Belmarsh, pas vrai ?

– Donc, vous n'éprouviez aucune haine envers Peter Nawkins ? demanda Wren.

Burns la regarda avec un ricanement hautain.

– Pourquoi je l'aurais haï ?

– À cause de ce qu'il a fait. Pour avoir tué votre famille.

– Qui a dit un truc pareil ?

– Le tribunal. Les jurés. Le juge. Selon vous, il aurait été accusé à tort ?

– Selon moi, ils ne le connaissaient pas. Ils ne l'ont jamais connu. Pas comme je le connais.

Elle passa une main tremblante sur ses lèvres minces.

– Pas comme je le connaissais…

Je m'approchai de la fenêtre et regardai dans la rue.

Les voitures se traînaient sur Tottenham High Road. Un agent de la circulation s'agitait sur le trottoir, comme au ralenti. Je le vis rédiger un PV et le glisser sous l'essuie-glace d'une Nissan Micra.

Il manquait un rétroviseur à la voiture.

L'agent s'éloigna du même pas lent, et je restais comme hypnotisé par la voiture. Mon souffle restait coincé dans ma gorge.

Je revis les images en noir et blanc d'une caméra de surveillance montrant un homme au visage fracassé contre une portière de voiture dans une station-service, et laissé inconscient parmi les éclats de verre du rétroviseur réduit en miettes.

Il fallait qu'on parte d'ici.

Tout de suite.

Je me retournai : Carolyn Burns et Eddie étaient toujours sur le canapé, Whitestone face à eux et Wren assise sur le fauteuil, si proches les uns des autres dans ce salon minuscule que leurs genoux se touchaient presque.

Sur le côté, avec son éternel sourire, le lieutenant Sallis semblait en appeler à la bienveillance universelle pour nous éviter toute situation déplaisante.

Il me regarda, hocha la tête. Les portes derrière lui étaient désespérément fermées. Celles des deux chambres et de la salle de bains.

Carolyn Burns et son fils me dévisagèrent.

– Chef, on devrait faire ça à West End Central. *Tout de suite.*

Carolyn Burns se leva, les bras le long du corps, raidis par le stress. Elle paraissait respirer avec difficulté. Soudain, l'air s'était raréfié dans son petit appartement.

– Maman ?

J'entendis un bruit dans une des chambres.

Et la porte s'ouvrit sur Peter Nawkins, un fusil de chasse calibre 12 entre les mains.

Quelqu'un hurla, Wren bondit mais Whitestone n'eut pas le temps de s'extraire du fauteuil, et je n'eus même pas conscience de mes propres mouvements tandis que Nawkins calait la crosse contre son épaule, pointait le fusil sur la tête du lieutenant Sallis. Et pressait la détente.

Ce fut comme l'explosion d'une bombe dans le petit salon. Après la détonation assourdissante, je n'entendis rien d'autre que l'onde de choc de ce coup unique, un sifflement logé quelque part derrière mes tympans.

Le lieutenant gisait au sol.

Je me penchai vers lui, m'attendant à trouver la moitié de sa tête réduite à l'état de purée sanglante, et le papier peint sordide derrière lui recouvert de cervelle, de cheveux et d'os.

Mais Sallis me regardait, la bouche grande ouverte. Clignant des yeux incrédules. Vivant.

Dans le mur, un trou de la taille d'un poing.

Nawkins l'avait raté. Comment avait-il pu le rater ?

Les bruits revinrent peu à peu. Pas mon ouïe. Pas entièrement. Le vacarme du coup de feu dans cet espace confiné avait enveloppé chaque son d'une aura subaquatique.

Des lèvres remuaient. Des gens criaient. Je me déplaçai en chancelant, perdant l'équilibre en même temps que mon audition. Peter Nawkins, l'air ébahi, fixait le policier en uniforme assis par terre.

Il avait toujours la crosse du fusil calée contre son épaule.

Quelques secondes à peine venaient de s'écouler.

Je revins vers le lieutenant Sallis, sans parvenir à comprendre comment il pouvait être encore en vie. Puis, les jambes vacillantes comme un filet d'eau, je m'avançai vers Nawkins.

Il se tourna vers moi comme s'il remarquait ma présence pour la première fois, et je le vis braquer le double canon de son Remington sur mon torse – là où il y avait moins de risque de manquer sa cible.

Tout se pétrifia.

Je me figeai, perçus à travers ma surdité une insulte crachée par Eddie. Wren et Whitestone étaient debout, regardant ébahies le lieutenant, ce survivant d'un coup de feu tiré à bout portant. Rien ne semblait avoir de sens.

Mes jambes bougèrent. Mes poings se serrèrent. Un rapide crochet du gauche, pensai-je. Lui casser la mâchoire. Une seule chance. Ne le loupe pas…

Mais Nawkins recula d'un pas et releva le canon à hauteur de mes yeux, comme s'il cherchait la meilleure zone à atteindre.

Nos regards se croisèrent. Plus rien ne bougeait. Tout le monde hurlait. Mes oreilles étaient au supplice. Soudain, de la main droite, il propulsa le fusil vers moi et me pulvérisa la pommette gauche avec la crosse en bois.

Je reçus un coup de marteau.

Je m'écroulai, restai au sol, étourdi, nauséeux, guettant la seconde détonation.

J'étais étendu, dans l'attente, mais rien ne venait.

Des cris, des sanglots, des appels à l'aide.

Le bruit d'une porte ouverte d'un coup.

Les pas précipités d'un homme qui s'enfuit alors qu'il n'a plus nulle part où se cacher.

26

Je me relevai, ralenti par la nausée plus que par la douleur, cette nausée profonde et accablante que l'on ressent après un violent coup en plein visage.

J'avais envie de dormir, en tout cas de me fondre dans la nuit, mais je m'assis sur une chaise.

Le lieutenant Sallis n'avait pas bougé de sa place, par terre. Son visage était paralysé par la terreur. Le trou dans le mur de la taille d'un poing était toujours là. Et Sallis n'était toujours pas mort.

– Ça va aller, lui dis-je tout en luttant pour ne pas tomber.

Il cligna des paupières.

– Je ne vous entends pas… Je vois vos lèvres bouger mais… rien…

Je me mis à genoux devant lui et posai les mains sur ses bras. Alors que nous aurions dû suffoquer dans la puanteur du sang et de la destruction, Sallis ne souffrait de rien de plus qu'un simple choc. C'était miraculeux. Mais les miracles, je le savais, n'existent pas.

– Qu'est-ce qui s'est passé ? me demanda-t-il.

– Il vous a raté.

– Comment ça, il m'a raté ? Comment c'est possible ?

– Il n'avait aucune raison de vous tuer.

Je me remis debout – plus facilement, cette fois.

Carolyn Burns et Eddie se trouvaient à quelques centimètres de moi, montrant du doigt le trou dans le mur et se hurlant dessus. Mon ouïe revenait peu à peu mais je ne saisissais pas un mot de ce qu'ils se disaient.

Il n'y avait personne d'autre dans le salon. Au moment où j'en pris conscience, j'entendis Whitestone et Wren crier dans la rue. Je tapotai le lieutenant Sallis sur le crâne, juste pour lui rappeler qu'il respirait encore, et sortis de l'appartement en claudiquant.

Une fois franchie la grille ouverte du rez-de-chaussée, je vis, stupéfait, Whitestone et Wren monter à l'arrière d'une voiture de patrouille, comme si elle les avait attendues. Puis je distinguai deux policières en uniforme à l'avant, les yeux agrandis par la peur, et je compris que Whitestone avait dû réquisitionner leur véhicule.

La voiture démarra dans un crissement de pneu brûlant, portière arrière encore entrouverte, tandis que Whitestone criait ses ordres. Toutes sirènes hurlantes et lumières tournoyantes.

Je restai sur le trottoir, frustré. Je sentais ma pommette enfler jusqu'à la taille d'un œuf dur.

Alors, je vis Peter Nawkins.

Il courait sur la chaussée à cent mètres de moi, peut-être, en direction de Tottenham Hale. Entre lui et la voiture de patrouille, une file de voitures pare-chocs contre pare-chocs. Il s'était retourné en entendant la sirène.

Je ne voyais pas son arme.

Jusqu'à ce qu'elle surgisse entre ses mains.

Des vélos et des motos se frayaient un chemin à travers le bouchon. Nawkins surgit à leur hauteur et menaça un motard avec son fusil.

La moto fit une embardée en montant sur le trottoir puis prit le large, pleins gaz, sur sa roue arrière.

Nawkins tenta de nouveau sa chance. Debout au milieu de la circulation, parmi les visages terrifiés derrière les pare-brise, il braqua son fusil sur un autre motard. Cette fois, le pilote leva les mains et tomba à la renverse. Nawkins monta en selle, jeta un coup d'œil derrière lui et mit les gaz dans la voie en sens unique qui traverse Tottenham. À en croire les klaxons et les insultes, il remontait la chaussée à contresens.

Les voitures au ralenti sur High Road s'écartaient au passage de la voiture de patrouille, montaient sur le trottoir, s'emboutissaient dans un doux grincement de tôle froissée. Edie Wren, par la vitre baissée de la portière, tentait de repérer Nawkins.

Quand elle rentra la tête, la voiture prit de la vitesse et se lança à la poursuite de la moto, à contre-courant des files de véhicules.

Et je me mis à courir.

Je fus rapidement distancé.

Les voitures qui s'étaient rangées au passage de la sirène avaient repris leur course quand j'arrivai au Tottenham Hale Gyratory. La circulation s'accélérait, et je courais entre les véhicules qui fonçaient vers moi, parmi les coups de klaxons, les bordées d'injures et les visages haineux, les embardées des chauffeurs pour m'éviter. La paume de mes mains effleurait le métal froid des carrosseries, mon corps était une boule compacte de nerfs, je guettais le moment où l'acier, le verre et le caoutchouc percuteraient la chair, le sang et les os.

Mais ce n'était pas pour ce soir. Pas pour moi.

Je m'arrêtai brusquement en découvrant la voiture

de patrouille pliée contre le mât en acier d'un radar. Le mât était complètement tordu, à moitié enfoncé dans le pare-brise explosé.

Whitestone était toujours assise à l'arrière et se tenait le front. Wren était sortie, apparemment indemne mais étourdie, le téléphone à la main. J'aperçus le visage tuméfié et lacéré des deux policières.

– Max ! cria Wren. Il est parti vers le réservoir !

Je m'élançai à sa poursuite.

Nawkins avait eu droit lui aussi à son accident. La moto volée n'était plus qu'un tas de ferraille encastré dans les roues avant d'un poids lourd. Les dégâts sur le camion étaient négligeables mais le routier était sorti de sa cabine pour vomir sur la chaussée.

La circulation était bloquée à cet endroit, plusieurs voitures s'étaient télescopées et leurs conducteurs s'invectivaient, se montraient du doigt. Sur ma gauche se devinait l'immensité du réservoir de Walthamstow, dix bassins reliés sur des kilomètres et des kilomètres.

J'escaladai la clôture et me laissai retomber derrière. Je me retrouvai face à une mer d'un calme absolu. La ville s'était évanouie. Tout était étrangement immobile et silencieux. La rumeur chaotique de Tottenham semblait provenir d'un autre monde.

Deux hommes apparurent, courant maladroitement vers moi avec leurs bottes de caoutchouc. Des pêcheurs, qui avaient laissé leurs cannes à côté de tentes kaki.

– Là-bas ! crièrent-ils en désignant un taillis épais à une cinquantaine de mètres. Ce taré a un fusil !

Ils couraient toujours quand j'entendis des sirènes. De plus en plus de sirènes. Je me retournai : partout, des voitures de patrouille. Je me demandai si les SCO19 étaient déjà là, puis je les vis : les grosses BMW X5, les ARV de la SCO19, et l'éclat noir de leurs armes, les HK G3K des snipers et les pistolets-mitrailleurs MP5. La totalité des cinq cent cinquante agents du groupe d'intervention semblait s'être donnée rendez-vous.

J'hésitai. Pendant qu'ils prenaient position, je me demandai sur quelle superficie de terrain les bassins s'étendaient et si toutes les issues étaient bien couvertes. Que faire ? Battre en retraite ou continuer à poursuivre Nawkins ?

Je n'eus pas à trancher : Peter Nawkins jaillit du taillis, le fusil toujours à la main.

Je restai immobile.

Nulle part où fuir, nulle part où me cacher. Avec ces bassins d'eau dormante, j'aurais aussi bien pu me trouver sur une autre planète.

Nawkins avança vers moi.

– Baissez votre arme ! dis-je.

Il continuait d'avancer. Quarante mètres nous séparaient.

– Je vous arrête pour le meurtre de la famille Wood ! Mary, Brad, Marlon et Piper…

Il secoua la tête et avisa, derrière moi, les faisceaux de lumière bleue qui découpaient le gris morose de l'hiver.

Vingt mètres.

– Vous avez le droit de garder le silence…

Dix mètres.

– Mais toute information que vous aurez refusé de révéler…

Il brandit son arme.

– *Posez cette arme et éloignez-vous !* criai-je.

Mon cœur martelait ma poitrine, la plaie de ma

blessure vibrait, le sang pulsait dans mes veines à toute vitesse.

– Vous ne pouvez pas vous en tirer !

– Erreur ! répondit-il.

Alors, il retourna le fusil et colla le canon dans sa bouche. Clignant des yeux, il glissa son pouce droit sur la détente et la pressa.

La détonation et l'explosion de son crâne furent simultanées. Dans la même fraction de seconde. Cette fois, l'effet de ce coup de feu fut très différent du premier : j'eus l'impression que son écho se propageait à travers les dix bassins, cette étendue d'eau infinie, cette mer au cœur de la ville. Quand je levai les yeux, j'aperçus un noir essaim d'oiseaux qui s'enfuyaient, terrifiés.

Nawkins avait basculé en arrière, dans l'eau.

Ce qui restait de sa tête s'écoulait dans le bassin.

Je regardai mes mains : elles étaient couvertes de sang.

Mon cœur se remit à battre, pris d'une joie frénétique, des larmes de gratitude me brûlèrent les yeux et me nouèrent la gorge.

Parce que ce sang n'était pas le mien.

La femme m'attaqua par-derrière.

Je me trouvais sur le bas-côté de la route, tenant à la main un gobelet en carton rempli de mauvais café, bien trop chaud pour que je prenne le risque de le boire. Mais j'en avalais tout de même quelques gorgées, et la sensation de mon palais ébouillanté me rappelait que j'étais toujours vivant. Des infirmiers étaient occupés à recoudre une entaille profonde dans le front de Whitestone et des agents armés en uniforme quadrillaient le périmètre dans un halo de lumières bleues lorsque la femme surgit derrière moi et, hurlant des insanités, me laboura le visage de ses ongles. Le café bouillant se renversa sur mes chaussures.

Elle visait mes yeux. Elle voulait me les arracher. Elle voulait me rendre aveugle.

Et le fait est qu'elle s'y prenait plutôt bien.

Ses ongles raclaient mon front, mes paupières, se frayaient un chemin vers mes orbites, les pressaient, tentaient de s'y enfoncer, encore et encore, et elle hurlait toujours…

J'imaginai Carolyn Burns venue me punir.

Mais quand les doigts s'écartèrent enfin, j'entrevis un poignet orné d'un tatouage de chien – cet akita ressemblant à s'y méprendre à un berger allemand – et couvert du sang de mon visage.

Echo Nawkins.

Chemise sans manches. Minijupe rose. Une tenue estivale en plein hiver. Deux policiers la saisirent et l'éloignèrent. Elle se retourna vers moi pour cracher une dernière salve d'insultes avant d'ajouter :

– Il y a du sang sur tes mains ! Du sang sur tes mains ! Du sang sur tes mains !

– On se la fait, inspecteur ? me proposa un lieutenant.

Je me demandai s'il était du coin et s'il connaissait le lieutenant Sallis.

– On la coffre pour agression sur un représentant des forces de l'ordre ?

Je déclinai la proposition. Je n'avais pas le cœur à ça, et autant éviter de la paperasse. La vérité, c'est qu'elle m'avait ébranlé. Comme si Echo savait que Peter Nawkins n'avait pas tué les Wood. Elle ne *croyait* pas – elle laissait cela aux adeptes des œillères sentimentales – mais elle *savait*, sans l'ombre d'un doute.

Je revis le lieutenant Sallis assis par terre dans le

salon qui puait le chat et le cannabis, le visage hébété, stupéfait de respirer encore, et le trou dans le mur – à l'endroit que Nawkins avait délibérément visé.

Comme si elle savait.

Cela faisait une éternité que Peter Nawkins n'avait tué personne.

MARS

Dépouilles mortelles

27

Cacher un cadavre n'est jamais facile.

Pour deux raisons :

Les tueurs sont stupides.

Et les corps se décomposent.

Vingt-quatre heures après que Peter Nawkins eut vidé dans sa voûte palatale le double canon de son fusil, j'examinai le plan de Londres qui couvrait tout un mur de la SSC-1. Je pris du recul pour mieux visualiser l'ensemble et songeai : non, ça n'est pas facile de cacher un cadavre. Même là.

Même dans une ville de dix millions d'âmes.

Même dans une métropole qui couvrait cinquante kilomètres de part et d'autre d'un fleuve long de trois cent quarante kilomètres.

Même à Londres, avec ses hectares de verdure et de plans d'eau, ses parcs, ses bois, ses terrains communautaires, ses jardins, ses landes, ses étangs, ses canaux, ses lacs, ses rivières et ses réservoirs.

Londres et ses soixante mille rues. Londres et ses garages, ses bennes à ordures, ses bacs de recyclage, ses patios tout neufs et ses vieilles caves humides. Et, sous les planchers, sous les regards, loin sous le béton et la terre, un réseau de canalisations, de tuyaux et d'égouts qui évacuent les déchets de la ville entière…

Malgré tout, ça n'était pas facile de se débarrasser d'un cadavre.

Parce que les tueurs sont stupides et que les corps se décomposent.

Seul dans la SSC-1, j'étudiai le plan de ma ville. Derrière moi, sur l'écran de mon ordinateur, Bradley Wood souriait, à jamais heureux du haut de ses 4 ans, brandissant sa figurine de Han Solo.

Je reculai encore d'un pas pour embrasser tout le plan.

Tuer quelqu'un, c'est la partie facile de l'opération, pensai-je. Se débarrasser du corps, voilà le plus compliqué.

L'adrénaline aveugle les tueurs. Ils ont la hantise d'être arrêtés, ils suent, ils paniquent. Le temps joue contre eux. Leurs vêtements et leurs mains sont chargés d'assez d'empreintes pour les envoyer au trou jusqu'à la fin de leurs jours. Chaque fibre de leur être leur hurle de prendre la fuite.

Ceux qui essaient de cacher le corps de leur victime n'ont jamais les idées claires. Il y a peu de chances qu'ils prennent le temps de méditer sur des faits immuables tels que la mort et le pourrissement.

La putréfaction, pour utiliser le vocabulaire des médecins légistes – c'est pour cette raison que je veux être incinéré.

Le processus de putréfaction est ralenti par le froid et accéléré par la chaleur. D'autres paramètres notables sont le poids du corps, le genre de vêtements portés au moment de la mort, la présence de nourriture non digérée dans l'estomac, les éventuelles blessures, l'immersion du corps dans l'eau et la température de l'eau.

Mais rien n'entrave ce processus, sauf si le corps se trouve à une température inférieure à 0 °C.

Je me tournai vers la fenêtre. Le froid était toujours coupant mais les conditions hivernales n'étaient plus aussi rudes. La neige commençait à fondre. Le cycle des saisons se poursuivait. Si partout la vie s'éveillait, la réalité cruelle de la mort demeurait. Et cette réalité n'était pas jolie à voir.

Au moment de la mort, tout s'éteint. Le cœur ne bat plus. Le sang ne circule plus. Le dernier souffle a été expiré. On prétend qu'après la mort, les cheveux et les ongles continuent de pousser – c'est un mythe. La rétractation de l'épiderme donne cette impression, mais il n'en est rien. La seule chose qui attend les ongles et les cheveux, c'est la chute.

Après la mort, les tissus du corps humain sont détruits par une bactérie émanant de l'appareil digestif. Les organes cessent de fonctionner, dans un ordre rigoureux : l'intestin, le foie, les reins, les poumons, le cerveau et enfin la prostate ou l'utérus.

Au bout de trente-six heures, la tête, les épaules et l'abdomen prennent une coloration verte. Puis les gaz accumulés dans l'organisme provoquent un gonflement général, qui commence par le visage. Les yeux sortent de leurs orbites. La langue devient protubérante. La tête enfle. C'est ensuite autour de l'estomac, puis de la peau qui se remplit de cloques.

Un liquide semblable à du sang s'écoule du nez et de la bouche : c'est le fluide de la purge, résultat de la destruction totale des tissus par la bactérie. Les vaisseaux sanguins explosent, dessinant une sorte de cartographie complexe : les marbrures. La coloration verte est si foncée qu'elle vire au noir.

Puis le cadavre s'ouvre en deux comme un fruit qu'on a laissé pourrir au soleil, et libère ses gaz.

De sorte que le dernier sommeil de la victime est toujours agité.

Le corps est en général découvert par des promeneurs avec leur chien, ou des employés de la voirie qui nettoient une canalisation, ou des bricoleurs du dimanche qui arrachent un plancher, creusent dans le jardin ou abattent une cloison. À moins qu'il s'agisse de voisins brusquement incommodés par l'odeur reconnaissable de la chair faisandée dans l'appartement d'à-côté.

Ou encore d'un type dans mon genre, qui pénètre dans la maison des horreurs en défonçant à coups de pied la porte d'entrée.

Pourtant, ça ne se passait pas toujours de cette façon. Je pensais à Winnie Johnson, la mère de Keith Bennet, une des victimes des Meurtriers de la lande[1]. Winnie était morte après avoir passé près de cinquante ans à essayer de trouver à quel endroit, dans la lande de Saddleworth, son garçon de douze ans avait été enterré. Je pensais à Winnie en cet instant, elle qui avait passé tant d'années à déposer des fleurs, des jouets et d'autres marques d'amour en différents endroits de la lande.

Ce genre de choses pouvait se produire. Parce qu'il est plus simple de cacher le cadavre d'un enfant que celui d'un adulte.

Mais les tueurs sont stupides.

Et les corps se décomposent.

1. Surnom donné à Ian Brady et Myra Hindley, un couple ayant assassiné plusieurs enfants et adolescents entre 1963 et 1965, dont ils enterraient les corps dans la lande de Saddleworth, près de Manchester.

Si Bradley Wood était mort, j'étais persuadé au fond de moi que nous l'aurions déjà retrouvé.

Je passai les doigts sur le plan de Londres.

– Il est encore en vie, murmurai-je.

– Inspecteur Wolfe ?

Je sursautai, le souffle momentanément coupé.

Charlotte Gatling se tenait sur le seuil de la porte. Elle se mordillait la lèvre.

– Pourquoi a-t-il fait ça ? demanda-t-elle.

Je ne savais pas quoi lui répondre. Je cherchais une vérité qu'elle serait susceptible de comprendre.

– Je ne peux pas vous expliquer la folie, dis-je avec autant de douceur que possible. Nawkins était un fou criminel. Il avait développé une sorte d'obsession pour votre sœur. Si ce n'avait pas été Mary – et sa famille –, ç'aurait été quelqu'un d'autre. Il n'aurait jamais dû être remis en liberté. Après ses premiers meurtres, il y a des années, il aurait dû être envoyé dans un hôpital psychiatrique de haute sécurité. Au lieu de purger sa peine à Belmarsh, il aurait dû la faire à Broadmoor, et en sortir les pieds devant...

J'hésitai. Elle s'en aperçut.

– Continuez.

Je pensais à Wren.

– Selon une de mes collègues, Nawkins était un homme profondément malheureux que le spectacle du bonheur rendait furieux. Quand il a vu cette famille si heureuse, il s'est senti obligé de la détruire. Ma collègue n'est ni psychologue, ni psychanalyste, elle est flic, comme moi. Mais sa théorie tient la route, je trouve.

Je ne voyais pas ce que je pouvais ajouter.

– Je suis désolé.

– Qu'est-ce qui va arriver aux enfants ? Ceux que vous avez trouvés dans la maison de Bishops Avenue ?

J'eus un geste d'impuissance.

– Les services sociaux vont essayer de les rendre à leur famille d'origine, même si certains se sont sans doute enfuis de chez eux. Les autres iront en famille d'accueil. Je ne peux pas vous garantir qu'ils mèneront une vie heureuse. J'aimerais pouvoir vous le promettre…

Elle réfléchit un moment.

– Ce monde est une décharge créée de toutes pièces par le désir des hommes.

Nous échangeâmes un regard. Elle restait dans l'embrasure de la porte de la SSC-1.

– Qu'est-ce que vous faites ici, au fait ? lui demandai-je.

– J'avais un rendez-vous avec l'ALF. Pour regarder des films de caméras de surveillance, des clichés pris avec un iPhone, et pour lire des rapports. Je viens une fois par semaine. Au départ, je voyais ça comme un signe que l'enquête avançait. Là, je n'y crois plus. Tout ça ne sert à rien.

Je sentis qu'elle avait perdu tout espoir, et je détestais cette impression.

– Tous ces signalements ridicules qui n'aboutissent jamais…

Elle rougit. Peut-être parce que nous savions tous les deux que les bureaux de l'ALF se trouvaient au premier étage. Elle n'avait aucune raison d'être montée jusqu'ici. Et elle ne s'était pas perdue.

– Je voulais juste vous remercier. Vous et vos collègues, naturellement. Je sais que vous avez pris tous les risques pour amener Nawkins devant la justice. Mais il n'y a plus personne ?

Elle avait raison – dans tous les sens du terme. La

journée de travail était terminée, et notre enquête criminelle commençait à marquer le pas.

La DCI Whitestone et la DC Wren étaient rentrées chez elles avec leurs blessures, et passaient la soirée avec leurs proches. Notre unique suspect s'était donné la mort et, même si nous ne l'aurions jamais reconnu publiquement, la Met renâclait à monopoliser toutes ses forces dans la recherche d'un garçon de quatre ans porté disparu depuis maintenant deux mois.

– Je sais que votre équipe s'est énormément investie pour mon neveu, et je connais les statistiques. Un enfant disparaît toutes les trois minutes. Cent mille enfants chaque année. Depuis que je vous parle, d'autres ont disparu. Et je sais que, dans le nombre, rares sont ceux qui bénéficient de la même attention que Bradley.

Elle reprit contenance.

– C'est pour cette raison que je tenais à vous remercier personnellement.

– C'est mon travail.

– Mais vous vous y consacrez sans compter, n'est-ce pas ?

Elle indiqua la photo de son neveu souriant sur mon ordinateur. Je pensais qu'elle ne l'avait pas remarquée et avait songé à rabattre l'écran avant qu'elle l'aperçoive, mais elle l'avait vue dès son arrivée.

– Votre travail est terminé. Vous êtes dans une équipe d'enquête criminelle et les meurtres ont été résolus. Et vous et moi savons que chaque jour qui passe les chances de voir Bradley rentrer à la maison s'amenuisent. Pourtant, *vous continuez de chercher.* Tous vos collègues sont rentrés mais vous êtes encore là, et vous pensez à lui, vous ne renoncez pas, vous essayez encore… C'est la vérité, n'est-ce pas ?

– Oui.

Elle avança d'un pas vers moi.

– Pourquoi faites-vous cela ?

– Papa ?

La tête de Scout apparut derrière un des postes de travail. Elle frotta ses paupières ensommeillées en se balançant d'avant en arrière sur sa chaise pivotante. Ses pieds ne touchaient pas le sol. Allongé juste à côté d'elle, Stan remua, réveillé par le son de sa voix, bâilla et se livra à sa routine de yoga habituelle – posture du chien tête en haut, posture du chien tête en bas.

Scout se laissa glisser de la chaise.

– Pipi, annonça-t-elle en marchant vers la porte.

– Tu sais fermer le verrou ? demandai-je.

– Oui, c'est facile.

Et elle quitta la pièce à petits pas, talonnée par Stan.

Je regardai Charlotte Gatling.

– Je l'accompagne, dit-elle.

28

Ce que je n'avais pas dit à Charlotte Gatling, c'est que les signalements publics de Bradley avaient presque entièrement cessé. Les cinglés, les pros de la fausse piste et les citoyens-qui-croyaient-bien-faire étaient passés à autre chose.

Deux jumelles de cinq ans avaient disparu lors d'une promenade dans un parc de Notting Hill sous la surveillance d'une nounou italienne en proie au besoin obsessionnel de tweeter. Pendant que la jeune Italienne mettait à jour son compte Twitter, les enfants s'étaient évanouis dans la nature. Leurs parents étaient tous les deux cadres à la City et l'incident avait déclenché d'innombrables articles dans les journaux et les tabloïds sur les parents qui travaillent, le délicat équilibre entre la famille et le bureau et les dangers de confier ses enfants à des étrangers.

L'histoire de Bradley Wood appartenait au passé.

Whitestone et Wren étant toujours en arrêt, Billy Greene et moi passâmes la journée du lendemain à écluser ce qui restait de signalements de Bradley, à envoyer des agents pour Rechercher-Interroger-Éliminer et à sonder la base de données HOLMES.

Mais rien de vraiment substantiel, aussi n'éprouvai-je pas la moindre culpabilité en laissant Billy Greene s'en occuper seul quand la nuit tomba sur Savile Row.

J'avais rendez-vous au Black Museum.

Le lieutenant Caine m'accompagna devant la vitrine consacrée à l'Exécuteur.

Rien n'avait changé. Après tous ces efforts, tout ce labeur routinier, toute cette peur et tout ce sang, rien ici n'avait changé. Je ne savais pas vraiment à quoi je m'étais attendu, mais la vitrine était exactement identique. Ce constat me choquait.

Le pistolet d'abattage qui ressemblait à une perceuse était sur son socle en carton. Un sous-verre poussiéreux protégeait toujours le vieil article de journal, dont le papier jauni s'effritait.

MEURTRES RITUELS
DANS UNE FERME DE L'ESSEX
MASSACRE AU CŒUR DE LA NUIT :
L'EXÉCUTEUR TUE UN PÈRE ET SES FILS

> Un homme a été condamné hier à la prison à perpétuité pour les meurtres d'un père et de ses trois fils avec un pistolet étourdisseur utilisé pour le bétail dans les abattoirs...

Et les deux photos qui l'accompagnaient n'avaient pas bougé. Un beau garçon baraqué au visage inexpressif, accompagné par l'agent de police qui lui avait passé les menottes. Les sourires d'une famille dominée par les hommes devant un sapin de Noël.

– Vous avez l'intention de la mettre à jour, maintenant que Nawkins est mort ?

John Caine me répondit d'un signe de tête négatif.

– Maintenant que l'histoire de l'Exécuteur se termine bien ? Je m'en fiche. Cet endroit n'est pas consacré aux gens comme lui.

Il me montra la vitrine bien plus grande, bien plus propre, non loin de là.

– Il est consacré aux gens comme eux.

Les visages me regardaient sous le panonceau

À NOS COLLÈGUES ASSASSINÉS.

Les photos d'identité classiques de la Met, et pourtant les yeux de ces policiers et policières tués dans l'exercice de leurs fonctions étincelaient de malice ; sur leurs lèvres serrées pour les besoins du cliché se devinaient des sourires flottants.

– Et au fait, ce Peter Nawkins, à quoi il ressemblait finalement ?

Je réfléchis.

– À un homme ravagé. Qui m'a donné l'impression de n'avoir jamais tué personne de sa vie.

Caine lâcha un petit rire acide.

– Ouais… Les prisons sont remplies d'innocents, hein ?

En quittant les salles du musée désert, le lieutenant éteignit les lumières une par une. Je passai devant ce qui devait être la collection d'armes de meurtriers la plus importante au monde et m'arrêtai devant la vitrine consacrée à cette femme qui n'avait jamais tenu une arme entre les mains. Maisy Dawes, la femme de chambre victorienne de Belgravia piégée par des cambrioleurs puis détruite à cause d'un méfait qu'elle n'avait pas commis.

– Qu'est-il arrivé aux hommes qui lui ont joué ce sale tour ?

– Pour autant que je sache, après quelques années de prison, ils sont tous morts dans leur lit. Leur combine était bien rodée... Vous pensez à quoi, Max ?

– Au lieutenant Sallis. Le policier qui nous a accompagnés à l'appartement où se cachait Nawkins.

Je grimaçai à ce souvenir.

– Nawkins ne l'a pas tué, John. Il était armé, mais pas d'un de ces pistolets ridicules qui arrosent au petit bonheur passé un mètre. Il avait un calibre 12. Et, à cette distance, il avait plus de chances de toucher Sallis que le mur derrière lui. Et pourtant, il l'a manqué. Pourquoi ?

John Caine haussa les épaules.

– Je ne sais pas, fiston. Peut-être qu'il s'est chié dessus. Les assassins ne sont pas courageux. Les assassins sont des lâches. Vous voulez qu'on discute de tout ça dans un bar ? Vous prendrez un triple expresso, moi un thé, et ce sera une soirée de folie !

– Une autre fois, John.

– Vous avez rancard, c'est ça ?

– Oui. En quelque sorte.

Je me rendis à l'American Bar du Savoy mais Ginger Gonzalez n'y était pas.

Je la cherchai au Coburg du Connaught Hotel, au Rivoli Bar du Ritz, au Fumoir du Claridges et au Promenade Bar du Dorchester. En vain.

Je passai en voiture devant la Broadcasting House sur Portland Place quand je vis la façade grandiose du Langham Hotel tout illuminée. Il ne figurait pas sur la liste mais, au fond, m'avait-elle donné la liste complète ?

Tout dans l'Artesian Bar sentait l'argent. L'argent discret, pas tape-à-l'œil. De hautes fenêtres donnaient sur la rue et renforçaient par contraste le plaisir de se trouver à l'intérieur, dans ce lieu de lumières tamisées, de rires feutrés et de voluptueux canapés en cuir mauve spécialement conçus pour vous empêcher de partir.

Ginger Gonzalez était assise à une table près d'une fenêtre. Une coupe de champagne à la main, elle souriait à l'homme qui lui faisait face. Quand il se pencha vers elle pour appuyer ses propos, je vis clairement son visage à la lueur des bougies.

Nils Gatling.

Je m'installai au bar, dos à la salle, sans quitter des yeux leur reflet dans le miroir. Le barman s'approcha.

– Qu'est-ce qui vous ferait plaisir, monsieur ?

– Un triple expresso.

Je lus la surprise dans son regard et consultai ma montre : bientôt minuit.

– Disons double, corrigeai-je.

– Bien, monsieur.

Excellent bar.

Nils Gatling et Ginger Gonzalez avaient cette familiarité limpide de deux vieux amis. Mais elle était comme ça. Aussi bien, ils avaient juste fait connaissance cinq minutes plus tôt.

Le serveur m'apporta mon café. Je l'avalai cul sec au moment où Nils Gatling passait derrière moi pour quitter le bar. Ginger était toujours à sa place. Quand elle me vit avancer vers sa table, une expression furieuse se peignit sur ses traits. Elle reprit vite contenance.

– Inspecteur Wolfe !

– Votre ami est parti ?

– Il est monté se coucher. Il a une suite à l'étage.

– Nils Gatling, une suite au Langham ? Sa famille a une maison sur Fitzroy Square, à moins de deux kilomètres ! Pourquoi se paye-t-il une suite au Langham ?

Elle posa sur moi un regard empli de pitié. Je ne connaissais donc rien des mœurs des riches ?

– Parce qu'il en a les moyens.

Je m'assis dans le fauteuil encore tiède.

– Je cherche une fille.

Elle eut un rire bref qui voulait dire : tous les mêmes.

– Quel genre de fille ?

– Gentille. Elle doit être gentille. C'est très important. Et intelligente. Vraiment intelligente. Diplômes universitaires. Oh, et très belle aussi.

Elle vida sa coupe et soupira.

– Pas étonnant que vous soyez malheureux en amour.

Ginger écrivit rapidement un SMS puis nous attendîmes. Je commandai un autre expresso et une autre coupe de champagne. Pour la première fois depuis notre première rencontre, elle paraissait légèrement ivre.

– Depuis combien de temps connaissez-vous Nils Gatling ?

– Un bout de temps.

Je voyais bien qu'elle n'avait pas envie d'en parler. Secret professionnel, pensai-je. Peut-être qu'entre le maquereau et son client existait le même lien qu'entre un docteur et son patient.

– Surpris, inspecteur ?

Je confirmai.

– Il est marié, n'est-ce pas ?

Elle sourit. Ma remarque semblait sincèrement l'amuser.

– Qu'est-ce que ça signifie, au fond ? Brad Wood aussi avait une épouse.

– C'est par ce biais que vous avez rencontré Nils Gatling ? Par l'intermédiaire de son beau-frère ?

Elle secoua vivement la tête.

– Seigneur, non ! C'est son père que j'ai connu en premier. Victor Gatling. Le patriarche du clan.

Elle hésitait.

– Victor Gatling était pour ainsi dire le premier homme décent que j'ai rencontré en arrivant en Angleterre.

– Vous voulez dire le premier homme riche.

– Je veux dire le premier homme à savoir se comporter en ce bas monde. Le premier homme à savoir comment on traite une femme. J'étais très jeune. Il m'aimait bien. Et sa femme venait de mourir.

– Mais ça n'a pas marché.

– Je n'étais pas ce dont il avait besoin.

– De quoi il avait besoin ?

– De passer du temps avec sa famille. Mais on est restés en contact. Je connais Nils depuis des années. Et j'ai travaillé pour sa société, vous savez ? Les Résidences Gatling.

– Je ne savais pas que vous aviez des compétences dans l'immobilier. Je vous verrais bien en agent immobilier...

– Ils ont beaucoup de clients dont il faut s'occuper.

– J'en suis sûr.

– La voilà.

Zina était grande, jolie, et avait l'air fatiguée. Je me levai pour lui serrer la main. Elle ne s'assit pas. Je posai quelques billets sur la table et nous partîmes.

En marchant jusqu'à la BMW X5, elle m'apprit qu'elle était roumaine et qu'elle avait quitté Bucarest dix ans plus tôt. Elle avait 26 ans. Dans un autre monde, elle aurait été femme d'affaires ou mère au foyer.

Je ne lui demandai pas son diplôme universitaire.

Nous roulions vers l'est.

Ginger et Zina avaient pris place sur la banquette arrière. Je les regardais dans le rétroviseur mais écoutais surtout leur conversation autour de l'éternelle question : *Où vit-on le mieux à Londres ?* Quels sont les quartiers tendance et ceux qui les supplanteront bientôt, les meilleurs cafés et les meilleurs restaurants, les endroits sûrs et les coupe-gorge, les secteurs hors de prix et ceux, encore abordables, où restent quelques bonnes affaires…

– Je verrais bien Shoreditch, dit la femme.

Je me raclai la gorge.

– Et l'argent ? demandai-je.

Je ne pensais pas à Shoreditch.

Zina regarda la rue. Nous passions dans Liverpool Street. Des banlieusards légèrement éméchés titubaient en attendant leur train pour l'Essex.

Ginger effleura mon épaule.

– Vous pouvez me payer plus tard. Liquide, carte de crédit ou chèque. Ne vous embêtez pas avec l'argent. Je vous fais confiance.

Je hochai la tête et nous roulâmes en silence pendant quelques kilomètres.

– C'est ici, annonçai-je.

Quelques patients profitaient d'une cigarette devant le perron du Homerton Hospital, frissonnant sous leur robe de chambre. L'un d'eux transportait une sorte de bonbonne à oxygène. Les mains gonflées d'un autre trahissaient les effets de la chimiothérapie.

Personne ne fit attention à nous quand nous entrâmes.

Un policier, une mère maquerelle et une prostituée. On se fondait dans le décor.

Curtis Gane avait été transféré dans une chambre privée. En arrivant devant sa porte, je me demandai pour la première fois si mon idée était vraiment bonne.

– Il souffre encore beaucoup, prévins-je Zina. Et il est furieux. Et déprimé. Et il sait qu'il ne remarchera plus jamais. Alors il ne va pas…

Zina déposa un baiser furtif sur ma joue.

– J'ai compris. Ne vous en faites pas. Vous faites une bonne action.

Elle se glissa dans la chambre et referma la porte. Je tendis l'oreille, imité par Ginger. Gane se réveillait.

Vous êtes qui ?

En entendant l'angoisse dans sa voix, je saisis la poignée de porte mais Ginger posa une main sur mon bras.

– Nous avons déjà eu affaire à ce genre de cas, me dit-elle d'un ton assuré.

Mais je ne peux rien faire ! dit Gane avec un accent dépité qui me déchira le cœur.

– Ça va aller, lui répondit Zina. Je vais juste vous prendre dans mes bras.

Sans un mot, Ginger et moi rejoignîmes le petit groupe de cancéreux, devant le perron. Ils tiraient toujours sur leur cigarette.

– *Salamat po*, dis-je. Je suis sincère, Ginger. Merci beaucoup.

– Vous parlez le tagalog ?

– Je suis un flic de Londres. Je connais quelques mots dans cinquante dialectes différents.

Elle descendit l'index sur le côté de mon visage.

– Vous connaissez le mot *gwapo* ? Ça veut dire « mignon ».

– Je connais *bola-bola*. Ça veut dire « baratin ».

Elle rit.

– Et pour vous, inspecteur ? Vous voulez que je passe quelques coups de fil ou vous avez quelqu'un qui vous attend à la maison ?

Il se faisait tard.

Il était temps de prendre la relève de Mme Murphy.

– J'ai quelqu'un qui m'attend.

29

J'observai Scout endormie.

Stan apparut dans l'embrasure de la porte, flaira l'air et, avisant le lit, se demanda s'il parviendrait à se faufiler discrètement sous les draps pour se blottir contre sa maîtresse pendant quelques heures. Je lui fis signe que non, et il me suivit quand je sortis de la chambre et refermai la porte sans faire de bruit.

Mme Murphy enfilait son manteau.

– Scout veut une robe, m'informa-t-elle.

Stan sauta sur le canapé et écouta avec intérêt. Mme Murphy lui gratta la nuque et il ferma les yeux de contentement.

– Une robe ? répétai-je bêtement.

Par les grandes baies vitrées de notre loft, on apercevait les lumières de Smithfield. Le dôme de Saint-Paul se dessinait à la blancheur de la pleine lune.

– La robe de Belle dans *La Belle et la Bête*, vous voyez ?

Non, je ne voyais pas. J'étais accablé.

– Son amie Mia, la petite fille australienne, organise une fête de princesses…

Je pénétrai dans un territoire nouveau pour moi. Je

me sentais comme un acteur débarquant sur scène sans connaître aucune de ses répliques.

– Qu'est-ce que je dois faire ?

– Chercher sur Internet !

J'obéis aussitôt.

J'allai m'installer dans la cuisine avec mon ordinateur, suivi par Stan qui se coucha à mes pieds. Je fronçai les sourcils en découvrant des enfants de l'âge de Scout posant, tout sourire, dans des robes de bal et des fanfreluches en soie dorée. Il était évident que j'allais aussi devoir investir dans les gants de Belle, les escarpins de Belle et le diadème de Belle.

Je me surpris à sourire.

Scout allait vraiment porter ces trucs ?

Alors, une pointe me transperça – la solitude du parent célibataire. Elle surgit brusquement et sa force me terrassa, comme un coup de poing dans le cœur qu'on n'a pas vu venir.

Ce ne sont pas seulement les moments difficiles qu'il faut traverser tout seul, pensai-je.

Les bons moments aussi.

– Rocky a l'instinct du tueur, analysa Fred. La vitesse, la cadence, la puissance, tout ça compte – mais sans l'instinct du tueur, on n'arrive à rien.

Au bord du ring du Smithfield ABC, nous regardions Rocky détruire son adversaire, un mi-lourd en débardeur défraîchi Wild Card. Son casque Cleto Reyes était muni d'une barre de protection pour la bouche mais Rocky frappait si fort, si souvent et à un rythme si soutenu qu'elle commençait à se détacher.

Je perçus le côté vicieux de Rocky, qu'il cachait si bien derrière son sourire facile et son charme naturel.

Je me rappelai comment il m'avait regardé dans le blanc des yeux en m'assurant qu'il ignorait tout des gars d'Oak Hill Farm qui étaient allés travailler à la résidence du Parc. J'espérais que son sparring-partner allait lui flanquer une raclée.

Mais il avait du mal. Sa respiration se faisait de plus en plus hachée, son jeu de jambes de moins en moins précis, et son regard se voilait. Rocky l'avait poussé dans ses retranchements et il en jouissait. Oui, son côté vicieux était évident maintenant.

Il déclencha une combinaison de sept coups : jab, cross du droit, crochet du gauche au corps, crochet du gauche à la tête, cross du droit, uppercut du gauche et jab, avant de reculer en pivot, à l'abri d'une riposte, mais son adversaire tituba désespérément vers lui, s'affala et s'écrasa contre une droite puissante de Rocky.

Il y avait quelque chose d'effrayant dans les dégâts occasionnés par ce coup, autant sur le corps que sur le cerveau de son adversaire. Seule la solidité de ses jambes l'empêcha d'aller au tapis. C'était un de ces moments où ceux qui aiment la boxe sont obligés de se demander ce qu'ils aiment *au juste* dans la boxe. Au son du buzzer, les deux hommes s'étreignirent et une salve d'applaudissements éclata autour du ring.

Fred me regarda avec un sourire triste. Les applaudissements n'étaient pas de mise au Smithfield ABC. On ne boxait pas pour se faire applaudir.

Mais, à mesure que la date de son premier combat professionnel approchait, les sessions de sparring de Rocky attiraient une foule de plus en plus nombreuse. Il y avait de l'excitation dans l'air. Un journaliste prenait des notes. Deux photographes s'activaient sans relâche – avec de vrais appareils photo, pas des

Smartphones. Des hommes que nous n'avions jamais vus se pressaient dans le gymnase – blancs, en costume cravate, avec le regard imperturbable et les traits lisses de promoteurs de combat.

Ils adoraient son histoire, ils adoraient son style, ils adoraient son instinct de tueur. Même si elles étaient indécelables en dehors du ring, il y avait chez Rocky une méchanceté, une cruauté qui deviendraient ses meilleurs atouts dans sa carrière.

– Il va faire gagner beaucoup d'argent à celui qui le choisira, observa Fred. J'espère qu'il lui en restera quand même un peu pour lui et pour sa famille…

Le journaliste était en train d'interroger Rocky et je reconnus Echo Nawkins assise sur le marchepied menant au ring. Elle était à côté de son homme et, régulièrement, passait la paume de sa main sur la courbe de son ventre, comme pour caresser le bébé qui grandissait en elle.

Oak Hill Farm, pensai-je. Ils se marient jeunes, là-bas.

Aucun des deux ne semblait m'avoir remarqué mais, une fois l'entretien terminé, ils vinrent me voir.

– Je sais que vous êtes furieux contre moi parce que je ne vous ai pas dit qu'on avait bossé au Parc, commença Rocky.

– À t'entendre, on dirait que tu as oublié de me souhaiter mon anniversaire. C'est beaucoup plus grave que ça.

Il retirait ses bandages de main élimés, déroulant la gaze noire de sueur.

– Le problème, c'est que pour vous, Peter Nawkins était un tueur. Pour moi, c'était un homme digne qui avait payé pour ses fautes et essayait de mener une bonne vie.

– Le problème, c'est que tu as caché des informations

concernant une enquête criminelle. Le problème, c'est que c'est illégal. Entrave à la justice. Obstruction au déroulement d'une enquête de police. Il n'est pas trop tard pour t'inculper de complicité d'activité criminelle.

– J'ai *essayé* de vous dire la vérité, intervint Echo, mais la vérité ne vous intéressait pas ! Et maintenant il n'est plus là...

Sa bouche était tordue par la colère. Les larmes et les sanglots suivirent, irrépressibles.

– Je suis désolé, dit Rocky en la serrant contre lui. Pour tout. Sincèrement.

Il s'éloigna avec Echo.

Mon téléphone se mit à vibrer.

SSC-1 s'inscrivit sur l'écran. Whitestone et Wren étaient toujours en arrêt maladie. Je ne savais pas qui pouvait bien être encore là-bas.

– Une vieille dame vient d'arriver, m'annonça Billy Greene. Elle dit qu'elle a vu Bradley avec un HNI dans un VNI.

Je me retins de rire. Un signalement d'enfant disparu en compagnie d'un Homme Non Identifié dans un Véhicule Non Identifié. Encore un.

– Pourquoi vous ne prenez pas juste sa déposition ?

– Parce que je crois qu'elle dit la vérité.

– J'ai trois enfants, tous adultes, et sept petits-enfants, commença Mme Margaret Duffy, de Stow-on-the-Wold.

– Comme c'est charmant, répondis-je.

Son regard disait très nettement qu'elle avait envie de m'arracher la langue.

– Je ne suis pas là pour bavarder, jeune homme. Je vous explique que je connais les enfants et leur façon de se comporter ! J'en ai élevé trois moi-même et j'ai passé beaucoup de temps avec un de mes petits-fils quand ma fille s'est retrouvée entre deux maris. Je connais tout de leurs humeurs, je sais quand ils boudent, quand ils sont fatigués et quand ils ont peur. Et je n'avais jamais vu un petit garçon pareil… C'est pour ça que j'ai pris le premier train pour Londres. C'est pour ça que je suis venue vous voir plutôt que de perdre mon temps avec les péquenauds de mon village.

Elle balaya la pièce d'un regard circulaire.

– Alors c'est ça, que vous appelez votre centre opérationnel ?

– Non, c'est la pièce réservée aux interrogatoires.

Puis, montrant du doigt Billy Greene qui se tenait devant la porte :

– Et maintenant, madame Duffy, si vous me racontiez ce que vous avez dit au PC Greene ?

La vieille dame l'enveloppa d'un regard plein d'affection.

– Ce jeune homme a fait preuve d'une grande courtoisie. Il m'a expliqué qu'il valait mieux que je m'adresse à son supérieur.

Elle me dévisagea, guère impressionnée par mon survêtement taché de sueur.

– Je suppose qu'il s'agit de vous ?

J'attendis.

– Depuis que mon marchand de journaux a fermé, je vais acheter la presse à la station-service tous les matins. J'aime bien lire les nouvelles pour commencer la journée. Il y avait un homme avec un petit garçon. Un petit qui avait l'air tellement perdu… Comme s'il avait l'impression que sa vie était devenue un rêve… ou un cauchemar.

Je fis glisser un portrait de Bradley Wood sur la table

entre nous – la photo classique où il sourit dans les bras de sa mère en agitant sa figurine de Han Solo.

– C'était ce garçon-là, madame Duffy ?

– L'enfant que j'ai vu était plus âgé. De quand date cette photo ? Vous devriez en avoir une plus récente. Vous savez, monsieur l'agent, un enfant peut changer énormément en quelques mois.

– Inspecteur, rectifiai-je en me retenant de soupirer.

Encore une cinglée. Encore une dingue. Je me levai.

– Oh, quelle erreur impardonnable, mes excuses, *inspecteur.*

Elle fouilla dans son sac à main.

– Pour vous répondre : je ne peux pas dire en toute certitude que cet enfant est celui que j'ai vu car votre photo est trop ancienne. Mais, avant que l'homme le traîne vers sa voiture, il a laissé tomber ceci…

Elle posa une figurine de dix centimètres sur la table.

Le Han Solo classique : chemise blanche, gilet noir, bottes en cuir. L'intrépide capitaine du Faucon Millenium. Je le pris, conscient d'avoir cessé de respirer.

– C'est le même jouet, n'est-ce pas ? s'enquit Mme Margaret Duffy.

Je pressai la sonnette de la grande maison de Fitzroy Square.

– Il est vivant, dis-je en tendant la main.

Charlotte Gatling fixa la figurine cabossée de Han Solo dans ma paume. Puis elle la prit. Puis elle m'embrassa.

Un baiser maladroit, éperdu, nos bouches n'avaient plus l'habitude, nos lèvres tâtonnaient, se trouvèrent enfin. Et il n'y eut plus que nos souffles chauds, sans un mot. Sa chaleur dans mes bras. Un moment retardé depuis si longtemps qu'il aurait pu ne jamais se produire.

Et pourtant il se produisait. Indéniablement. Le visage de Charlotte Gatling si près du mien, sa peau sous mes doigts, ses mains dans mes cheveux, et la beauté de la voir de nouveau pleine d'espoir, folle d'espoir, ivre d'espoir. Elle serrait toujours son cow-boy intergalactique de dix centimètres, je le sentais s'incruster dans ma nuque.

Elle m'attira à l'intérieur et ferma la porte.

30

Dans le hall d'entrée, je lui racontai toute l'histoire. Un torrent de mots sortait de ma bouche encore imprégnée de sa saveur.

Le coup de fil de Billy Greene. L'interrogatoire à West End Central de Mme Margaret Duffy, de Stow-on-the-Wold. Le garçon qu'elle avait vu et reconnu dans cette station-service. La figurine qu'il avait lâchée. Le trajet jusqu'à Londres pour me la remettre en main propre. Et la certitude – une certitude absolue – qu'il s'agissait bien du garçon des journaux. Certes, il paraissait plus vieux à présent, mais Mme Duffy, en tant que femme, mère et grand-mère, savait d'expérience combien un enfant peut changer du jour au lendemain.

Je me laissai soudain emporter par le jargon des flics, expliquant à Charlotte que j'avais lancé une alerte HP[1] sur HOLMES, qui avait entraîné l'annulation de tous les congés dans huit services et le feu vert accordé par la DCI Whitestone, mon ORE[2], pour prévenir tous les policiers sur le territoire britannique d'une confirmation d'identification de l'enfant disparu et…

1. Haute priorité.
2. Officier responsable de l'enquête.

Je m'interrompis d'un seul coup pour livrer à Charlotte la seule information réellement importante :

– Bradley est vivant.

Charlotte fixa la figurine de Han Solo qu'elle tenait dans son poing, hocha la tête et fit un pas vers moi.

Après quoi plus aucun mot ne fut prononcé pendant un moment.

Aucun mot dans le couloir, lorsqu'elle me prit la main. Aucun mot dans l'escalier où elle me conduisit jusqu'au dernier étage de la grande maison. Aucun mot dans la chambre pendant que nous nous déshabillions hâtivement, à la fois ébahis et intimidés. Et strictement aucun mot alors que nos bouches se cherchaient, se trouvaient, et que nous faisions l'amour avec tendresse et fougue, bercés par les seuls bruits de nos soupirs et de nos cris. La nuit tomba bientôt et la lueur des réverbères de Fitzrovia s'immisça dans la chambre.

Toujours sans un mot, nous nous retrouvâmes enlacés, emmêlés, surpris et à bout de souffle, si proches en cet instant que je n'aurais su dire où elle se terminait et où je commençais.

– Max… c'est difficile pour moi.

– Je comprends.

Je ne voulais plus de mots. Ils étaient devenus superflus.

J'embrassai de nouveau son visage, son épaule, ses bras, ses mains, savourant le goût et la douceur de sa peau – et c'est seulement à cet instant que je remarquai le mince bracelet de peau cicatricielle blanche, la marque reconnaissable entre toutes de l'automutilation.

– Non, dit-elle d'une voix douce en retirant son bras et en le cachant sous la couverture. Vous ne comprenez rien. Mais vous êtes un homme bon n'est-ce pas ? Un homme bon...

Elle embrassa le dos de ma main. Des larmes faisaient briller ses yeux. Elle commençait à me faire peur.

– Ce n'est pas à cause de vous...

Je sursautai.

Quand quelqu'un dit *ce n'est pas à cause de vous*, cela signifie presque toujours le contraire.

Mais pas cette fois.

– Dites-moi, Charlotte...

Autres baisers.

– Faites-moi confiance...

Je ne comprenais pas ce qui était en train de se passer.

Je ne comprenais pas ce qui posait problème.

– Dites-moi ce que c'est. Dites-moi pourquoi c'est difficile pour vous. Parce que moi, je ne trouve pas ça difficile du tout. Ça me semble la chose la plus naturelle et la plus raisonnable du monde.

– C'est à cause de certaines choses, très anciennes. Quand j'étais très jeune. Après la mort de ma mère.

Elle prit une profonde inspiration et expira lentement, très lentement.

– Tout s'est effondré... Mon père s'est mis à boire... Seigneur, il buvait tellement !

Elle me regarda.

– Il ne savait pas ce qu'il faisait.

L'angoisse montait en moi.

Quelque chose de sombre était en train de s'insinuer dans cette maison, dans cette chambre, dans ce lit.

– Qu'est-ce qui vous est arrivé ?

Mon cœur se fissurait, j'étais pris de vertige, de nausée – je venais de comprendre.

Et je la vis répéter ce geste familier, main droite

couvrant son poignet gauche, frottant la peau pour cacher les cicatrices de sa chair tailladée depuis tant d'années.

– On vous a maltraitée, dis-je, abasourdi par le choc et la souffrance.

Elle ne répondit rien.

– Qui ?

Toujours pas de réponse.

Car elle savait que je voudrais tuer l'homme qui lui avait fait ça.

Ce soir.

– Ça s'est passé chez vous ?

Un infime hochement de tête. Sans me regarder.

– Chez moi, oui.

– Et Mary ?

– Pour elle, c'était encore pire.

– Parce qu'elle était plus âgée ?

Elle rit.

Je n'avais jamais entendu autant d'amertume dans un rire.

– Parce qu'elle était plus *jolie*.

Un mur de silence se dressait entre nous. Maintenant, je voulais tout savoir. Je voulais qu'elle me raconte l'étendue de leur calvaire.

– C'est pour cette raison que votre mère s'est suicidée ?

La fureur la prit soudain :

– *Ma mère ne s'est pas suicidée !* Elle est tombée… elle est tombée devant le train… Ma mère…

Les mots moururent sur ses lèvres, la fureur refluait.

– Qui était-ce ?

– N'en parlons plus.

Elle m'embrassa.

– D'accord ? Où en étions-nous, déjà ?…

Elle me prit dans ses bras.

– Vous savez qui viole les enfants ? Presque toujours des membres de la famille. Les statistiques sont écrasantes. Des inconnus, parfois, oui. Mais pas aussi souvent qu'on pourrait le croire. En général, ce sont des personnes qui ont leur confiance. Des personnes qui ont facilement accès à eux.

Je secouai la tête.

– Vous parlez de votre père.

Elle enfouit son visage dans l'oreiller.

– Non, protesta-t-elle d'un filet de voix étouffée.

– Votre mère s'est suicidée, n'est-ce pas ?

– Oui.

– Pourquoi ?

– Pourquoi est-ce qu'on se suicide ? Parce que la vie est devenue insoutenable...

Je sortis du lit.

– Je suis désolé, Charlotte.

C'était vrai. Désolé pour tout. Pour sa mère. Pour sa souffrance. Et pour ce que je m'apprêtais à faire.

Je n'étais pas sûr de ce qui se passait. J'avais perdu le sens des choses. Mais j'étais sûr qu'il fallait que je voie quelqu'un, immédiatement.

Je ramassai mes vêtements éparpillés dans la chambre et commençai à me rhabiller.

Charlotte s'assit.

– Je vous en prie, écoutez-moi... Mon père était un homme bon.

Je continuai d'enfiler mes affaires.

Elle sauta du lit, me saisit le bras et m'obligea à me retourner.

– *Écoutez-moi !*

C'était la voix d'une femme habituée à se faire obéir.

La voix d'une femme qui avait grandi entourée de domestiques.

– Vous ne pouvez pas y aller ! N'y allez pas ! Je vous l'interdis !

– Je n'ai pas envie d'y aller. Je veux rester avec vous. Je voudrais rester avec vous jusqu'au bout. Mais je dois y aller.

– Cette affaire ne concerne que *moi* !

J'acquiesçai, mais finis de m'habiller. Ses yeux vibraient de désespoir.

– Je ne vous ai pas raconté cette histoire pour vous demander *d'agir*, je vous l'ai racontée pour que vous *compreniez* !

C'était le moment de rester.

– J'ai du travail qui m'attend.

Elle étouffa une insulte.

– Je vous interdis d'en parler ! Je vous interdis de vous servir de ça !

J'essayai de l'embrasser une dernière fois.

Elle détourna le visage.

– Non.

– Je dois y aller.

– Si vous partez maintenant, vous ne reviendrez plus jamais.

Je l'entendis pleurer pendant que je descendais l'escalier.

Par terre dans l'entrée, je remarquai la figurine de Han Solo. Je la ramassai et la glissai dans la poche de mon blouson en cuir.

Puis je sortis sur Fitzroy Square et relevai mon col pour me protéger du froid sombre et cinglant.

31

– Je sais pourquoi Mary Wood vous consultait, dis-je au Dr Joe. Et je sais ce qui se passait dans cette famille. Pas les Wood, les Gatling.

Nous nous trouvions dans une librairie de Notting Hill, bien après l'heure de la fermeture, et l'endroit était rempli de gens joyeux au visage rayonnant qui sirotaient du vin en attendant d'écouter le Dr Joe parler de son nouveau livre. Je l'avais attiré à l'écart de la foule, au calme d'un petit couloir tapissé de livres. L'écho de bavardages intelligents parvenait jusqu'à nous. Les gens étaient heureux de le voir ici.

– Max, Mary m'a consulté pour la même raison que tous mes autres patients. Pour apprendre à mieux vivre dans ce monde.

– Je sais qu'elle a été violée. Enfant.

Je revis le bandeau de chair claire autour du poignet de Charlotte.

– Et je sais que c'est à cause de ça qu'elle avait du mal à vivre dans ce monde.

Je lus sur son visage que j'avais deviné juste.

– Bon sang, docteur Joe… vous auriez dû nous le dire !

– Je vous l'aurais dit si ça m'avait semblé pertinent

par rapport à votre enquête. Ça n'est pas le cas. Le coupable est mort il y a des années de ça…

Il hésita.

– C'était son coach. Son entraîneur de ski.

– C'est faux. Elle vous a menti. Sur ce point, en tout cas. Le coupable est beaucoup plus proche d'elle. C'est toujours la même histoire, docteur : la maltraitance surgit directement au sein de la famille de la victime.

Je le vis douter.

– Pourquoi a-t-elle mis un terme à vos séances ?

– Je ne sais pas.

– Moi je sais. Parce qu'elle sentait qu'elle devait faire autre chose pour supporter sa vie. Je pense que Mary avait décidé qu'il n'était plus temps de vous parler mais d'aller tout raconter à la police. Elle allait avouer qu'elle avait été violée. Elle se sentait prête. Prête à annoncer la nouvelle au monde entier. Mais ça peut prendre des années, n'est-ce pas ? Pour trouver les mots. Toute une vie, même, parfois…

– Oui. Plus longtemps, même, dans certains cas. Comment êtes-vous au courant de cette histoire ?

– Parce que Mary n'a pas été la seule victime : Charlotte aussi. Oui, les deux sœurs. Après le suicide de leur mère, elles ont toutes les deux subi les violences de leur père. Victor Gatling.

– Non. Vous vous trompez, Max. Mary aimait son père.

Je frappai vigoureusement à la porte de la suite de Nils Gatling au Langham sans me préoccuper de la pancarte

NE PAS DÉRANGER.

Une voix de femme résonna à l'intérieur.

– Laissez ça devant la porte !

Je continuai de frapper.

Zina ouvrit. La fille qui avait étreint Curtis Gane sur son lit d'hôpital.

Nous nous regardâmes, interdits, l'un et l'autre surpris de nous trouver là. À quoi je m'attendais ? À ce qu'elle serre éternellement Curtis Gane dans ses bras ? C'était peut-être pour croire à ce mensonge qu'on était prêt à payer…

Elle me fit signe d'entrer. La suite ressemblait davantage à une maison qu'à une chambre d'hôtel.

Zina était ivre. Complètement déchirée. Et autre chose encore. D'une voix traînante et brouillonne, elle m'expliqua qu'il était dans l'autre pièce. Son peignoir s'ouvrit largement.

Une sorte d'anesthésiant devait couler dans ses veines. Sur la commode, je reconnus la plaquette de pilules. Des pilules blanches gravées d'une petite croix.

Du Rohypnol.

Nils Gatling apparut vêtu d'une robe de chambre.

– Et maintenant, on va parler de votre sœur, lançai-je.

Il se figea, me jaugea. Il n'avait pas peur. J'aurais dû comprendre l'avertissement mais je l'ignorai.

– J'ai deux sœurs. De laquelle voulez-vous qu'on parle, inspecteur ?

– De celle qui a été assassinée. Je sais pourquoi Mary suivait une psychothérapie. Elle avait été violée dans son enfance et elle s'apprêtait à tout révéler.

Il m'observa un instant.

Puis éclata de rire.

– Non. Vous *pensez* avoir découvert ce qui avait poussé Mary à voir un psy. Voyez-vous, ma sœur avait besoin d'aide parce qu'elle était dérangée et déconnectée de la réalité. Elle avait fait des tentatives de suicide. Elle s'automutilait.

Il sentit que je doutais et sourit.

– Dieu sait que mon beau-frère était un incapable et un minable – mais sa vie conjugale ne me rendait pas jaloux. Mary était profondément instable. Si Peter Nawkins ne l'avait pas tuée, elle aurait probablement mis fin à ses jours elle-même. Dans ma famille, on se transmet trois choses de génération en génération : les cheveux blonds, les yeux bleus et la schizophrénie paranoïde.

Il soupira.

– À chacun sa croix…

Je secouai la tête.

– Non à mon avis, si elle n'avait pas été assassinée par Nawkins, elle ne se serait pas suicidée : elle aurait *parlé*. Elle aurait tout raconté à la police. La psychothérapie avait fait son maximum. Le Dr Joe avait fait son maximum. Mais votre sœur avait besoin de régler ses comptes.

– Horrible expression.

– Et ce n'est peut-être pas la bonne. Mais j'ai vu trop de victimes. Tôt ou tard, elles ont besoin que la vérité éclate, sans quoi elle les ronge de l'intérieur, comme un cancer. Ce que votre sœur avait subi la dévorait. Elle avait soif de justice.

– Mais elle avait parlé. Vraiment. Pendant des heures et des heures. Au lieu de s'entraîner. J'imagine qu'il reste des traces de toutes ces affabulations horribles, de tous ces fantasmes immondes. Comme ma mère. Toutes les femmes de ma famille nourrissaient les mêmes fantasmes écœurants…

Les femmes de sa famille.

Sa mère. Ses sœurs.

Oui, leurs souffrances étaient forcément provoquées par quelque chose...

– Personne ne l'a écoutée. Ça aussi, je connais. Elle a tenté de parler et personne ne l'a écoutée. Mais cette fois, après tant d'années, elle était prête à réessayer...

Il y eut des coups frappés à la porte.

– Laissez tout devant la porte !

Nouveaux coups.

Et soudain, une décharge de haine déforma le visage de Nils Gatling.

– Va ouvrir, sale pute !

Zina traversa la pièce en flageolant. Ses yeux brouillés par la drogue se posèrent sur lui.

– Va ouvrir toi-même !

Il avança d'un pas et sa main s'abattit violemment sur le visage de la jeune femme. Une seconde gifle se préparait mais je lui saisis le poignet. Il rit.

– OK, OK...

– Il aime me faire mal, lança Zina.

Sur sa peau blanche piquetée de taches de rousseur, l'empreinte rouge de la paume.

D'un pas mal assuré, elle parvint à rallier la porte.

– Il aime un peu trop ça, mais c'est le seul moyen qu'il a trouvé pour réussir à bander...

Elle sourit à cette maigre vengeance. Gatling se contenta de rire.

– Vous la touchez encore et je vous casse le bras en trois.

– Oh, regardez-vous... le défenseur des faibles et des opprimés !

Je lui lâchai le poignet. La situation commençait à

déraper. Il fallait que je l'amène à West End Central pour un interrogatoire enregistré – si on restait ici, j'allais avoir envie de le buter.

Zina ouvrit la porte. Nous ne vîmes pas le garçon d'étage, mais elle réapparut bientôt en poussant un chariot.

Du champagne. Un seau à glace. Deux flûtes. Un repas pour une personne.

– Vous allez devoir m'accompagner à West End Central. J'ai besoin de votre déposition. On vous lira vos droits puis vous serez interrogé.

– Vous permettez ?

Il prit la bouteille de champagne.

Je l'ignorai et sortis mon téléphone. Je voulais que tout soit prêt à notre arrivée.

Il me frappa en plein milieu de la tête avec le magnum. Je tombai à genoux. Nouveau coup à l'arrière du crâne. Quelque chose se fracassa, et ce n'était pas la bouteille.

Zina hurlait. Mes côtes étaient trempées et glacées. En tombant, j'avais attrapé la nappe sur le chariot et renversé le seau. Il y avait de la glace pilée partout. Mon oreille explosa. Je compris que Gatling venait de shooter dedans.

Au moment où le sang coula sur mes yeux, la douleur surgit d'un seul coup – dans mon front ; à l'arrière de ma tête, dans mon oreille…

Gatling téléphonait.

– Ramène-toi tout de suite !

Après quoi, très méticuleusement, il visa le petit os fragile juste au-dessus de mon oreille et le frappa du bout du pied jusqu'à ce qu'une douce obscurité m'enveloppe et m'emporte.

En me réveillant, je vis Zina.

Je n'avais pas bougé. Aucun moyen de savoir si j'avais perdu conscience une minute ou une heure. Privé de repères temporels, j'avais envie de vomir. J'avais été tabassé plutôt sévèrement – mais rien à voir avec ce qu'avait subi la fille qui avait quitté la Roumanie voilà dix ans.

Elle était assise sur une chaise, la tête penchée vers l'avant. Son chemisier était trempé de sang. Sa gorge avait été tranchée.

– *Putain... nom de Dieu...* murmurai-je.

J'essayai de me relever.

Sean Nawkins était là.

Il me regarda.

– Bute-le ici, dit-il sans me quitter des yeux.

– Non, répondit Gatling. On doit déjà se débarrasser de la pute... À moins que tu préfères laisser la femme de ménage s'occuper de deux cadavres ?

Il tenait une petite bouteille d'eau minérale comme celles qu'on trouve dans les minibars de chambre d'hôtel. Ils m'aidèrent à me mettre à genoux. À ce geste de secours inattendu, mes yeux se mouillèrent de larmes en un pathétique réflexe de gratitude. Puis les doigts de Nawkins se saisirent de mon menton pour m'obliger à ouvrir la bouche.

– Bois ça ! ordonna Gatling.

Je me débattis.

– *Bois ça !*

Je marmonnai quelque chose.

Sa tête se colla à la mienne.

– Va te faire foutre, réussis-je à prononcer.

– Ouvre-lui grand la bouche !

Nawkins agrippa mon menton à pleine main et, de l'autre, me pressa le nez. Mes mâchoires s'écartèrent avec un craquement. L'eau coula dans ma gorge, qui se contracta dans un spasme. L'amertume du vomi envahit ma bouche.

Mais Nawkins me referma les lèvres et le vomi redescendit avec l'eau.

– Maintenant, on attend vingt minutes, annonça Gatling.

La chambre commença à basculer devant mes yeux.

Le temps s'émiettait par fragments.

J'aurais voulu m'allonger, me laisser tomber dans un sommeil éternel, mais des mains m'habillèrent, rabattirent sur ma tête une capuche trop petite et me conduisirent dans le couloir. J'étais vaseux, nauséeux, mes jambes ne répondaient plus, un de mes petits camarades me tenait sous les bras pour me traîner jusqu'à l'ascenseur de service, plus grand et plus crasseux que celui par lequel j'étais monté.

Nous sortions par l'arrière de l'hôtel. Un jeune employé prenait sa pause cigarette dans la cour.

– Ah ben bravo ! s'exclama Gatling et le gosse rit en cachant sa cigarette.

– On est tous passés par là, m'sieur !

Je me sentis céder à un profond sommeil. Ce sommeil qui est l'antichambre de la mort. Ce que j'avais bu n'avait pourtant qu'un goût d'eau — le Rohypnol mélangé à n'importe quel liquide perd toute saveur et toute odeur. Il se dissout entièrement. Comme celui qui l'absorbe.

L'effet produit sur l'activité psychomotrice du cerveau et des membres est comparable à celui des tranquillisants – en dix fois plus puissant.

Les violeurs l'adorent.

Parce qu'une fois leur proie droguée, ils peuvent en faire ce qu'ils veulent.

32

Quand j'ouvris les yeux, un marteau tapotait mes incisives.

– Pour commencer, je lui casse toutes les dents, expliquait Sean Nawkins. Puis, en vingt minutes, une demi-heure maximum, je lui scie le bout des doigts.

La panne du marteau dessina grossièrement un cercle autour de mon visage, passant de mon front à ma joue et à ma mâchoire avant de remonter de l'autre côté.

– Puis je retire son visage en faisant une belle incision bien profonde et en soulevant sa peau comme si je pelais une pomme.

Il se retourna.

– Après, on le brûle, et ce ne seront pas des restes humains qu'ils trouveront. Juste des bouts de viande grillée.

J'étais incapable de bouger. Tout d'abord, je crus que mon cerveau et mes muscles me trahissaient encore, puis je compris : ils m'avaient attaché à une chaise avec plusieurs rouleaux de solide ruban adhésif marron.

J'avais dû vomir car un filet de bile jaune pendait de ma bouche et collait à mon torse nu.

Je pensai aussitôt : *Scout*. À moins que je l'aie dit. À moins que je l'aie hurlé.

L'épais brouillard du Rohypnol flottait dans mon cerveau. J'étais incapable de discerner la réalité du rêve.

Il y avait des lumières dans la nouvelle pièce où je me trouvais, mais bien trop vives pour me permettre de distinguer quoi que ce soit. Je me demandai brièvement si j'étais déjà mort et parqué dans un coin illuminé de l'enfer.

– *Seigneur, pitié… Oh, bon sang…*

– Qu'est-ce qu'il raconte ?

– Il délire. C'est la roche[1]. Il est dans le coaltar.

J'entendis une cloche. Une cloche de temple. Une cloche japonaise.

J'ouvris les yeux.

Je me trouvais dans la grande maison de Highgate. Dans la résidence du Parc.

Dans l'atrium dans lequel j'étais entré il y avait une éternité de cela, cette vaste salle blanche fermée par un haut mur de verre. La tache noire du départ d'incendie couvrait toujours une cloison et la moitié du sol de la cuisine et de l'espace repas. La longue table pour douze convives était toujours là. De l'autre côté du mur de verre, c'était toujours le noir total.

Et dans le jardin japonais, la cloche sonnait toujours.

Debout près de la fenêtre, Nils Gatling consultait son téléphone. Nawkins, lui, fourrait mes vêtements dans un grand sac-poubelle noir. C'est à cet instant seulement que je m'aperçus que j'étais nu.

Sur la table basse entre nous étaient disposés un

1. Surnom donné au Rohypnol, d'après le nom du laboratoire qui produit les cachets.

jerrican, un marteau, une scie à métaux et un vase de lys fraîchement coupés.

Mon cerveau fonctionnait au ralenti. Tout portait à croire qu'il ne retrouverait plus jamais sa vitesse de croisière : le Rohypnol reste dans le sang pendant huit heures, et je serais mort bien avant.

J'étais incapable de réfléchir. De voir. De respirer. À chaque inspiration, une vague nauséeuse déferlait en moi.

Mais je voyais une chose.

L'homme à la fenêtre.

Je le voyais enfin clairement.

– Ce n'était pas ton père… dis-je à Nils Gatling. C'était toi.

Je ne sais pas si ces mots résonnèrent dans ma bouche ou dans ma tête, mais je vis le petit garçon riche devenir fou quand son père, assommé de chagrin, se réveillait ivre mort, espérant lui aussi la mort.

Et je vis Nils Gatling se faufiler dans les chambres de ses sœurs et leur faire ce qu'il voulait sans personne pour l'en empêcher.

Et je vis Mary massacrée parce qu'elle avait décidé de tout dire à la police, de révéler tous leurs secrets, car les secrets finissent toujours par éclater même si cela prend une vie entière…

Et je sus que ces mots n'étaient pas restés dans ma tête quand Nawkins referma d'un nœud son sac-poubelle et s'approcha de moi pour venir donner un petit coup de marteau contre mes incisives.

– Tu parles beaucoup pour un cadavre…

Il souleva le jerrican et déversa son contenu nauséabond sur ma tête, mes bras et mes jambes. La puanteur de l'essence me souleva le cœur.

– Cul sec, inspecteur. Parce qu'à ta prochaine respiration, je craque une allumette…

J'avais déjà l'impression de sentir ma chair rôtir.

– Foutre le feu… dit Gatling d'un ton méprisant, toujours plongé dans son Smartphone. C'est ta solution à tout, pas vrai ? On arrête les incendies, Nawkins.

Ce n'était pas une suggestion. C'était un ordre et je perçus la grimace de déception sur le visage de Nawkins. Il avait une passion pour le feu. Et je me souvins de la ferme où aucune empreinte digitale de l'Exécuteur n'avait été trouvée car quelqu'un l'avait incendiée.

– Tu veux le buter, pas vrai ? Et qu'on ne retrouve pas son corps ? En y foutant le feu, c'est possible.

Gatling indiqua la tache noire dans la cuisine et le coin repas.

– Tu as déjà essayé, je te rappelle. Et tu trouves que ça a bien marché, abruti ?

– Ta femme n'a pas été brûlée dans un lynchage. Conneries… Tu lui as foutu le feu, n'est-ce pas ? Elle avait fait quoi pour mériter ça ?

Son corps se raidit mais il ne me regarda pas.

– Tu veux le liquider, non ? répéta Nawkins.

– Il y a un meilleur moyen, répondit Gatling.

Soudain, tout s'éclaira.

Je fixai Sean Nawkins et je vis une caravane en flammes, avec une femme qui hurlait à l'intérieur, et je me rappelai les visites de la femme de Sean à son frère Peter dans la prison de haute sécurité, semaine après semaine, année après année…

Et je revis la fille de Sean Nawkins pendant qu'elle me labourait le visage de ses ongles, et je pensai non pas à l'espoir mais à la *certitude* qu'elle avait de l'innocence de son oncle Peter.

– Qu'est-ce que tu regardes, sale porc ? cria Nawkins.

Je lui souris.

– Je regarde un homme dont la femme et la fille ont toutes les deux couché avec son frère.

Il brandit son marteau, l'air hargneux.

– Et c'est pour ça que tu l'as piégé.

Le marteau s'abattit.

Avec un craquement sec, un fragment de chair sauta sur ma pommette, juste sous l'œil.

Je penchai la tête, m'efforçai de contrôler ma respiration, de maîtriser ma douleur. Quelques minutes passèrent avant que je puisse de nouveau parler.

– Gatling ?

– Quoi ?

Sans un regard. Concentré sur son Smartphone.

– Je sais ce qui s'est passé. Sean Nawkins devait faire taire ta sœur Mary. Son histoire aurait fait du bruit, comme tous ces vieux crimes sexuels qui refont surface... Même pour des faits très anciens, les juges ont la main lourde. Pas de prescription pour les violeurs d'enfants. Les victimes réussissent peu à peu à parler et à obtenir justice, enfin. C'était quoi, l'idée ? Massacrer toute la famille et faire porter le chapeau à un cinglé ?

Gatling faillit sourire.

– Ça a marché, pas vrai ?

– Tu savais que Nawkins a violé Mary ? Je parie que ça ne faisait pas partie du plan... C'est pour ça que tu haïssais l'époux de Mary. À part toi, personne n'avait le droit de toucher à elle. Pourtant, Nawkins ne s'en est pas privé ! Pose-lui la question, il est devant toi... On n'a jamais communiqué cette information mais c'est vrai. Allez, demande-lui.

Silence dans la pièce blanche. Gatling dévisageait Nawkins.

– C'est vrai ?

– Non ! Ce connard essaie juste de sauver sa peau…

– Gatling ! dis-je.

– Quoi ?

– Où est Bradley ?

Je me mis à hurler son nom.

– BRADLEY ! BRADLEY ! BRADLEY !

Gatling se tourna vers Nawkins.

– Ferme-lui sa gueule.

Furieux, Nawkins couvrit ma bouche avec du ruban adhésif, puis mon nez, mes yeux, mes oreilles. Jusqu'à ce que le rouleau soit vide.

Jusqu'à ce que je ne puisse plus respirer.

Ma bouche et mon nez étaient presque entièrement obstrués. Seul un petit coin de narine réussissait à inspirer un filet d'air. C'était suffisant. Et une fente au-dessus du ruban qui m'aveuglait presque me permettait d'apercevoir une mince portion de la pièce.

Et le vigile.

Un jeune Népalais, sans doute un ancien Gurkha[1] de l'armée britannique, peut-être le même gardien que le premier jour. Il était posté dans l'allée et regardait la maison d'un air perplexe. Gatling et Nawkins étaient en pleine discussion devant la fenêtre du jardin. Ils ne l'avaient pas vu. Le vigile continuait de scruter la maison.

Mes jambes étaient attachées au-dessus des genoux. Mais je pouvais encore bouger les mollets. Je lançai un coup de pied vers le grand vase en verre sur la table

1. Brigades des armées britannique et indienne recrutées au Népal.

basse, mais visai mal : mes orteils heurtèrent le côté de la table. La douleur fusa le long de ma jambe et broya mes testicules.

Je ravalai mon vomi. Si je vomissais maintenant, je savais que je m'étoufferais.

J'eus plus de chance avec le coup de pied suivant. Le vase s'envola, atterrit à l'autre bout de la table, explosa en une myriade de bris de verre, d'eau et de lys.

À travers mon infime fenêtre sur le monde, je vis le vigile remonter l'allée.

La sonnette de l'entrée se fit entendre.

Nawkins se pencha vers moi.

– J'avais l'intention de te tuer rapidement, mais maintenant je vais prendre tout mon temps…

Je donnai un autre coup de pied, qui percuta quelque chose de dur et d'humain. Ses doigts se vrillèrent dans ma nuque comme une serre, plaquèrent ma tête au sol. Je sentis l'air froid par la porte ouverte. Des murmures de paroles civilisées.

– Merci beaucoup, disait Gatling. Oui, la police a rouvert la maison… Je reste ici cette nuit, mais merci pour votre vigilance.

Et le Gurkha partit.

Et la porte se referma.

Des pas dans l'allée. Le claquement de la portière de la voiture du vigile. Et le bruit du moteur qui s'éloigne.

J'en aurais pleuré.

De nouveau, nous étions seuls tous les trois dans la grande maison au sommet de la plus haute colline de la ville, et ce silence ressemblait à la bande-son de la fin du monde.

Le leurre, pensai-je.

Peter Nawkins était le leurre.

Peter Nawkins était Maisy Dawes.

Et le rôle lui allait comme un gant.

– On attend que le gardien ait fini sa journée et on sort celui-là par-derrière, dit Gatling en me tapotant le crâne.

Mon cœur s'emballait. L'air se faisait rare. De plus en plus rare.

Je suffoquais.

– Je sais exactement où on peut l'enterrer, reprit Gatling.

Le mur à l'arrière de la résidence du Parc disparaissait sous le lierre. En un certain endroit, il suffisait de le soulever pour révéler un accès secret : une double porte dont la fonction originelle était connue seulement d'hommes réduits à l'état de poussière depuis des siècles.

Cet accès avait permis à Nawkins de venir massacrer une famille de la résidence du Parc ; à présent il lui permettait de me transporter, avec l'aide de Gatling, dans le cimetière de Highgate.

La cité des morts.

Ils m'emmenaient au plus profond de la jungle victorienne. J'essayai de tracer une carte mentale de l'endroit. Passage dans le mur. Descente des marches jusqu'à l'Egyptian Avenue. Puis à droite sur… quoi ? Dickens' Path. Enfin à gauche et descente vers Comforts Corner.

Mais mon esprit était toujours faible et étourdi par le Rohypnol. Je baignais dans les brumes de la drogue et, quand ils me laissèrent lourdement tomber par terre, j'avais perdu toute notion d'espace.

Je ne voyais rien. Rien que la nuit.

Mais j'entendis le bruit de la terre creusée, puis les

grincements et les craquements du vieux bois rongé par le temps et fendu de force.

L'odeur du tombeau.

Des bras robustes me soulevèrent.

– Tu veux coucher avec une pute ? me murmura Nils Gatling à l'oreille. En voilà une pour l'éternité !

Ils me descendirent dans un cercueil et je sentis des ossements humains crisser et s'effriter sous mon dos.

33

C'est la fin.

Dors maintenant.

Ferme les yeux.

Ne pense à rien.

Laisse-toi glisser dans cette nuit absolue, intacte, car tu ne connaîtras plus qu'elle.

Laisse-toi guider par ta respiration.

Accepte la fin.

Ne fais plus qu'un avec la nuit où s'achèveront toutes tes souffrances.

Mets un terme à tout ça.

La fin. La fin.

La douleur me ranima.

Je ne savais pas combien de temps ils avaient attendu que le vigile quitte son poste mais ça devait se compter en heures plutôt qu'en minutes car la douleur avait fendu les derniers lambeaux brumeux du Rohypnol pour perforer mon crâne.

Ils m'avaient pas mal cogné mais la douleur la plus vive provenait de l'entaille causée par le marteau de Nawkins à ma pommette.

Décharge intense d'une plaie profonde par-dessus

une ecchymose. Je repris aussitôt mes esprits et compris qu'ils m'avaient enterré vivant.

Je hurlai.

Je me débattais comme un chien tenant un rat crevé dans la gueule, les os craquaient et se cassaient sous moi, s'enfonçaient dans ma chair, et je sentais le ruban collé autour de mes bras se desserrer, comme s'il n'avait plus aucun pouvoir en ce lieu atroce. Je le déchirai avec mes doigts, mes dents, le déchiquetai, impatient d'en être débarrassé.

Il y en avait une quantité énorme mais je sus qu'il n'en restait presque plus quand il m'arracha des poils et de la peau. Je restai étendu, haletant, et la voûte de mon univers avait la consistance du bois humide et pourri à quelques centimètres de mon visage.

Je repris mon souffle. J'étais entouré par un noir complet, sans faille.

Alors, je me mis à frapper du poing.

– *Scout !*

Je pensai à ma fille et repris une inspiration. Je pensai à elle et elle me donnait de la force. Je pensai à elle, je criai son nom et le son du prénom de ma fille était rempli de la fureur de vivre.

Je frappais comme j'avais appris à le faire pendant des mois et des années, sans me disperser – je n'avais pas la place de me disperser. Je levais les poings de quelques centimètres pour frapper le plafond de bois, puis les retirais avant de recommencer – gauche – droite – gauche – droite, à chaque coup un petit cri animal s'échappait de mes lèvres – gauche – droite – gauche – droite, *ah ! – ah ! – ah ! – ah !* – les coudes collés à mes côtes comme pour me protéger de punchs qui coupent le souffle net et provoquent plus de dégâts que n'importe quel coup au visage – gauche – droite – gauche – droite, *ah! – ah! – ah! – ah!* – jusqu'à ce que mes phalanges se couvrent de sang, à vif, et que je doive arrêter pour contrôler la douleur et retrouver ma respiration.

Je profitai de cette pause pour entourer mes mains de morceaux de ruban adhésif et me bricoler des gants qui me permettraient de frapper plus fort. Plus tard – une heure, ou peut-être quelques secondes –, je recommençai.

Et le bois craqua. Un bruit strident, comme le tonnerre, et mes coups redoublèrent de violence – à tort car le bois cessa de craquer et mon énergie m'abandonna. Je restai étendu dans la tombe, en sueur, en larmes, les yeux irrités par l'eau salée.

Et je remarquai l'air.

Il n'y en avait presque plus.

Et je le gaspillais.

Je me tournai sur le côté, pris de panique, essayant de me calmer en respirant plus lentement. Mais je n'avais pas la place pour rester sur le flanc, le cercueil ne le permettait pas. Il m'obligeait à rester sur le dos et à garder cette posture jusqu'à la fin des temps.

Je lâchai un juron et donnai un coup de pied contre le couvercle. Je le sentis traverser le bois pourri et s'enfoncer dans la terre glacée. Je le retirai avec difficulté. Et je sus que le bois était près de céder. Il me suffisait de le frapper de la bonne façon. Et de le faire avant de manquer d'oxygène.

Mais j'étais si fatigué.

Je fermai les yeux – même si le résultat était le même quand je les laissais ouverts. Je me reposai aussi longtemps que je le pus. Et quand l'obscurité m'enserra, me susurra qu'il était temps de dormir, m'assura que j'avais fait tout mon possible et que le moment était venu de baisser la garde, je me braquai et me ressaisis, paré pour un ultime effort.

Comme je ne pouvais plus frapper avec des phalanges réduites à un amas de chair sanguinolente, je me rabattis sur les armes des boxeurs de rue.

Coudes. Genoux. Front. Frapper avec tout et n'importe quoi. Sur un rythme sauvage.

– *Scout! Scout! Scout!*

Chaque impact m'arrachait un rugissement. Coude gauche, coude droit, genou gauche, genou droit. À la force des abdominaux, je parvins presque à m'asseoir et, les os incrustés dans mon dos, je frappai de toutes mes forces mon front contre le ciel de bois.

En vain. Le bois grinça, craqua, se fendilla même mais je restai dans cette tombe où j'allais pousser mon dernier soupir. Épuisé, je me laissai envahir par des larmes amères et brûlantes.

Il me restait juste la force de prononcer à haute voix.

– Scout.

J'étais sur le point d'éclater en sanglots.

Mais je sentis le rat.

Il était entré grâce au trou à travers lequel mon pied était passé. Il se glissa entre mes jambes ; je poussai un cri horrifié ; il se faufila le long d'une cuisse, sa longue queue semblable à un serpent fou sur ma chair nue. J'entendis ses petites dents cliqueter près de ma tête, le temps de renifler et de savourer la peau ensanglantée de mon visage.

Je donnai des coups de pied, hurlai, me débattis comme un animal mourant comprenant enfin qu'il lutte pour sa survie.

Et le ciel de bois s'écroula enfin. La terre froide et

dure s'effondra sur mon torse, mon visage, partout – un ciel rempli de terre glacée par l'hiver qui pénétrait d'un coup dans ma bouche, mes yeux et obstruait mes narines.

Je l'écartai de mes ongles cassés, la grattai, la creusai, la déblayai. Elle essayait de m'ensevelir, je refusai. Mais le poids du monde m'écrasait, un monde terreux qui m'étouffait. Je luttai, conscient qu'arrêter de lutter revenait à mourir. Je tentai de me redresser malgré ce poids exténuant, je me battais plus que je ne creusais, c'était un combat désespéré, féroce, terrifié et impuissant, la terre était si froide et si dure à cause de l'hiver. Je ne respirais plus. Je coulais, je me noyais dans la terre, elle envahissait ma bouche, ma gorge se fermait alors que mes poumons et mon cœur s'apprêtaient à exploser.

Tout à coup, je me retrouvai en position assise, ce monde de terre pesait toujours sur moi mais n'arrivait plus à m'immobiliser, et je sentis ma main traverser le sol. L'air était doux et froid.

Je tentai de me hisser vers le haut. Les os sous mes pieds n'étaient plus que poussières.

Mes doigts dans l'air nocturne, puis une main, puis un bras que j'agitais en tous sens. Je me hissais au-dessus du sol, le sommet de mon crâne puis mon visage, et je recrachais la terre, et j'avalais de l'air, et je vomissais, et je ravalais mon vomi. Je le sentais accrocher à ma langue, à mes dents, à ma gorge, je haletais comme un noyé crevant la surface de l'eau en puisant dans ses dernières forces. Et soudain je me retrouvai dehors, suffocant, à bout de souffle, à moitié enseveli et à moitié libéré, une masse endolorie, la gorge, le nez et les yeux encore envahis par la terre de la tombe.

Vivant.

Une paire d'yeux jaunes sauvages se fixa sur moi. Le vieux renard efflanqué me regardait, incrédule – je lui rendis son regard. Il détala. Et je m'endormis. Ou je m'évanouis. À moins que les dernières traces de Rohypnol dans mon système sanguin ne m'aient précipité dans les bras de la nuit comme dans ceux d'une maîtresse.

Je ne bougeai plus jusqu'à ce que je tremble de froid et comprenne que je risquais de geler sur place si je ne faisais rien.

Observé par un aréopage d'anges sans visage, je finis de sortir du trou et m'aperçus que j'étais incapable de tenir debout. Impossible. Renoncer à marcher. Alors, je rampai.

Lentement, je me traînai sur le sol, la terre rugueuse raclant mes genoux, mes coudes, mes avant-bras, mes tibias et mes pieds. La douleur était incessante, seul le ruban adhésif resté collé à certains endroits de mon corps m'offrait un semblant de protection.

Tout en rampant, je priais pour que la nuit arrive à son terme et que je trouve de l'aide. Mais la nuit était interminable et je ne rencontrai personne. À bout de forces, je cessai de ramper et restai allongé, tremblant de froid et geignant comme un animal blessé.

La dernière chose dont je me souvienne est d'avoir levé les yeux sur le monument devant lequel je m'étais arrêté. Une statue de chien endormi apparut dans le sous-bois. Massive, de la taille d'une voiture plutôt que d'un chien. Je me demandai si elle se trouvait vraiment devant moi ou juste dans mes rêves. Ça n'avait plus d'importance.

Derrière le chien, un socle de pierre dans lequel des

mots gravés brillaient à la lumière de la dernière pleine lune de l'hiver.

TOM SAYERS
PUGILISTE
CHAMPION D'ANGLETERRE
NÉ EN 1826
PIMLICO, BRIGHTON, SUSSEX
« C'EST UN SPORT DE COMBAT,
FAIT POUR DES HOMMES DE COMBAT »

Je fermai les yeux et perdis connaissance, une main posée sur le chien de Tom Sayers.

34

– Bordel de merde… qu'est-ce qu'ils vous ont fait ?

Rocky surgit de la brume. Un froid glacial régnait sur le cimetière de Highgate, en cette heure qui précède l'aurore et voit les boxeurs faire leur footing solitaire, assurance d'éviter la catastrophe de l'épuisement physique à quelques rounds de la fin du combat.

Les mains qui me soulevèrent étaient à la fois fortes et délicates. Rocky retira les restes de ruban collés à mon corps et, sous le regard des anges sans visage, me passa son survêtement, zippa la veste jusque sous mon menton et réussit tant bien que mal à me faire enfiler son pantalon. Puis, m'aidant à me mettre debout, il me passa le bras autour des épaules et nous descendîmes lentement la colline jusqu'à sa vieille camionnette blanche.

– 27 Savile Row, dis-je, mais il ne réagit pas. *27 Savile Row, West End Central* !

– Non.

Il prit la direction du sud. La circulation était déjà dense aux abords d'Archway. Je dus m'endormir car, quand je rouvris les yeux, nous arrivions à Angel et prenions vers l'est, en direction de la City, d'East End et de l'Essex. Je jetai un coup d'œil au visage tendu de Rocky. À l'évidence, le commissariat de police était le dernier endroit au monde où il avait l'intention de me déposer.

Je le maudis – pour refuser de m'emmener là où je voulais, pour toutes les choses qu'il m'avait cachées. Il m'adressa un sourire sombre, secoua la tête et je fermai les paupières, conscient qu'il m'avait sauvé la vie.

Et je m'endormis.

Le bruit d'une corde à sauter me réveilla.

La corde en cuir fouettait l'air de plus en plus vite, les fines semelles des bottes de boxeur effleuraient le sol. Je fléchis mon corps, repérai les zones douloureuses, puis essayai d'étendre mes bras et mes jambes. Mes mains touchèrent un mur. Le lit était minuscule, comme l'endroit dans lequel je me trouvais : une caravane. Dans un coin, une batte de base-ball. Je tendis la main pour la prendre.

– Vous êtes en sécurité ici.

Echo se tenait devant la porte. Comme d'habitude, elle arborait une tenue estivale et provocante. Short blanc, t-shirt qui atteignait à peine son nombril, talons hauts grossiers. Mais elle paraissait plus âgée désormais, et sa grossesse était clairement visible.

– Pas besoin d'une batte…

Elle ne souriait pas.

– S'ils essaient encore de vous faire du mal, Rocky les en empêchera.

Je me rallongeai en songeant que, de toute façon, les battes de base-ball sont des armes de protection largement surestimées.

– Qu'est-ce qui vous est arrivé ?

Je respirai un bon coup. À en juger par la lumière déclinante au-dehors, j'avais passé le plus clair de la journée à dormir. Ce qui restait de Rohypnol en moi me causait la pire gueule de bois du monde. Mais je me souvenais de tout. Et j'avais les idées claires.

– Votre père et Nils Gatling : voilà ce qui m'est arrivé. Ils se connaissent, pas vrai ?

Elle haussa les épaules.

– Mon père a travaillé pour lui pendant des années. Gatling a des baraques dans tout Londres. Ça faisait des rentrées d'argent régulières pour mon vieux.

Pour un peu, j'aurais ri.

– Et vous ne m'avez rien dit ? Et Rocky non plus ?

– Vous êtes la police, répondit-elle sans ciller. On ne parle pas à la police.

Un frémissement de colère la parcourut.

– Mais j'ai *vraiment* essayé de vous parler de mon oncle, non ? Je vous ai bien dit qu'il était innocent. Vous n'avez rien voulu entendre.

– Vous ne voulez pas nous parler mais vous voulez qu'on vous écoute. Vous voyez le genre de problème que ça peut causer, n'est-ce pas ?

Elle soupira.

– Mon père et Nils Gatling… qu'est-ce qu'ils ont fait ?

– En gros : ils se sont rendu service. Gatling voulait réduire sa sœur au silence, et votre père voulait punir son frère.

Je vis qu'elle était choquée. D'une main protectrice, elle caressa son ventre et le bébé à l'intérieur.

Je me levai et allai jeter un coup d'œil par la fenêtre. Rocky sautait à la corde, torse nu. Son corps respirait la perfection physique, et je me demandai quand se déroulerait son premier combat chez les pros. Bientôt, forcément.

– Pourquoi Nils Gatling aurait voulu tuer sa sœur ?

– Il voulait l'empêcher d'aller révéler à la police qu'elle avait été violée dans sa jeunesse. Une histoire horrible, dont elle allait enfin pouvoir parler. Sa famille… c'était un dommage collatéral.

Elle ne me demanda pas pourquoi son père avait voulu punir son frère. Elle le savait.

– Vous saviez que Peter Nawkins n'était pas coupable parce qu'il était avec vous le soir du réveillon. J'aurais dû vous croire. Et je vous aurais crue… si vous me l'aviez dit.

Je repensai au lieutenant Ross Sallis, de Tottenham Hamel, et à son expression après le coup de fusil tiré si près de son visage. À la famille Burns, au père et à ses trois fils, et à ce que Peter Nawkins leur avait fait après avoir échappé à la castration.

– Votre oncle n'a pas tué Mary Wood et sa famille, mais faire de lui un innocent me semble un peu tiré par les cheveux…

Elle eut un rire désabusé.

– Alors ça ne s'arrête jamais, hein ? Mon oncle a payé pour son crime mais vous ne l'oublierez jamais…

– Pas quand on fait la une de plusieurs journaux. La gloire va et vient, l'infamie dure toujours.

Je m'aperçus qu'elle avait un œil au beurre noir. Son père devait être dans les parages. Mon regard se posa de nouveau sur la batte de baseball. Largement surestimée, peut-être, mais mieux que rien.

– Pour quand, le bébé ?

– Fin de l'été.

– Qui est le père ?

Elle eut un bref mouvement de tête négatif et la porte de la caravane s'ouvrit. Rocky apparut dans l'embrasure, glissa le bras autour de la taille d'Echo et déposa un baiser sur ses lèvres.

– Ils sont revenus. Devant la clôture. J'ai failli me prendre une bouteille alors je préfère rentrer. Depuis que ton oncle est mort, c'est de pire en pire…

Par la fenêtre, je vis de l'autre côté d'une clôture un large groupe de riverains. Une femme policière, seule, levait les mains en un geste qui se voulait d'apaisement.

– Qu'est-ce qu'ils veulent ?

Il sourit.

– Comme toujours : ils veulent qu'on parte. Vous vous sentez comment ?

– Ça va, merci.

Je soupirai.

– Tu aurais dû me parler, Rocky. Tu aurais dû me dire que vous aviez fait un chantier au Parc. Tu aurais dû tout me raconter. Tu as déjà vu Nils Gatling avec Sean Nawkins ?

Il haussa les épaules et détourna le regard. Même en cet instant, il rechignait à me dire ce qu'il savait.

– Tu aurais vraiment dû me le dire. Et tout ce que tu sais du père d'Echo.

– Je ne sais rien de son vieux. À part que c'est un putain de taré.

– Pire que ça. Sean Nawkins est un assassin. Et on va le choper.

Rocky acquiesça, tenta un sourire qui échoua lamentablement, et je me pris à espérer que l'enfant d'Echo soit de lui.

Un silence gêné monta entre nous. Il n'était pas

capable de me demander qui m'avait amoché et je ne pouvais pas lui parler du bébé d'Echo.

– Je n'en reviens pas que vous viviez encore ici tous les deux.

L'œil au beurre noir de la jeune fille paraissait récent.

– Si près de votre père…

– Ça va bientôt se finir : mon premier combat pro est pour vendredi. Au York Hall. Six rounds contre un Serbe qui compte six victoires pour zéro défaites.

Rocky irradiait de santé physique. La forme des boxeurs. Il ne faisait aucun doute qu'il était paré à vivre enfin sa vie.

– Bonne chance pour ça…

Je les regardai tous les deux.

– … et pour tout le reste.

Rocky couvait Echo d'un regard plein de fierté.

– Je gagne quelques combats et après, on se casse. Ça n'est pas une vie pour un boxeur, de ne pas savoir quand on va repartir sur les routes. On a besoin de stabilité. De certaines habitudes. On va se trouver un petit appart à Billericay. Avec un peu de verdure pas loin pour le bébé et des trains directs pour Londres.

Ça me semblait un bon plan.

Je me levai, roulai des épaules et constatai que je n'avais aucune blessure susceptible de m'empêcher de faire ce que j'avais à faire. Autant régler ça rapidement, pensai-je.

– J'ai besoin de toi pour une dernière chose, dis-je à Rocky. Je vais te donner le numéro direct de la DCI Patricia Whitestone, à West End Central. Je veux que tu l'appelles tout de suite pour lui dire que j'ai arrêté Sean Nawkins pour les meurtres de Mary Wood, Brad Wood, Marlon Wood et Piper Wood. Tu t'en souviendras ?

Ils restaient silencieux.

Rocky interrogea Echo du regard.

– Je m'en souviendrai.

Je lui donnai le numéro.

Puis je les saluai d'un signe de tête et sortis de la petite caravane. Je portais encore le sweat à capuche de Rocky, frappé de l'inscription

KRONK GYM – DETROIT.

Je le zippai jusqu'en haut.

Je me trouvais près de l'entrée principale d'Oak Hill Farm, une partie du campement où étaient regroupées les caravanes les plus petites. La foule de l'autre côté de la clôture paraissait avoir grossi. J'y cherchai la vision rassurante d'uniformes bleus mais je ne vis que la jeune policière et son collègue, un agent en faction devant l'entrée. Il parlait dans la radio fixée à son épaule. Il n'avait pas l'air rassuré.

Ils s'étaient garés à l'intérieur du campement : erreur. L'emplacement du véhicule doit indiquer au public la limite à ne pas dépasser. C'était une maladresse stratégique.

J'entendis non loin le bruit du verre brisé, suivi d'acclamations ironiques. Puis d'autres bruits similaires.

J'accélérai le pas. Je voulais en finir rapidement.

Je vis la fumée avant de voir Sean Nawkins. Une épaisse fumée noire montant de la benne à ordures derrière son bungalow.

Des cris. Je me tournai vers la clôture : le jeune flic était au milieu de la cohue et la femme demandait du renfort en parlant à toute vitesse dans sa radio. Je tendis l'oreille, guettant les sirènes : rien. J'observai la scène un moment, conscient qu'ils avaient besoin de mon aide.

Puis je repartis.

Encore du verre brisé. Et, cette fois, une clameur bien plus forte saluant une gerbe de feu sur le carré de pelouse galeuse à l'endroit où j'avais vu des chevaux, le premier jour. Je m'arrêtai, attendant de voir si ces cinglés allaient lancer d'autres cocktails Molotov. Mais quand des canettes de bière s'écrasèrent, inoffensives, sur le toit d'une caravane, je repris ma marche.

La porte du bungalow de Sean Nawkins était ouverte.

Je contournai la bâtisse. Nawkins était en train d'arroser d'essence une dizaine de sacs-poubelle noirs qu'il avait jetés dans la benne. Je me demandai ce qu'ils contenaient – à part les vêtements qu'il avait portés dans la nuit.

Peut-être Zina ?

– Je t'arrête pour meurtre.

Il leva les yeux vers moi avec l'impression de se trouver face à un homme mort.

Terrifié, il fit un pas en arrière. Il restait bouche bée, saisi d'horreur.

– Non ! cria-t-il, comme s'il niait mon existence davantage que ses crimes. Pas toi !

– Vous avez le droit de garder le silence, repris-je en avançant vers lui.

Au même instant, une bouteille explosa sur le flanc de la benne, et une autre rebondit intacte sur le toit de son bungalow.

Il serrait le jerrican contre son torse, comme pour se défendre face à un spectre. Soudain, un cocktail Molotov frappa son épaule et, avec un doux claquement dans l'air – *pop !* –, Sean Nawkins se transforma en torche.

Il tituba, la tête cernée d'un halo de flammes, la peau déjà fondue, les poils embrasés, la bouche tordue dans un hurlement. Ses cheveux et ses sourcils disparurent en premier. D'une main il se retenait à la benne, le corps plié en deux dans l'agonie de sa destruction, le visage noirci, les traits consumés…

Je dus recevoir à mon tour une bouteille car je restai un moment hébété, étourdi, nauséeux, l'arrière du crâne labouré par la douleur. Des éclats de verre brillaient sur le sweat-shirt de Rocky.

Sean Nawkins gisait à mes pieds, le visage dans la terre.

Les flammes commençaient à faiblir. Ses vêtements avaient presque tous brûlé, chaque centimètre de sa peau avait la couleur, la texture et la puanteur d'une viande calcinée.

Je reculai, une main contre mon crâne, l'autre couvrant ma bouche, et contournai le bungalow pour tomber face à une émeute.

Les riverains avaient forcé le passage dans le campement.

Les habitants d'Oak Hill Farm sortaient en courant de leurs caravanes et de leurs cabanes pour les repousser. Les hommes brandissaient des tuyaux de plomb, les femmes des battes de baseball, les chiens aboyaient, les enfants pleuraient. Les deux groupes se percutèrent comme des armées médiévales dans un choc effroyable de métal, de chair, de verre brisé et de sang.

Les deux agents en uniforme avaient disparu mais leur voiture avait été réquisitionnée par les émeutiers. Deux types pas vraiment jeunes, énormes, et vêtus d'un polo et tatouages ringards, beuglaient aux portières en roulant sur les massifs de fleurs joliment arrangés entre les pelouses.

Je vis Rocky et Echo dans l'embrasure de la porte de leur minuscule caravane. Elle criait :

– Smoky ! Smoky ! Smoky !

Son chien.

J'aperçus l'akita, fou de terreur, sur une pelouse près d'une balançoire. Ses aboiements avaient quelque chose de désespéré. Rocky piqua un sprint dans sa direction mais les deux hommes dans la voiture de police avaient vu eux aussi l'animal. Ils accélérèrent dans sa direction.

Rocky arriva le premier face au chien. Il tapait dans ses mains, lui criait des ordres mais le grand akita restait sans réaction. Enfin il comprit et Rocky repartit en courant vers la caravane, talonné par le chien. À chaque seconde, la voiture conduite par les deux hommes se rapprochait d'eux.

Sans dévier de sa trajectoire.

Verrouillée sur l'homme et l'animal comme un missile à guidage thermique.

Echo se tenait devant la porte.

Le chien était plus rapide que Rocky, il bondit devant lui, disparut dans la caravane en remuant déjà la queue de plaisir. Rocky était presque arrivé, quand il trébucha, tomba et resta étendu, bras écartés, sur le gazon pelé d'Oak Hill Farm.

La voiture de police roula sur ses bras juste en dessous des épaules.

Je vis son visage déformé par la douleur. Son cri monta vers le ciel.

La voiture fit une embardée. Les deux hommes riaient comme des déments.

Enfin, j'entendis les sirènes et me tournai vers le portail d'Oak Hill Farm. Je me mis à courir.

35

Je lançai la deux-tons et les gyros et la BMW X5 fonça vers l'ouest tandis que la nuit se refermait sur nous. Le flux des véhicules sur l'autoroute vers Heathrow s'écartait sur notre passage, les feux arrière s'alignaient sur la bande d'arrêt d'urgence.

Assise à côté de moi, la DCI Whitestone parcourait un mince dossier vert qui avait l'air d'avoir vingt ans mais n'avoir jamais été ouvert.

– Mary a parlé. Quand elle avait 16 ans, elle était allée au poste de police de son quartier pour porter plainte contre son frère pour abus sexuel.

Elle referma le dossier.

– Mais personne ne l'a crue. Personne ne l'a écoutée.

– On l'aurait crue aujourd'hui. Les temps changent…

– Ils n'ont même pas pris la peine de perdre son dossier, ajouta Wren. Est-ce que son père a fait pression sur la police ?

– Même pas. C'est sans doute le plus triste. Le nom du grand homme a dû suffire pour étouffer l'affaire…

– Mais pourquoi avoir liquidé toute la famille ? demanda Wren. Nils Gatling voulait faire taire sa sœur. Pourquoi s'en prendre au mari, aux enfants ? Pourquoi enlever le petit garçon ?

– Pour nous lancer sur une fausse piste, dis-je. Idem pour le pistolet d'abattage. Quel genre de fou furieux se sert de ce genre d'arme pour commettre des meurtres ? Quelqu'un qui l'a déjà fait…

Je me rappelai les paroles de John Caine au Black Museum.

– On tue avec ce qui nous tombe sous la main. Et l'Exécuteur était le leurre idéal, surtout depuis que Mary Wood lui avait offert un verre de limonade en souriant et qu'il s'était mis à collectionner des photos d'elle…

– Donc Nils Gatling et Sean Nawkins se connaissaient depuis plusieurs années ? demanda Whitestone.

Je hochai la tête.

– Gatling est propriétaire de plusieurs logements à Londres, ce qui permettait à Nawkins de récupérer régulièrement des petits chantiers. Quand Nils a compris que Mary était prête à parler à la police, elle avait signé son arrêt de mort. Il avait juste besoin de quelqu'un pour faire le sale boulot. Et Sean Nawkins avait des raisons personnelles de vouloir piéger son frère, l'Exécuteur.

– Mais pourquoi Mary a-t-elle pris la décision de tout raconter, après tant d'années ? Par soif de justice ? Pour sauver son couple ? Pour ne pas devenir folle ? Parce que aucun homme ne devrait s'en tirer, quelle que soit la durée écoulée depuis les faits ?

– Tout ça.

Je revis Charlotte dans mes bras. Je me rappelai son expression quand elle m'avait demandé de ne pas aller trop loin. *C'est difficile pour moi…* C'était pour cette raison, je le savais, que Mary avait décidé de révéler la vérité à la police. Parce que la vie qu'elle aurait dû vivre lui était interdite tant que le passé – cruel, impitoyable – la tirait vers le bas, glaçait son cœur, l'empêchait d'aimer, d'étreindre, de faire confiance… *C'est difficile pour moi,* avait dit Charlotte, évoquant le terrible fardeau de la victime, et c'est exactement pour ça que Mary était enfin prête à révéler au monde les agissements de son frère.

– Nils Gatling voulait faire taire sa sœur et Sean Nawkins voulait punir son frère, résuma Whitestone. Mais est-on vraiment sûr que Peter Nawkins avait une liaison avec la femme et avec la fille de Sean ?

Je haussai les épaules.

– Je sais qu'Echo a passé le soir du réveillon avec son oncle Peter et que sa mère lui a rendu visite pendant des années à la prison de Belmarsh. C'est tout. Je ne connais pas exactement la nature de la relation que l'une et l'autre entretenaient avec lui. Des nuits de passion fiévreuse ? Un câlin autour d'une tasse de thé ? Sincèrement, je n'en ai aucune idée. Peter Nawkins était un homme extrêmement violent, aucun doute là-dessus. Quand Burns et ses fils ont essayé de le castrer, il leur a pulvérisé la cervelle à coups de pistolet d'abattage. Mais quand le monde foutait la paix à Peter Nawkins, il était ravi de foutre la paix au monde. Il n'a pas tiré sur le lieutenant Sallis alors qu'il le tenait au bout de son fusil. Et même en tombant sur un bon jour, ou en le traitant comme un être humain, je pense que Peter Nawkins pouvait se montrer doux et bienveillant. Sean Nawkins, lui, était un psychopathe.

– La femme de Sean et sa fille ne supportaient plus de vivre avec lui, reprit Whitestone. C'était un salopard, un pervers, et il les battait. Ce genre de femme et ce genre de fille cherchent toujours une issue…

– Et, parfois, elles n'ont pas besoin de chercher très loin, dit Wren. Pas plus loin que la caravane d'à-côté.

Je jetai un coup d'œil au rétroviseur. Les voitures restaient sur la bande d'arrêt d'urgence pour laisser passer le reste du convoi : deux ARV du SCO19, des véhicules d'intervention et de patrouille et des motards qui avaient du mal à suivre le rythme. Quelque part dans ces voitures, des membres d'une équipe d'investigation spécialisée en maltraitance infantile.

– Il faut qu'on arrête tout ce cirque avant d'intervenir. Et les autres attendent notre signal. Je ne veux pas qu'on terrorise le gamin…

Je sentis – plus que je ne le vis – le coup d'œil entre Whitestone et Wren. Mais elles ne prononcèrent pas un mot tandis que la ville et la banlieue cédaient peu à peu la place aux mamelons des collines et aux maisons en pierre couleur miel.

Le village de Lower Slaughter était en vue.

Dans le jardin clos entouré de murs d'un manoir, un petit garçon jouait tout seul.

Bradley Wood paraissait plus âgé et plus marqué que sur les photos que nous avions de lui mais c'est le cas de la plupart des enfants portés disparus. Assise à une table, une vieille gouvernante philippine sommeillait, la tête entre les bras, un iPad posé devant elle. Nous passâmes devant elle sans la réveiller.

– Bradley ?

Je m'accroupis pour le regarder dans les yeux.

– Je crois que c'est à toi.

Je lui tendis la figurine du cow-boy de l'espace.

– Han Solo, dit-il en me le prenant. Je le cherchais !

Il regarda Whitestone et Wren, juste derrière moi, comme s'il espérait voir sa mère. Je me sentis assailli par un regret amer. Voilà ce que font les hommes, songeai-je. Pour quelques spasmes de plaisir… et, ensuite, ils font tout pour cacher les conséquences.

– Bradley ?
– Oui ?
– Est-ce que quelqu'un t'a fait du mal, fiston ?
Il réfléchit. Puis secoua la tête.
– Tu me le dirais, hein, si on t'avait fait du mal ?
Bref hochement de tête.
Je le croyais.
– Je peux rentrer chez moi, maintenant ? Oncle Nils n'arrête pas de me dire : *bientôt, bientôt...*
– Tu peux rentrer chez toi tout de suite. Et tu n'as même pas besoin de dire au revoir, d'accord ? Tu n'as qu'à suivre ces deux dames. Elles t'emmèneront dans leur Faucon Millenium.
Lentement, un sourire timide apparut sur ses lèvres et, dans son visage, je reconnus sa mère, son frère, sa sœur, toute sa famille frappée de malédiction.
Mais avant tout sa tante.
Wren lui tendit la main.
– Je m'appelle Edie. Et la Force de la Police est toujours avec moi.
Le rire de Bradley était hésitant, mais il prit sa main.
Je regardai la maison. Un homme au crâne rasé se tenait devant la porte. Ses bras sculptés par les haltères saillaient de sa chemisette blanche et un ventre façonné par la bière pendait sur son pantalon noir. Le genre de garde du corps qui proliférait à Londres depuis quelque temps – apparemment, la campagne aussi commençait à en voir pousser. Il disparut à l'intérieur en parlant dans son talkie-walkie.
Avec Whitestone, je regardai Wren s'éloigner avec le garçon.
– Max ?
– Oui ?

– Je dois vous le demander : Charlotte Gatling savait-elle que son neveu était ici ?

– Non, répondis-je avec conviction. Elle n'est jamais venue ici. Cet endroit n'a jamais été un lieu accueillant pour elle – plutôt une salle de torture. Et la disparition de Bradley l'a dévastée.

– Vous savez que notre équipe de protection infantile va le confier aux services sociaux ?

– C'est hors de question. Pas lui. Vous ne trouvez pas qu'il a déjà assez perdu ?

– Max, ils ne vont pas le confier à un membre de sa famille de dégénérés.

– Alors emmenez-le directement à Charlotte, à Londres. Vous et Edie. Confiez-le à quelqu'un qui l'aime. Charlotte pourra toujours plaider sa cause, après. Elle est intelligente. Elle est riche. Elle *veut* garder son neveu. Il a *besoin* d'elle. Ils ont besoin l'un de l'autre. Et elle peut se payer les meilleurs avocats de Londres. S'il vous plaît… Bradley ne peut pas être envoyé en famille d'accueil.

Whitestone prit le temps de la réflexion. Pas long-temps.

– Quelle adresse ?

Je lui donnai l'adresse de Fitzroy Square.

Puis nous pénétrâmes dans le manoir.

Des cris résonnaient au premier étage.

– Qu'est-ce que je t'ai dit ? braillait une femme avec un lourd accent du West Country[1]. Tu arrêtes tes saloperies au lit !

1. Région rurale du sud-ouest de l'Angleterre, s'étendant de Gloucester à Penzance.

Cris. Gifles. Larmes.

Nous poussâmes la porte d'une chambre immense.

Un vieil homme était allongé sur un lit à baldaquin.

Il ne portait rien d'autre qu'une gigantesque couche.

C'était Victor Gatling.

Et Victor Gatling pleurait.

Des sanglots rauques, désespérés. Son regard croisa le mien et j'y lus tous les signes de la démence. Sur sa joue, une marque rouge.

Un homme et une femme se tenaient de chaque côté du lit. Tous les deux ridiculement obèses, et les tatouages qui couvraient la graisse flasque de leurs bras nus paraissaient déplacés au milieu de cette splendeur rustique.

L'homme leva la main pour frapper Victor Gatling mais se ravisa quand il vit mes lèvres se crisper. La femme se montra moins méfiante : elle attrapa le vieil homme par les cheveux et le secoua brutalement.

Puis elle dévisagea Whitestone d'un air provocant et, dans un jet de salive :

– Qu'est-ce qu'elle vient nous faire chier, la pétasse à lunettes ?

Whitestone prit sa radio, appela en urgence l'équipe des services sociaux et les agents en renfort avant de s'approcher de la grosse femme.

– Commissaire principal Pétasse, madame.

Il y avait beaucoup de salles de bains dans la maison.

Je trouvai Nils Gatling dans celle de la suite, au dernier étage. Vêtu d'un pull cachemire et d'un caleçon. À la vue de ses jambes maigres et poilues, je sentis des frissons de dégoût me parcourir. J'espérais que mon apparition en revenant du cimetière de Highgate suffirait à le terrasser. Il se contenta de son regard habituel, plein d'un ancestral mépris.

– Un pas de plus, connard, et…

Entre le pouce et l'index de sa main droite apparut une lame de rasoir ancien. Il la pressa contre son poignet – sans entamer la peau.

Je ris.

– Vas-y. Ne te gêne surtout pas pour moi.

Je jetai un coup d'œil par-dessus mon épaule : pas un policier à l'horizon. Ils étaient trop heureux de me le laisser.

– Mais si tu te tranches les veines, tu es bon pour une mort très lente.

J'indiquai la baignoire.

– Tu as intérêt à faciliter le flux sanguin sinon, vieux, la souffrance va être insoutenable. Crois-moi. L'eau chaude est un bon moyen. Un bain, c'est encore mieux. Mais il faut couper un truc vraiment important, une artère ou une veine, donc appuie très fort sur la lame, OK ? Et surtout pas *en biais* ! C'est bon pour le cinéma. Grave erreur. Il faut trancher en profondeur, dans le poignet, pas aux deux tiers du coude. Sinon c'est un tendon qui va morfler et tu seras incapable de couper le second poignet. L'idéal, ce serait que tu sois bien hydraté : bois le plus possible pour élargir tes veines et accélérer le flux sanguin. Avale quelques litres d'eau. Plate ou gazeuse, aucune importance. Ce que tu préfères. Et n'oublie pas de faire une entaille très *longue*. Cette lame est-elle suffisamment aiguisée ? On ne dirait pas. À ta place j'en prendrais une toute neuve. Et – c'est un détail crucial, alors écoute bien – agis très vite ou tu vas te dégonfler. Idéalement, coupe les deux poignets. Immédiatement après le premier, prends la lame dans l'autre main et attaque l'autre poignet. Commence par le côté faible. Tu es droitier ? Alors le poignet gauche en premier, et changement de côté. Il y a juste un problème...

Il se lécha les lèvres.

– ... c'est que je n'ai jamais rencontré une brute qui ne soit pas un lâche.

Je pris tout mon temps pour traverser la salle de bains, retourner Gatling et lui passer les menottes, des menottes en acier noir à charnières qui contrastaient avec la blancheur liliale de sa peau.

Aucune marque sur ses poignets.

– Il y a une chose qui m'échappe. Pourquoi laisser la vie sauve au gosse ? Sean Nawkins avait toute latitude pour massacrer ta sœur, son mari et leurs gamins. Mais Bradley a été épargné et amené ici. Pourquoi tu n'as pas donné l'ordre à Nawkins de liquider toute la famille ?

Je le sentis trembler de fureur.

– Tu me prends pour un animal ? Je n'aurais jamais fait de mal à cet enfant. Tu crois que...

Il avait autre chose à dire mais je n'avais pas la patience de l'écouter. Les fils de pute du monde entier trouvent toujours une bonne raison pour expliquer leur cruauté délirante. Ça ne m'intéressait pas.

Les menottes claquèrent sèchement derrière le dos de Gatling et je le fis basculer en arrière, vers moi. Nos visages étaient très proches. Il pencha la tête en avant, la respiration empêchée et rauque. Ses yeux luisaient d'auto-apitoiement.

– C'est bon, tu as fini ? Oui, tu m'as bien l'air fini...

Son courage revint une fois sur l'autoroute.

Je l'avais installé côté passager, penché en avant, à moitié assis sur ses mains menottées dans le dos. Un signal d'alerte s'était déclenché pour avertir qu'il n'avait pas mis sa ceinture mais je n'avais pas l'intention de lui retirer les menottes. À son sourire suffisant, je vis qu'il comprenait la situation et j'attendis. Un coup d'œil dans le rétroviseur – le reste du convoi avait disparu. Je l'avais apparemment distancé.

Nils Gatling ricana.

Il faisait sombre à présent et la circulation vers Londres était clairsemée. J'observai sans rien ressentir l'aiguille de l'accélérateur monter, comme si ça ne me concernait pas vraiment. Un panneau indiquait LONDRES, il me tardait de rentrer chez moi.

Gatling remua sur son siège, à la fois très amusé et légèrement mal à l'aise.

– Tu ne crois pas *sérieusement* que ma sœur pourrait s'intéresser à un type comme toi, si ?

Je ne répondis pas.

– Tu vois, quand on les dresse à un âge si jeune – comme moi avec Mary et Charlotte –, elles ne redeviennent jamais vraiment elles-mêmes. Certains dégâts ne se réparent jamais. C'est l'avantage que j'ai sur toi. L'avantage que j'aurai *toujours* sur toi. Chaque fois que tu l'embrasseras, tu sentiras le goût de ma…

Il y avait du verglas sur la route.

Difficile à repérer : c'est une glace très pure, sans la moindre bulle d'air, très transparente – tellement transparente qu'on voit le noir du bitume au travers. Mais pas invisible pour autant.

Il faut avoir l'habitude pour la distinguer.

J'avais l'habitude.

Et je savais que si la BMW X5 passait dessus, elle perdrait son adhérence et partirait dans un dérapage que je ne pourrais pas contrôler. Nils Gatling, lui, aurait toutes les chances de se prendre le pare-brise en pleine face, d'être propulsé à une centaine de mètres et de se fracasser la nuque sur l'autoroute pendant que ma tête s'enfoncerait confortablement dans un gros airbag.

Lui fermer la gueule. Pour toujours.

Je visai délibérément la plaque de verglas. La X5 partit dans un tête-à-queue violent, l'arrière pivotant à toute vitesse comme la hache du bourreau.

Pendant une fraction de seconde, j'aurais pu envoyer cette raclure dans le pare-brise. Mais je laissai passer l'occasion.

Ma mémoire musculaire prit le relais.

Ne panique pas.

Ne freine pas.

Ne contrebraque pas.

Tourne dans le sens du dérapage.

Je repris le contrôle de la BMW, la plaque de verglas passa derrière nous. Et nous retrouvâmes la surface rassurante de l'autoroute avec, en ligne de mire, les lumières de Londres.

Je me sentais calme. Déterminé. Fort.

Nils Gatling haletait de peur sur le siège passager, sans comprendre ce qui venait de se passer. Je n'entendis plus le son de sa voix pendant le reste du trajet.

Je le remis au lieutenant de garde de West End Central qui l'expédia dans une cellule de détention préventive au sous-sol. Puis je fis quelque chose que le verglas sur l'autoroute aurait rendu impossible.

Je partis retrouver Scout à la maison.

Edie Wren me téléphona pendant que je préparais le petit déjeuner. Ils avaient trouvé Nils Gatling à l'aube. Dans la nuit, il avait déchiqueté son pull en cachemire, noué les lambeaux aux barreaux de sa cellule et s'était pendu.

Je crois que je m'attendais à cet appel.

Parfois, les brutes et les lâches n'ont pas les couilles de se tuer. Parfois aussi, ils n'ont pas les couilles pour affronter la vie.

36

De jour en jour, le temps radoucissait.

Le dernier dimanche du mois, devant la fenêtre de notre loft, pendant que la grande halle profitait en silence de son jour de repos, je vis les saisons changer sous mes yeux.

Au-dessus du dôme de Saint-Paul, les vents tourmentés de la fin mars donnaient l'impression que toute la voûte céleste était en mouvement. Mais les journées avaient retrouvé une tonalité légère, l'interminable hiver était enfin terminé. La pesanteur froide et sombre qui étouffait la ville avait disparu. Il faisait beau de nouveau.

Tandis que les cloches de la cathédrale sonnaient l'heure matinale de la prière, si proches qu'elles semblaient provenir de la cuisine, je descendis au rez-de-chaussée pour une séance de cent pompes. Je fis une pause à cinquante, le temps d'avaler un triple expresso. Stan leva la tête de son panier et me considéra d'un air légèrement surpris.

De fait, entre les longues heures consacrées au travail et mon coup de couteau, j'avais négligé mon physique.

J'avais sauté trop d'entraînements avec Fred. Mais je savais que le sac de sable, la poire de vitesse, les pattes d'ours et les séances de sparring m'attendaient. Les litres de sueur et, parfois, les giclées de sang avec toujours en fond sonore, The Jam, The Clash ou James Brown. Il me tardait de retrouver la forme avec Fred.

Il m'avait téléphoné : les nouvelles n'étaient pas bonnes. Les blessures de Rocky lors de l'émeute à Oak Hill Farm avaient mis un terme à sa carrière de pro avant même qu'elle débute. Fred avait entendu dire que Rocky et Echo étaient partis s'installer dans l'Essex, comme tant de Londoniens en quête d'un peu de verdure où planter leurs racines.

J'étais triste d'apprendre que Rocky avait arrêté ses entraînements. Mais il était avec la femme qu'il aimait. Ils allaient avoir un bébé. Ils avaient une nouvelle maison. La vie n'était pas finie pour lui : elle ne faisait que commencer.

Si Rocky en avait terminé avec la boxe, il n'en allait pas de même pour un type ordinaire comme moi. Mon sac de sport était déjà prêt. Comme me l'avait expliqué Fred, la première chose qu'on fait en rentrant du club de sport est de préparer son sac pour la prochaine séance.

Au plus profond de ma moelle, j'étais encore sous le coup de l'épuisement, en convalescence après avoir été démoli par des experts en violence. Mais je n'avais aucune explication à trouver – juste des excuses.

La bouche encore emplie de la saveur âpre de l'expresso, je me forçai à finir les cinquante dernières pompes. Je remarquai la montée d'acide lactique dans mes bras et la réactivité de mon cœur et de mes poumons à l'exercice physique intense. Je savais que les toutes dernières pompes – celles qu'on n'a pas envie de faire, celles auxquelles on pourrait facilement renoncer après toutes celles qu'on a déjà enchaînées – étaient celles qui réclamaient la véritable force et la véritable endurance.

Et je devais être fort. Je devais être affûté. Je devais être en forme. Mon cœur, mes muscles, mes poumons n'avaient pas le droit de me lâcher. Jamais.

Car Scout avait encore beaucoup à apprendre pour grandir.

Et j'avais bien l'intention de l'accompagner à chaque étape.

L'après-midi touchait à sa fin. Les journées rallongeaient sensiblement, le temps était clair et doux. Je promenais Stan à West Smithfield. Il reniflait les poubelles, relevait ses pipi-mails et laissait sa propre marque – *Moi, Stan je suis passé par ici* – pendant que je lisais les citations d'*Oliver Twist* sur les bancs de pierre, l'hymne de Dickens aux fantômes de la halle aux viandes.

Paysans, bouchers, marchands ambulants, enfants, voleurs, flâneurs, vagabonds de toute sorte, mêlés et confondus, formaient une masse confuse... les cris des marchands ambulants, les exclamations, les jurements, les querelles, le son des cloches et les éclats de voix qui partaient de chaque taverne...

Mais pour l'heure, Smithfield était vide et silencieux.

Les commis bouchers étaient rentrés dans leur banlieue. Les clubbers dormaient en boule dans leur lit. Et les touristes s'amassaient autour de Saint-Paul à l'appel des cloches.

C'était bon. C'était calme. Je traînais avec Stan jusqu'à ce que la douce lumière du printemps faiblisse, annonçant l'heure d'aller chercher Scout à la fête de son amie.

Cinq kilomètres séparaient Smithfield de la maison de Mia, à Pimlico, mais le trajet passait par certains de mes quartiers préférés. Stan et moi optâmes pour la marche à pied.

La journée était splendide. Nous descendîmes jusqu'au fleuve, longeâmes l'Embankment jusqu'à Big Ben, contournâmes Parliament Square avant de nous engager sur Birdcage Walk. Pour le plaisir de la promenade, nous rallongeâmes le parcours en passant par St James's Park.

C'est là que je la vis.

De l'autre côté du lac.

Charlotte. Avec Bradley, comme une mère avec son fils. Ils éclataient de rire en essayant – en vain – de faire flotter un modèle réduit de bateau sur l'eau aussi immobile qu'une plaque de verre.

Une femme blonde en manteau rouge, habillée trop chaudement pour cette période de l'année, et un petit garçon qui la contemplait comme si elle était tout pour lui.

Elle leva la tête et m'aperçut.

Je prononçai son nom et entrepris de la rejoindre en suivant le bord de l'eau.

Une voix de femme derrière moi m'interrompit.

– S'il vous plaît ? *S'il vous plaît !*

Une voix sophistiquée qui fleurait bon le Pimm's *on the rocks*[1]. Elle provenait d'une de ces veuves de Chelsea qui avait dû acheter sa maison très jeune et s'y raccrochait encore malgré l'arrivée en masse de millionnaires russes, chinois, européens, et le remplacement progressif des privilégiés qui volaient en classe affaires par les privilégiés qui volaient en jet privé.

1. Alcool très prisé lors des grands événements mondains anglais.

Désormais septuagénaire, la veuve de Chelsea portait un carré Hermès, des bottes en caoutchouc Hunter et tenait à la main une laisse en cuir et une boîte en plastique orange en forme d'os contenant des sachets transparents. Elle me fusilla du regard avec une férocité courtoise et j'éprouvai aussitôt pour elle une immense affection. Elle avait sans doute survécu au Blitz, connu tous les serveurs du Wilton's[1] et faisait partie, au même titre que les commis de Smithfield, du vieux Londres que j'aimais.

– C'est à vous, le cavalier King Charles spaniel ?

– Stan. Oui, madame.

– Vous avez vu ce que votre Stan est en train de faire à ma Lulu ?

– Lulu ?

– Mon labradoodle !

Mon chien s'efforçait péniblement de chevaucher un labradoodle au regard à la fois las et scandalisé. Stan ne pouvait pas s'en empêcher. Je me rappelai ce qu'un homme sage avait dit à propos des pulsions sexuelles de l'homme : c'était comme vivre enchaîné à un fou maniaque.

– Désolé. Il s'excite facilement. C'est juste sa façon d'être gentil...

– *Gentil ? Gentil*, vous dites ? Si vous n'êtes pas capable de contrôler votre chien, ne lui retirez pas sa laisse.

Elle avait raison. Je remis sa laisse à Stan. Et quand je me retournai vers le lac, la femme blonde au manteau rouge et le petit garçon au bateau avaient disparu.

Elle me manquait.

1. Un des plus vieux music-halls de l'East London.

Nous reprîmes notre promenade, Stan et moi. L'Union Jack flottant sur Buckingham Palace était visible par-dessus les chênes, les platanes et les mûriers qui renaissaient à la vie, et cela signifiait deux choses.

Que la Reine était chez elle.

Et que Charlotte Gatling m'avait appris le nom des arbres.

Quand j'arrivai chez Mia, c'était l'heure de la distribution des sachets de friandises.

Le salon était rempli de petites filles déguisées en princesses. Blanche Neige, Petite Sirène, Belle et quelques autres difficiles à identifier, toutes en proie à une frénésie soudaine de sucre. Une poignée de pirates, cow-boys et vikings assuraient la mixité.

– Scout a été un peu contrariée, m'annonça la mère de Mia.

Je la trouvai dans un coin au calme, le menton frissonnant, l'œil humide. Une grande tache de gâteau d'anniversaire rehaussait le bustier de sa robe dorée.

Je la pris dans mes bras. Elle avait trop chaud sous sa tenue de bal. Mia vint à côté d'elle, protectrice, et planta les mains sur ses hanches en affichant une expression scandalisée.

– Pourtant je l'avais dit à Hector ! Je lui avais bien dit d'arrêter d'être méchant avec Scout !

Je parcourus le salon du regard. Un pirate de 7 ans armé d'un coutelas en plastique poursuivait en riant une Pocahontas à peine plus jeune.

Hector, probablement.

La famille de Mia se réunit autour de Scout pour la réconforter. Ils étaient tous très gentils mais nous n'avions qu'une envie : rentrer chez nous.

Nous sautâmes dans un taxi qui nous déposa à Smithfield un quart d'heure plus tard.

Pendant le trajet, je ne quittai pas Scout des yeux. Elle finit par sécher ses larmes et, après un grand soupir, se calma. Sitôt rentrés, elle enfila un jean et un t-shirt et me tendit sa robe dorée. Je ne savais pas trop ce que j'étais censé en faire.

C'est seulement plus tard, au moment de la coucher, que je lui posai la question qui me tourmentait depuis que nous étions partis de Pimlico.

– Dis-moi, ma chérie, qu'est-ce qu'il t'a dit, cet Hector ?

– Rien.

– D'accord mon ange. Bonne nuit.

J'allais éteindre sa lampe de chevet. Sa voix me retint.

– Un mariage raté.

– Quoi ?

– Hector m'a dit que toi et maman, vous avez fait un mariage raté et c'est pour ça que dans la classe je suis la seule à ne pas avoir de maman.

Je m'assis sur son lit.

– Il ne sait pas ce qu'il raconte. Il répète quelque chose que ses idiots de parents ont dû dire… C'est juste un petit imbécile avec un couteau en plastique. Tu as vu son couteau ?

– Oui.

– Quel genre de pirate a un couteau en plastique, hein ? Un pirate nul. Ne t'embête pas avec ça, Scout. Dans ce monde, les gens essaieront toujours de te faire de la peine. Ne te laisse pas faire. Ne les laisse jamais te faire de la peine.

Je la serrai contre moi et lui dis que je l'aimais. Puis j'éteignis la lumière et sortis de la chambre.

De l'autre côté de la rue, la halle de Smithfield commençait à s'animer. Au bout de la nuit se profilait le lundi matin. J'observai le spectacle du marché pendant un moment puis retournai dans la chambre de Scout.

– Scout ? Tu dors ?

– Non.

– Tu sais, ce petit imbécile, il a parlé de « mariage raté » parce que ton papa et ta maman ont divorcé.

– Oui.

Sa voix semblait tellement fragile dans l'obscurité.

– Tu veux que je te dise, Scout ?

– Quoi ?

– Ce n'était pas un mariage raté. Tes parents se sont séparés mais ce n'était pas un mariage raté.

J'essayai de contrôler ma respiration. Je voulais trouver la bonne formulation. C'était important pour moi.

Et je vis que c'était très simple, au fond.

– Notre mariage s'est terminé mais il n'était pas *raté*. Ça fait une grosse différence. Et s'il n'était pas *raté*, c'est grâce à toi, Scout. Parce que tu es arrivée. Le jour où tu es née, j'ai compris que tu représentais la meilleure part de moi-même. Tu es la seule chose vraiment réussie dans ma vie, Scout. Parce que tu existes, tu rends le monde meilleur et aucun mariage qui donne naissance à une petite fille comme toi n'est *raté*. Entre ta maman et moi, ça n'a pas marché, ça s'est terminé et c'est très triste. Mais ça n'était pas un ratage. Grâce à toi.

Je lui caressai les cheveux et répétai :

– Grâce à toi, Scout…

Mais évidemment, elle s'était endormie.

Note de l'auteur

Quand j'étais jeune, ma veste en cuir noir greffée sur mon dos par tout temps et en toute saison, je passais chaque matin en allant travailler devant l'un des protagonistes de la célèbre Attaque du train postal.

Ronald Christopher Edwards, dit « Buster », faisait partie du gang qui avait intercepté le train postal Glasgow-Londres à l'aube du 8 août 1963. À l'époque où je le croisais quotidiennement, je travaillais pour le magazine musical *NME*, dont les bureaux se trouvaient sur Stamford Street. Buster, lui, tenait un kiosque de fleuriste à Waterloo Station. Nous étions à la fin des années 1970.

Mais pour un sale gosse vêtu d'une mauvaise veste en cuir, Buster Edwards restait à jamais un des héros de l'Attaque du train postal.

On prétend que la part du butin empochée par Buster s'élevait à 150 000 £. Parti vivre avec sa famille au Mexique, il avait dilapidé l'argent avant de rentrer incognito en Angleterre, où il avait finalement été arrêté. Condamné à une peine de quinze ans de prison, il était sorti au bout de neuf ans et s'était lancé dans le commerce des fleurs.

En écrivant l'histoire de Peter Nawkins, l'Exécuteur, j'ai souvent pensé à Buster, dont la vie et la mort – comme l'Exécuteur, Buster a fini par se suicider – attestent que même les crimes pour lesquels on a payé ne sont jamais oubliés, surtout lorsqu'ils sont spectaculaires. Cette leçon, je la dois au fleuriste de Waterloo Station.

Comme dirait Max Wolfe : la gloire va et vient, l'infamie dure toujours.

Tony Parsons,
octobre 2014

RÉALISATION : PAO ÉDITIONS DU SEUIL
IMPRESSION : CPI FRANCE
DÉPÔT LÉGAL : SEPTEMBRE 2016. N°131712 (136887)
IMPRIMÉ EN FRANCE